I0556102

VERLIEBT IN TEXAS

Aus der Serie: Wings of the West (Buch 1)

KRISTY MCCAFFREY

Übersetzt von
ANJA KWIATKOWSKI

Bücher von Kristy McCaffrey in englischer Sprache

Wings-Of-The-West-Serie

The Wren

The Dove

The Sparrow

The Blackbird

The Bluebird

The Songbird (Novella)

Echo of the Plains (Short Story)

The Starling

The Canary

The Nighthawk

The Swan

The Falcon

Weitere Romane

Into the Land Of Shadows

Deep Blue

Cold Horizon

Ancient Winds

Sapphire Waves

Kurzromane

The Crow Brothers Collection

The West: A Romance Collection

Novellas

Alice: Bride of Rhode Island

Rosemary

Blue Sage

The Peppermint Tree

A Mirthful Wish

Bücher von Kristy McCaffrey auf Deutsch

Wings-Of-The-West-Serie

Verliebt in Texas

Verliebt in New Mexico

Verliebt am Grand Canyon

Verliebt in Arizona

Verliebt in Colorado

Wiedersehen in Texas

Echo über der Prärie

Verliebt in den Rockies

Die englische Originalausgabe erschien bei Whiskey Creek Press, 2003.

Die englische Neuauflage erschien unter dem Titel „The Wren".
Copyright © 2014 bei Kristy McCaffrey
Alle Rechte vorbehalten

Cover Design: earthlycharms.com

Deutsche Erstveröffentlichung 2019

Deutschsprachige Übersetzung: Anja Kwiatkowski
Lektorat der deutschsprachigen Übersetzung: Corinna Wieja
Korrektorat der deutschsprachigen Übersetzung: Julia Funcke
www.indie-translations.com

Verlag: K. McCaffrey LLC, Scottsdale, 85266 Arizona, USA

Printed by Amazon

German Edition Ebook ISBN-13: 978-1-952801-09-9
German Edition Print ISBN-13: 978-1-733142-05-2

kmccaffrey.com
kristy@kmccaffrey.com

Rezensionen der Wings-Of-The-West-Serie

Verliebt in Texas

„… McCaffreys Westernromane zeichnen sich durch ein realistisches Setting und die detailgetreue Darstellung historischer Ereignisse aus." ~ Romantic Times BOOKclub

„Ich bin ein großer Fan von Western-Liebesromanen, und dieses Buch ist wirklich außergewöhnlich. Ein schöner Auftakt zu einer tollen Serie." ~ The Romance Studio

„Attraktive, verwegene Helden, starke Heldinnen und eine ausgezeichnete Story machen diesen Roman zum bleibenden Lesegenuss." ~ The Best Reviews

Verliebt in New Mexico

„… eine wundervolle Beschreibung des Sangre-de-Cristo-Gebirges, von Las Vegas im späten 19. Jahrhundert und der Ranch der Ryans. Die Rezensentin fühlte sich beim Lesen in diese Zeit und an die beschriebenen Orte versetzt." ~ Love Romances

„Ms McCaffrey schreibt aus dem Herzen … definitiv eine Leseempfehlung." ~ The Romance Studio

„Wenn Sie Liebesromane, die im Wilden Westen spielen, mögen, dann sollten Sie dieses Buch lesen." ~ Romance Junkies

Verliebt am Grand Canyon
„Die Leser werden die Geschichte lieben …" ~ RT BookReviews

„McCaffreys Geschichten sind historisch akkurat … ein phänomenaler Lesegenuss, ich lege das Buch allen ans Herz, die historische Liebesromane mit dem gewissen Extra mögen." ~ Jonel Boyko, Reviewer

„Die Legenden der Hopi und Havasupai haben in McCaffrey eine neue Stimme gefunden. Ihr mitreißender Stil machte die mystische Reise ihrer Protagonistin in ein anderes Reich glaubhaft. Ich konnte das Buch nicht mehr aus der Hand legen und habe es an einem Abend gelesen." ~ City Sun Times

Verliebt in Arizona
„Fiese Bösewichte, jede Menge Action, eine starke Heldin, überraschende Wendungen, ein sexy Cowboy und eine sinnliche Liebesgeschichte – dieser historische Western-Liebesroman bietet von allem und für alle etwas." ~ Janna Shay, InD'tale Magazine

„… ergreifend und fesselnd … kaum aus der Hand zu legen." ~ Chanticleer Book Reviews

Für Kevin,
in Liebe

Kapitel Eins

Nordtexas
Mai 1877

„Haben Sie sich verirrt, Miss?“
Die Frau fuhr erschrocken im Sattel herum. Ihre großen strahlend blauen Augen musterten ihn unter der Krempe ihres braunen Huts aufmerksam.

Matthew Ryan hätte in dieser abgelegenen Gegend der texanischen Prärie niemals damit gerechnet, einer einsamen Reiterin zu begegnen, die auf drei Gräber am Fuß des Berges starrte. Sofort stieg das Bild eines Mädchens aus der Vergangenheit vor ihm auf, mit ähnlich leuchtend blauen Augen. Ein ganzes Leben war vergangen seit jener Nacht im August, als er Molly Hart das letzte Mal gesehen hatte. Ihren Verlust hatte er immer noch nicht überwunden, der dumpfe Schmerz schien nie ganz abzuflauen.

„Nein, ich habe mich nicht verirrt“, antwortete die Frau. Ihre klangvolle Stimme hüllte ihn ein wie eine warme Decke.

„Sie sind weit entfernt von der nächsten Siedlung.“ Er hielt seinen Hut fest, den eine Windböe ihm vom Kopf reißen wollte.

1

Die Anzeichen für einen drohenden Sturm mehrten sich. Am Horizont türmten sich bereits dunkle Wolken auf. Matt erkannte, dass weder ihm noch der Frau allzu viel Zeit dafür bleiben würde, von hier wegzukommen. Er sollte besser aufbrechen.

„Sie doch auch", erwiderte sie.

„Kannten Sie die Familie Hart?" Er deutete mit einem Kopfnicken auf die Gräber.

Die Frau wandte sich ab und nickte kaum merklich. Einige kastanienbraune Haarsträhnen lugten unter ihrem Hut hervor.

„Ich bin Matt Ryan." Er ließ seinen Blick über das kleine Tal schweifen, hinüber zu dem verfallenen Haus und den Resten der Hart-Ranch in ungefähr einer Viertelmeile Entfernung. Ein Weidezaun, Stallungen und eine Scheune standen noch, von Steppenläufern überrollt und begraben unter Staub, gespenstische Wächter eines einstmals so lebendigen Ortes. „Meine Familie betreibt eine Ranch etwa dreißig Meilen östlich von hier."

Als er die fremde Frau wieder ansah, stellte er fest, dass sie ihn geradezu entsetzt anstarrte. „Was ist?", fragte er.

Ihr Pferd, eine schöne Fuchsstute mit einer Färbung, die dem Haar der Frau nicht unähnlich war, trippelte nervös auf der Stelle, als Reaktion auf die Anspannung der Reiterin.

„Matthew Ryan?"

„Sind wir uns schon einmal begegnet?", fragte er.

Anstatt zu antworten, stellte sie ihm weitere Fragen. „Wie ist die Familie Hart gestorben? Wie ist Molly Hart gestorben?"

Matt hielt inne. Zehn Jahre waren seit seinem letzten Besuch an diesem Ort vergangen, zehn Jahre, seit man drei Gräber ausgehoben und die Leichen der Ermordeten zur letzten Ruhe gebettet hatte. War er ein Feigling, weil er nicht eher hergekommen war? Er vermochte es nicht zu sagen. Er wusste nur, dass Molly Harts Tod noch immer schwer wie ein Felsblock auf ihm lastete, denn er fühlte sich schuldig, weil er sie in jener Nacht allein gelassen hatte.

„Vor etwa zehn Jahren wurde die Ranch während eines Festes

2

überfallen. Mr und Mrs Hart wurden getötet. Molly verschwand." Seine Stimme war ruhig, beinahe unbeteiligt, wie er es in den Jahren bei der Armee und den Texas Rangers gelernt hatte. Es war ihm zur zweiten Natur geworden, seine Gefühle zu verbergen, denn das war bei dieser Arbeit hilfreich gewesen. Welchen Preis er dafür gezahlt hatte, darüber wollte er lieber nicht nachdenken.

„Und daraus schlossen Sie, dass sie tot ist?" Sie wirkte sehr bekümmert.

„Nein, zuerst nicht. Aber dann fanden wir sie."

„Was genau fanden Sie denn?"

Der Wind fegte durch das Tal, über ihnen türmten sich schwarze Wolken auf. Ein altes Sprichwort besagte: „Wenn dir das Wetter hier in Texas nicht gefällt, dann warte einfach fünf Minuten." So schnell änderte es sich oftmals. Er und die Frau sollten sich besser Schutz suchen.

Widerstrebend zwang er sich, ihr zu antworten. „Eine verbrannte Leiche."

Ein Blitz zuckte aus den Wolken hervor und die Frau hatte Mühe, ihr Pferd zu zügeln. „Wie konnten Sie sicher sein, dass es Molly war?"

„In der Nähe fanden wir ein kleines goldenes Kreuz, das sie immer um den Hals getragen hatte. Und die verkohlte Leiche hatte die passende Größe."

Sie blickte hinüber zu den Gräbern, was Matt Gelegenheit gab, ihr Profil zu betrachten. Sie war gekleidet wie ein Mann, trug eine dunkle Hose und ein zu großes, helles Hemd, aber es war nicht zu übersehen, dass es sich um eine junge Frau handelte. Die Zügel wurden von schlanken Fingern gehalten, und ihre femininen Rundungen und die anmutige Haltung waren hübsch anzuschauen. Obwohl das Pferd zunehmend unruhiger wurde, hielt sie sich mit natürlicher Leichtigkeit im Sattel.

„Wie heißen Sie?", fragte er laut, um das Heulen des Windes zu übertönen.

Der Blick, den sie ihm zuwarf, sprach von Misstrauen, Ungläubigkeit und ... Verlassenheit? Der Gedanke verblüffte ihn.

Die Himmelsschleusen öffneten sich und Regen prasselte auf sie hernieder.

„Wir sollten besser ins Haus gehen." Er lenkte sein Pferd den Pfad hinunter. Aus dem Augenwinkel bemerkte er, dass sie zögerte. Beim Anblick der verfallenen Ranch schimmerte Angst in ihren Augen.

Als er das verlassene Gebäude erreichte, war sie jedoch direkt hinter ihm. „Ich bringe die Pferde in den Stall. Vielleicht gibt es da drin ein trockenes Plätzchen für sie." Er nahm beiden Tieren die Satteltaschen ab und reichte sie ihr. „Gehen Sie doch schon hinein und schauen Sie nach, ob wir drinnen abwarten können, bis der Sturm vorüber ist."

Sie nickte.

Der Stall war in einem besseren Zustand, als er erwartet hatte. Während er sich um die Pferde kümmerte, dachte er an die Frau und fragte sich, woher sie die Harts wohl gekannt haben mochte. Vor zehn Jahren musste sie noch ein Kind gewesen sein, vielleicht etwa in Mollys Alter, und Matt war sich sicher, dass er sich an sie erinnert hätte, wenn er ihr schon einmal begegnet wäre. In dem Sommer, als die Familie ermordet worden war, hatte er auf Wunsch seines Vaters auf der Ranch ausgeholfen.

In jener Zeit hatte er sich mit der neunjährigen Molly angefreundet. Auf Außenstehende hatte das sicher seltsam gewirkt, immerhin war er acht Jahre älter gewesen als sie, aber ihre unbeschwerte Kameradschaft hatte ihn in ihr die Schwester sehen lassen, die er nie gehabt hatte. Die Kleine hatte sich umgehend einen Platz in seinem Herzen erobert und er hatte sich als ihr Freund und Beschützer gefühlt. Aber bei Letzterem hatte er versagt. Bis heute quälte ihn deswegen sein Gewissen.

Er rannte durch den Regen und prallte beinahe gegen die Frau, die im Eingang stand und scheinbar noch keinen Schritt ins Haus gemacht hatte. Sofort zog er seinen Revolver und schaute sich nach wilden Tieren um, die sich hier vielleicht ebenfalls vor dem Sturm verkriechen wollten.

Er streckte die Hand aus und berührte sie am Arm.

Sie machte einen Satz nach vorn.

„Ganz ruhig", murmelte er und schob sie sanft beiseite. Er ging durch das Haus und warf einen Blick in jedes Zimmer. An mehreren Stellen regnete es durch, aber zum Glück fand sich kein Hinweis auf andere Lebewesen. „Das hintere Schlafzimmer macht einen trockenen Eindruck."

Statt ihm zu folgen, blieb die Frau mit den durchdringenden blauen Augen und der faszinierenden Stimme an der Tür zu einem anderen Zimmer stehen.

Matt runzelte die Stirn. Wann hatte er angefangen, sie faszinierend zu finden?

Er befand sich am Ende des Flurs, als ein weiterer Blitz das dunkle Haus für einen kurzen Moment erhellte. Das nasse Hemd klebte ihr am Leib und zeigte deutlich ihre Figur. Matt zwang sich, den Blick abzuwenden. Er hatte nicht die Absicht, die Lage der Frau in irgendeiner Weise auszunutzen.

Sie verschwand in dem anderen Schlafzimmer. Er legte seinen Hut ab und fuhr sich mit den Fingern durch das feuchte Haar. Anziehend oder nicht, etwas war sonderbar an dieser Frau. Er folgte ihr.

„Wissen Sie, was aus Mary und Emma geworden ist?", fragte sie leise, ohne ihn anzuschauen.

Sie kannte also Mollys Schwestern. „Ihre Tante Catherine hat sie zu sich nach San Francisco geholt."

Sie atmete aus und ihre Schultern entspannten sich ein wenig. Dann bückte sie sich und hob eine alte, dreckige Puppe auf. „Die gehörte Emma", flüsterte sie.

„Woher wissen Sie so vieles über die Familie, die hier lebte?" Matt frustrierte es, dass die Frau so wenig von sich preisgab. „Wer sind Sie?"

Als sie sich zu ihm umdrehte, bemerkte er im Licht der Blitze

Tränen in ihrem Gesicht. „Ich könnte es Ihnen sagen, aber ich fürchte, Sie würden es mir nicht glauben. Es war dumm von mir, anzunehmen, ich könnte herkommen und alles wäre wie früher." Sie starrte auf die Puppe in ihren Händen und sprach leise weiter. „So viele Jahre sind für immer verloren, für uns alle."

„Wie heißen Sie?", fragte er in drängendem Ton. Langsam breitete sich eine unheilvolle Ahnung in ihm aus. Es konnte nicht sein. Das war unmöglich.

Selbst als sie das, was er längst vermutete, aussprach, wehrte sich noch alles in ihm dagegen.

Ihre warme Stimme übertönte das Trommeln des Regens und den grollenden Donner. „Mein Name ist Molly Hart."

Kapitel Zwei

Molly beobachtete im schwindenden Tageslicht Matts Reaktion. Seine große Gestalt beherrschte das Zimmer. Er stand vollkommen reglos da und starrte sie an, als sei er ein Jäger auf der Pirsch. Ungläubigkeit und Ärger spiegelten sich nacheinander auf seinem kantigen Gesicht, während ihm das Regenwasser vom Kopf auf das durchnässte Hemd tropfte. Der Zorn, den er ausstrahlte, verlieh ihm etwas Wildes. Oder lag es an seinen angespannten Muskeln, als wäre er bereit zum Angriff?

„Wie heißen Sie?", wiederholte er. „Wie heißen Sie wirklich?"

„Das sagte ich doch gerade."

„Und ich sagte Ihnen, dass Molly Hart tot ist. Ich finde Ihren kleinen Scherz überhaupt nicht lustig."

„Ich wünschte, all das wäre wirklich nur ein Scherz." Das Sprechen fiel ihr schwer. „Aber es ist ein Albtraum, der offenbar niemals enden will."

Ein endloser, zehn Jahre währender Albtraum. Bis vor zwei Wochen hatte sie nicht einmal gewusst, dass ihre Eltern tot waren. Ein Händler, der durch das New-Mexico-Territorium gereist war, hatte es ihr erzählt – ein weiterer Beweis dafür, wie wenig Kontakt sie in den vergangenen Jahren mit weißen Männern gehabt hatte.

Die Nachricht hatte sie tief bestürzt.

Ihre einzige Hoffnung hatte immer darin bestanden, zu ihrer Familie zurückzukehren. Jetzt war sie endlich hier, und der Schmerz über den Verlust ihrer Kindheit war so heftig, dass sie kaum Luft bekam.

Sie würde ihre Eltern nie wiedersehen. Nach wie vor tat sie sich schwer damit, diese Vorstellung in ihrer ganzen Tragweite zu akzeptieren. Wenigstens waren ihre Schwestern noch am Leben. Das war immerhin etwas; ein Strohhalm, an den sie sich klammern konnte, wenn schon ihr Leben in seinen Grundfesten erschüttert war.

Ihr eigener angeblicher Tod war jedoch einfach zu viel gewesen und hatte ihr auch noch den letzten Rest eines ohnehin schwindenden Gefühls von Sicherheit genommen. Zehn Jahre lang hatte sie all ihre Träume und Hoffnungen darauf gebaut, gerettet zu werden. Zehn Jahre lang hatte sie sich gefragt, wie und wann sie entkommen und heimkehren würde. Dabei hatten alle die ganze Zeit angenommen, sie sei tot. Niemand hatte je nach ihr gesucht. Auch nicht Matthew Ryan, ihr Freund aus Kindheitstagen.

Nun stand Matt vor ihr, ein völlig Fremder, ein Mann, den sie fürchten würde, hätte sie ihn früher nicht so gut gekannt.

„Wie wäre es mit einer Erklärung, wie es sein kann, dass Sie angeblich Molly Hart sind?" In seiner Stimme schwang Verachtung.

„Ich wurde von den Männern entführt, die in jener Nacht die Ranch überfallen haben."

„Comanche?"

Sie schüttelte den Kopf. „Nein, die Comanche überfielen uns erst später, nachdem wir schon eine Weile geritten waren. Die meisten Männer wurden getötet und fast alle skalpiert. Dann haben die Indianer mich mitgenommen."

Ein Blitz erhellte für einen winzigen Moment den Raum und ließ die Umrisse eines Bettes in der Ecke erkennen. Es war das Bett ihrer kleinen Schwester gewesen. Sie und Emma hatten sich als Kinder dieses Zimmer geteilt.

„Und wie erklären Sie sich dann den Leichnam des Mädchens, den wir gefunden haben? Und das goldene Kreuz?"

„Nachdem ich eine Weile mit den Comanche unterwegs gewesen war, schlossen sich uns weitere an. Die Männer hatten auch ein paar weiße Gefangene dabei, darunter ein Mädchen ungefähr in meinem Alter." Molly hielt kurz inne und fuhr dann leise fort. „Sie schrie und weinte, und die Comanche verloren die Geduld mit ihr. Einer hat seinen Bogen gezückt und sie mit dem Pfeil regelrecht durchbohrt. Die anderen wirkten verärgert darüber, aber da war es längst zu spät, sie war bereits tot. Also haben sie das Mädchen verbrannt. Ich habe meine Kette mit dem Kreuz zu ihr geworfen, mehr konnte ich nicht für sie tun. Ich hatte Mühe, nicht selber laut zu schreien."

Molly schluckte schwer, als die Erinnerung an die Panik zurückkehrte, die sie in den ersten Tagen empfunden hatte. Die ganze Zeit hatte sie die Vorstellung gequält, dass ihr ein baldiges grausiges Ende beschieden war.

Matt wirkte nun zumindest ein wenig verunsichert.

„Wenn es stimmt, was du sagst, wo warst du denn dann in den letzten zehn Jahren? Es war nicht unüblich, dass die Comanche ihre Gefangenen bei der Armee gegen Waren eingetauscht haben. Ich selbst habe einige solcher Tauschgeschäfte eingefädelt."

„Wirklich?" War er während ihrer Gefangenschaft womöglich irgendwann ganz in ihrer Nähe gewesen? Hätte er ihr vielleicht helfen können? „Warst du in der Armee?"

„Eine Weile."

„Ich habe keine weißen Männer zu Gesicht bekommen. Man hat mich auch nicht eingesperrt oder gefesselt. Ich wurde in die Sippe eines Comanche namens Bull Runner aufgenommen und gemeinsam mit seinen beiden Töchtern aufgezogen."

„Wie bist du entkommen?"

„Ich war acht Winter bei ihnen, dann haben sie mich bei einem Händler in New Mexico zurückgelassen."

„Welcher Stamm war das?"

„Die Kwahadi."

„Die leben sehr zurückgezogen, ich hatte nie mit ihnen zu tun." Er war also nicht in der Nähe gewesen, wie sie anfangs gedacht hatte.

„Wieso hat man dich nach acht Jahren eingetauscht?"

„Es gab ein wenig Aufruhr wegen eines Heiratsantrags, den ich bekommen habe. Bull Runners älteste Tochter war darüber sehr erbost. Er hielt es offenbar für klüger, mich als Zeichen seines guten Willens meinem Volk zurückzugeben."

„Seines guten Willens, dass ich nicht lache", schimpfte Matt. „Er hat dich acht Jahre als Geisel gefangen gehalten."

„Dann glaubst du mir?"

Ihre Worte hingen unbeantwortet in der Luft. Der Regen schlug auf das Dach, in der Ferne krachte Donner und die Dunkelheit umfing sie wie ein alter Freund. Endlose Male hatte sie mit ihren Comanche-Schwestern im Tipi gekauert, wenn der Stamm von einem Sturm überrascht worden war.

„Wieso bist du denn nicht schon vor zwei Jahren hergekommen?" Offenbar waren seine Zweifel noch immer nicht gänzlich ausgeräumt.

„Der Händler schlug mich", erwiderte sie. Ihre Stimme klang plötzlich heiser. „Ein alter Bergarbeiter namens Elijah bekam Mitleid mit mir. Er kaufte mich und nahm mich mit nach Mexiko."

Im hellen Licht eines Blitzes sah sie Matts versteinertes Gesicht. Seine Hände ruhten locker auf den Hüften, aber ansonsten war nichts Lässiges an seiner Haltung. So hatte sie ihn gewiss nicht in Erinnerung gehabt.

„Wer war der Händler?"

„Ein Comanchero namens José Torres."

Matt stieß einen leisen Fluch aus.

„Kennst du ihn?", fragte sie erstaunt.

„Ja, er ist ein widerlicher …" Er hielt inne und atmete tief durch. „Bedauerlicherweise sind einige Gefangene durch seine Hände gegangen."

„Als Elijah vor einigen Monaten starb, blieb mir keine andere Wahl, als einen Weg nach Hause zu finden. Ich hatte es bis dahin nicht versucht, weil ich keine Ahnung hatte, wo ich war."

„Du hast mehrere Monate gebraucht, um nach Texas zurückzukehren?"

„Ich blieb ein paar Wochen in der Nähe von Albuquerque, um einer Freundin zu helfen. Sie hat mich hierher begleitet."

„Wo ist diese Freundin jetzt?"

„Wir wollen uns morgen treffen. Ihr Name ist Claire Waters. Sie war in einem beklagenswerten Zustand, als ich sie fand." Sie hatte Claire in einer der zahllosen ausgetrockneten Schluchten entlang der Sandia Mountains gefunden. Angesichts ihrer Verletzungen war es ein Wunder, dass sie überhaupt noch am Leben war.

Müdigkeit überkam Molly. Die Ereignisse dieses Tages und der letzten Wochen verlangten schließlich ihren Tribut. „Wir sollten ein Feuer machen." Sie wollte das Zimmer verlassen, doch Matt, der im Türrahmen stand, rührte sich nicht von der Stelle. Sie spürte seinen Blick auf sich.

Neben ihm blieb sie stehen. „Erinnerst du dich, wie ich unter einem Mesquitebaum eine Klapperschlange entdeckt hatte?" Sie wich seinem Blick aus. „Ich wollte sie mit meiner Zwille erlegen, aber du hast mich festgehalten. In dem Sommer hast du ständig auf mich aufgepasst, mehr als alle anderen."

Sie hob das Kinn, betrachtete ihn und fragte sich, wie es ihm in all den Jahren wohl ergangen war. Er wirkte ruppig, zornig und müde. Und er humpelte leicht beim Gehen. War er verheiratet? Hatte er ein Haus voller Kinder? Vor zehn Jahren war er so gut zu ihr gewesen, geduldig, tolerant und amüsiert von ihren Albernheiten. Sie wusste, er wäre ein guter Vater.

11

„Ich hatte nie damit gerechnet, dich je wiederzusehen, Matt." Ein zögerliches Lächeln umspielte ihre Lippen.

Schweigend musterte er sie.

Schließlich schob sie sich an ihm vorbei und ließ ihn allein, damit er die Neuigkeiten verarbeiten konnte.

Kapitel Drei

Matt stand in dem dunklen Zimmer und lauschte auf den starken Regen, während derselbe Gedanke wieder und wieder in seinem Kopf kreiste.

Molly lebte.

Es war unvorstellbar. Die Frau war bloß eine sehr gute Lügnerin. Vielleicht hatte sie die Geschichte über Molly Hart irgendwo aufgeschnappt und wollte sich nun in das Leben ihrer engeren Bekannten schwindeln. Aber das ergab keinen Sinn. Welchen Grund sollte sie dafür haben? Sie hatte nicht wissen können, dass er ausgerechnet an diesem Tag die verlassene Ranch der Harts aufsuchen würde.

Zwei Monate lang hatte seine Mutter ihn überfürsorglich gesund gepflegt, und in dieser Zeit war seine Unzufriedenheit stetig gewachsen. Ganz zu schweigen von seiner inneren Unruhe. Er hatte dringend frische Luft gebraucht.

Vier Monate hatte Augusto Cerillo ihn gefangen gehalten. Der mexikanische Bandit stand in dem Ruf, seine Gefangenen zu foltern. Matt hatte mit einigen anderen Rangern zwei Jahre lang die Spur dieses Mannes verfolgt und ihn beinahe erwischt. Beinahe. Ohne Nathan Blackmore, einen alten Kameraden aus der

13

Armee, wäre Matt sicher in der Hölle gestorben, die Cerillo eigens für ihn bereitet hatte. Körperlich hatte er sich erholt, auch wenn die Verletzung seines rechten Beins ihm ein leichtes Humpeln beschert hatte, aber die Heilung seines Gemütszustands dauerte länger.

Vielleicht war das der Grund gewesen, warum er nach zehn Jahren endlich Mollys Grab besuchen wollte.

Was, wenn die Frau tatsächlich Molly war?

Das erschien ihm wie ein Wunder. Er kratzte sich am unrasierten Kinn und bemerkte, dass seine Hand zitterte.

In dem Augenblick, als Molly Hart starb, hatte sich Matts Leben grundlegend geändert. Voller Zorn hatte er Rache geschworen. Er war in die Armee eingetreten, hatte in zahllosen Schlachten gekämpft, um die Comanche aus Texas zu vertreiben. Als auch die Kwahadi, der letzte und gefährlichste der Comanche-Stämme, endlich aufgegeben hatten und 1875 ins Reservat übersiedelt waren, hatte er die Armee verlassen und war Ranger geworden. Die Arbeit war anstrengender, die Bezahlung schlechter, die Bedingungen häufig schlimmer, aber er hatte damit sein Ziel erfüllt, all jene ihrer gerechten Strafe zuzuführen, die Unschuldige überfielen und schutzlose Männer, Frauen und Kinder ohne Gewissensbisse töteten.

Wenn Molly tatsächlich noch lebte, hatte er da nicht all die Jahre an völlig falscher Stelle gekämpft?

All die Gemetzel, deren Zeuge er geworden war, hatten ihn zynisch gemacht. Die Unschuld seiner Kindheit war unwiderruflich verloren. Er würde mehr Beweise von dieser Frau verlangen und sie, wenn nötig, auch zu einem Geständnis zwingen, dass sie nicht Molly war. Denn an dieser Vorstellung musste er festhalten, um seines Seelenfriedens willen.

Matt ging durch das Haus und machte sich auf die Suche nach ihr. Auf der Schwelle zu einem anderen Schlafzimmer blieb er stehen. Die vermeintliche Molly kniete vor dem Kamin. Das flackernde Licht erhellte den gesamten Raum. Als sie sich umdrehte, um weiteres Brennmaterial zu holen, wurde Matt schlagartig bewusst, wie jung und verletzlich sie wirkte. Zugleich hob der Feuerschein auch die Umrisse ihrer Brüste hervor. Straff, voll und wohlgeformt. Einen Moment lang hielt ihn der Anblick gefangen, dann schob er jeden Gedanken daran nachdrücklich beiseite.

Das war kein guter Zeitpunkt, um sich ablenken zu lassen.

Sie hatte ihren Hut abgelegt. Ihr dunkelbraunes Haar war im Nacken zusammengebunden. Molly hatte braunes Haar gehabt. Wie Hunderte anderer Frauen auch, ermahnte er sich.

„Da es draußen sicher nichts Trockenes gibt, verbrenne ich Teile des Mobiliars", erklärte sie, als sie ihn bemerkte.

„Wie nanntest du deine Zwille immer?"

Sie lehnte sich an die Wand und pustete sich eine Haarsträhne aus dem Gesicht. „Zaunkönig."

Das konnte einfach gut geraten sein. „Warum?"

Sie wirkte nicht im Mindesten besorgt, sondern einfach nur müde. „Weil ich dachte, dass die Steine, die ich benutzte, von Zaunkönigen zurückgelassen worden waren." Sie griff nach hinten und löste das Band, das ihre Haare zusammenhielt. Dann fuhr sie mit den Fingern durch die erstaunlich kurzen, nassen Strähnen und schaute ihn fest an, bevor sie leise fortfuhr. „Einmal, da habe ich dir gesagt, du könntest mich anhand der Spur finden, die ich nur für dich hinterlassen würde. So wie ein Felsenzaunkönig eine Spur aus Steinen zu seinem Nest legt."

Es war nicht zu leugnen, dass sie eine Menge über seine Gespräche mit Molly wusste. Vielleicht war Molly nicht sofort gestorben. Vielleicht war diese Frau bei ihr gewesen, hatte mit ihr gesprochen. Womöglich war sie das Kind, das angeblich von den Comanche getötet worden war. Sie hatte überlebt und Molly war gestorben.

Es entging ihm nicht, dass diese Annahme nicht sonderlich logisch war. Er gab sich alle Mühe, die Behauptungen dieser Frau zu widerlegen, aber im Grunde konnte er es nicht. Ihr

15

bedenkenlos zu glauben hätte jedoch seine Welt aus den Angeln gehoben.

„Warum trägst du dein Haar so kurz?"

Ein wenig verunsichert berührte sie ihre schulterlangen Locken. „Als Elijah mich bei dem Händler antraf, ging es mir nicht besonders gut. Er meinte, es würde die Dinge vereinfachen, wenn ich mir die Haare abschneide und mich als Junge ausgebe."

„Und dieser Elijah hat die Finger von dir gelassen?" Aus unerfindlichen Gründen beunruhigte ihn die Vorstellung, dass der Mann sie angefasst haben könnte.

Sie lächelte. „Er war ein alter Mann. Er mag vielleicht nicht mehr ganz klar im Kopf gewesen sein, aber er besaß ein gutes Herz. Er war eher wie ein Großvater für mich."

„So gut erscheint mir sein Herz nun auch wieder nicht, wenn er dich zwei Jahre bei sich behalten hat."

„Nun, seine Gedanken waren gänzlich von Gold und Silber besessen. Das macht einige Leute wirklich krank. Ich schuldete ihm etwas, weil er mich vor Torres gerettet hatte, aber als ich stark genug war, um mich auf den Weg zu machen, waren wir irgendwo in der Sierra Madre. Er versprach mir vor seinem Tod, er würde mir helfen, nach Hause zu gelangen, sobald er endlich Gold gefunden hätte. Er wollte letztendlich das Richtige tun."

„Und nach seinem Tod hast du dich auf den Weg hierher gemacht?"

„Ja. Warum fällt es dir so schwer, mir zu glauben, dass ich es wirklich bin?"

Ihr plötzlicher Gefühlsausbruch überraschte ihn. Er senkte den Blick auf seine abgenutzten Stiefel und räusperte sich. „Ich habe nach Molly gesucht, bis ich so erschöpft war, dass ich mich nicht mehr im Sattel halten konnte." Er stand noch immer im Türrahmen, als er den Kopf hob und sie forschend musterte. „Ich lasse nicht zu, dass die Erinnerung an sie beschmutzt wird, nur weil du hier auftauchst und behauptest, Molly sei von den Toten auferstanden."

Resigniert schüttelte sie den Kopf. „Ich werde jetzt ein wenig schlafen. Ich bin zu müde, um dieses Gespräch fortzusetzen, vor allem, weil du mir sowieso nicht glauben willst, egal, was ich sage."

Sie breitete eine nasse Decke auf dem Boden aus und legte sich in die Nähe der Wand. Matt bezog auf der anderen Seite des Kamins Posten, um sie im Auge behalten zu können. Aber wozu? Er wusste es nicht genau. Sein Instinkt war vollkommen durcheinandergeraten.

Sie bettete ihren Kopf auf ihren Arm und schaute ihn aus himmelblauen Augen an. „Bist du verheiratet, Matt?"

„Nein."

„Du hast keine Kinder?"

„Nein."

„Wie geht es deinen Eltern und deinem Bruder Logan?"

„Gut, schätze ich."

„Das freut mich." Sie schloss die Augen. „Ich habe sehr oft an dich gedacht", fügte sie schläfrig hinzu, dann lächelte sie und öffnete ein Auge. „Ich erinnere mich, dass du eine feine Dame der Gesellschaft heiraten wolltest, aufgetakelt wie ein Dreimaster und durchtrieben wie ein Kerl. Schön, dass du dich anders besonnen hast."

Sie schloss erneut die Augen und schon bald ging ihr Atem gleichmäßig. Sie schlief.

Matt bemerkte, dass sie ein paar Sommersprossen auf der Nase hatte. *Molly hatte Sommersprossen.* Er fand außerdem, dass ihre Hände Mollys sehr ähnlich sahen. Nicht unbedingt in ihrer Form, aber sie wirkten vertraut.

Jetzt konnte er es erkennen. Bei dieser Frau schimmerte der Schatten des Mädchens durch, das er gekannt hatte.

Molly lebte, sie war hier. Ein Wunder, allen Widrigkeiten zum Trotz.

Matt war kein gläubiger Mensch. Dennoch konnte er den Eindruck nicht ganz abschütteln, dass Gott seine Hand im Spiel gehabt haben musste. Wahrscheinlich hatte er sich köstlich amüsiert dabei.

Die Frau dort drüben war eine Botschaft. Matts Leben war nicht, was es zu sein schien. Alles, woran er geglaubt, was er für wahr gehalten hatte, war falsch.

Molly lebte.

Diese Erkenntnis labte seine Seele wie ein heilsamer Quell. Ein nährender Tropfen, der ihm Hoffnung gab.

Vielleicht war das Leben doch lebenswert.

Kapitel Vier

Matt schreckte aus dem Schlaf. Das Sonnenlicht, das durch die schmutzigen Fenster fiel, erhellte ein leeres Zimmer. In den Strahlen tanzten aufgewirbelte Staubkörner und der typisch schale Geruch eines unbewohnten Raumes hing noch immer in der Luft, obwohl die Frau und er sich seit dem gestrigen Abend hier aufhielten.

Nicht irgendeine Frau.

Molly.

Leicht benommen stand er auf und ging nach draußen. Er entdeckte sie sofort. Unweit des Hauses schlenderte sie über einen der Hügel. Erleichtert atmete er auf. Insgeheim hatte er damit gerechnet, dass sie längst auf und davon war.

Wäre sie fort gewesen, hätte er das als Eingeständnis gewertet, dass sie eine Betrügerin war. Doch sie war geblieben. Hieß das im Umkehrschluss, dass ihre Behauptung, sie sei Molly, der Wahrheit entsprach? Matt wusste nicht, wie er nun weiter vorgehen sollte. Aber er ahnte bereits, dass von diesem Tag an sein Leben nie mehr so sein würde wie zuvor.

Er schob sich den Hut in die Stirn, um die Augen vor dem Sonnenlicht zu schützen, und stieg den Hügel hinauf zu ihr. Es war exakt die Stelle, wo er sie zehn Jahre zuvor zurückgelassen hatte, nicht ahnend, dass er sie danach nicht wiedersehen würde.

„Ist alles in Ordnung?", fragte er.

Sie lief auf und ab, den Blick starr auf den Boden gerichtet. „Nein, eigentlich nicht." Sie stemmte die Hände in die Hüften und seufzte. „Du weißt nicht zufällig, wo ich es vergraben habe, oder?"

„Was meinst du denn?" Er war noch immer nicht gewillt, ihr ganz zu trauen.

„Meine Notfallkiste." Aus zusammengekniffenen Augen betrachtete sie ihn und deutete eine Kiste an.

Er starrte auf ihre Hände, fasziniert von ihren grazilen, von der Sonne gebräunten Fingern.

„Erinnerst du dich? Ich habe sie in der Nacht des Überfalls vergraben. Es war eine Blechkiste, mit, meine Güte, ich weiß nicht einmal mehr, was ich alles hineingepackt habe."

„Ja, ich kann mir gut vorstellen, dass du das nicht weißt." War er wirklich so gemein? Er würde Nathan fragen müssen, der sagte ihm die Wahrheit immer unverblümt ins Gesicht.

Sie winkte ab und drehte sich verärgert um. „Geh, Matt. Du bist mir keine große Hilfe."

Er atmete geräuschvoll aus und bemühte sich, bessere Manieren zu zeigen, so wie seine Mutter es ihm und seinem Bruder beizubringen versucht hatte. „Warum schaust du nicht mal da drüben im Gebüsch nach?"

Kurz starrte sie ihn an, dann ging sie hinüber zu dem Gestrüpp. Mit einem großen Stein fing sie an, in der Erde zu buddeln. Es war eine geradezu gespenstische Wiederholung der Nacht vor zehn Jahren.

Er hatte sie hier draußen entdeckt, sie hatte sich heimlich hinausgeschlichen, um ihre Notfallkiste zu vergraben. Ihr hübsches gelbes Kleid war schmutzig geworden und ihre kastanienbraunen Locken hatten sich aus dem Haarband gelöst, als sie auf dem Boden gekauert und mit einem Stein ein Loch gegraben hatte, genau wie in diesem Augenblick auch wieder. Sie hatte ihm gesagt, sie wollte die Sachen vergraben, für den Fall, dass sie von Indianern überfallen würden. Die Comanche waren immer eine drohende Gefahr gewesen. Mollys Mutter hatte aber auch die Kiowa im Norden und sogar die Tonkawa im Süden gefürchtet, und diese Angst hatte sich auf ihre Töchter übertragen.

Matts Vater und die anderen Rancher hatten sich große Mühe gegeben, um mit den Indianern in der Region in Frieden zu leben. Es war Matt jedoch nie gelungen, Molly davon zu überzeugen, dass sie sich in Sicherheit befand. Letztendlich hatte sie recht behalten.

Diese Erkenntnis schmerzte ihn zutiefst.

Der Stein stieß auf etwas Hartes.

„Ich hätte nicht gedacht, dass sie noch da ist." Sie zog die Kiste aus der lockeren Erde, wischte den Deckel ab und öffnete sie.

Er wusste, was sich darin befand, denn sie hatte ihm den Inhalt damals gezeigt, bevor sie die Kiste vergraben hatte. Dennoch schaute er ihr nun neugierig über die Schulter und entdeckte einen Kompass, eine leere Feldflasche, ein Messer, Streichhölzer und Stoffstreifen, um Verletzungen zu verbinden. Sie nahm die alte Zwille heraus, die ganz unten lag. „Der Zaunkönig", murmelte sie. Sie schob ein paar Sachen zur Seite, zog ein gefaltetes Blatt Papier darunter hervor und legte die Zwille zurück.

„Was ist das?", fragte er.

Sie verschloss die Kiste und klemmte sie sich unter den Arm, hielt das ausgebleichte Stück Papier aber weiterhin in der Hand, als sie aufstand. „Nur ein Brief, den ich damals verstecken wollte." Sie faltete ihn auseinander und begann zu lesen, während sie sich auf den Weg zurück zur Ranch machte.

Er folgte ihr. Als sie sich abrupt umdrehte, prallten sie gegeneinander.

„Hast du je herausgefunden, wer meine Eltern ermordet hat?", fragte sie ernst.

„Nein." Es war eine schlimme Zeit für ihn gewesen, auch für seine Eltern, die Cowboys auf der Ranch und die Leute aus der

Gegend, die alle gekommen waren, um nach Molly zu suchen und die Mörder von Robert und Rosemary Hart zu finden. Aber die Täter waren ihnen entwischt.

„Nicht einmal ein Hinweis?"

„Wir folgten der Spur der Männer, die dich entführt hatten, doch irgendwann haben wir sie verloren."

„Aber als die Indianer uns angriffen, wurden einige der Männer getötet."

„Wir fanden keine Leichen. Hast du die Entführer erkannt?"

Sie schüttelte den Kopf, zögerte aber.

„Was ist?", fragte er.

„Du glaubst mir nicht. Warum sollte ich dir von meinem Verdacht erzählen?"

Er schaute in ihre strahlend blauen Augen und plötzlich wusste er, ohne den Hauch eines Zweifels, dass sie tatsächlich Molly Hart war. Zwar konnte er sich die Einzelheiten und Umstände ihrer Rückkehr noch immer nicht erklären, aber als er sie nun betrachtete, im hellen Licht der texanischen Sonne, hörte er die Stimmen aus der Vergangenheit, nicht nur ihre eigenen, sondern auch die Stimmen all jener, die über Generationen dieses karge Land bewirtschaftet hatten. Ihr Echo hallte in seinem Herzen und in seinem Kopf. Es erinnerte ihn daran, wie er sich an jenem Tag gefühlt hatte, als er dachte, er habe sie für immer verloren.

Mollys Leiche war gefunden worden. Sie lag unter einer Decke zu Füßen der Männer, die nach ihr gesucht hatten. Man hatte sie übel zugerichtet. Wie betäubt ging Matt weg, ließ die Hart-Ranch hinter sich und stieg auf einen Hügel, um den Sonnenuntergang zu betrachten. Die weite texanische Ebene erstreckte sich vor ihm, so weit das Auge reichte. Mit dem Sonnenuntergang wurden die dunklen Schatten länger und der Wind frischte auf.

Es fühlte sich an, als ob der Wind direkt durch ihn hindurchblasen würde. Sein Verstand, sein Herz, seine Träume, all das war bei Mollys Leichnam zurückgeblieben.

Er öffnete die Hand und starrte auf das goldene Kreuz in seinen rauen

Fingern. Er konnte seine Trauer nicht länger bezwingen. Der Schock setzte ein und seine Beine gaben nach.

Er sank auf die Knie, sein Körper wurde von unkontrolliertem Schluchzen geschüttelt. Er verfluchte Gott, die Comanche und Robert Hart dafür, dass er seine drei kleinen Töchter an diesen gottverlassenen Ort geführt hatte. Aber am meisten verfluchte er sich selbst. Wäre er in dieser Nacht doch nur bei ihr geblieben, dann würde sie vielleicht noch leben.

Sie *war* am Leben.

„Ich glaube dir und es macht mir eine Heidenangst."

„Warum?"

„Ich hätte dich finden müssen. Wäre ich in jener Nacht bei dir gewesen, hätte man dich gar nicht erst entführt."

Sie wirkte erstaunt. „Was passiert ist, war nicht deine Schuld."

„Mag sein, aber mein Verhalten war falsch. Ich mag mir nicht ausmalen, was du in den letzten zehn Jahren deines Lebens durchmachen musstest. Es ist ein Wunder, dass du überlebt hast."

„Ich habe vor langer Zeit aufgehört, an Wunder zu glauben", erwiderte sie leise. „Es ist schwer genug, jeden Tag zu überleben."

„Ich werde dir helfen, mit allem, was in meiner Macht steht."

Wieder wirkte sie verblüfft. „Ich erwarte nichts von dir."

„Was hast du jetzt vor? Wohin willst du gehen?"

Resigniert hockte sie sich auf einen Stein in der Nähe. „Keine Ahnung. So weit hatte ich noch nicht gedacht."

„Meine Mutter kann dir helfen, Kontakt zu deinen Schwestern aufzunehmen."

Sie nickte. „Ja, das wäre schön." Sie spielte mit dem Stück Papier in ihrer Hand.

„Was steht in dem Brief?"

Sie biss sich auf die Unterlippe und antwortete nicht. „Lebt Davis Walker noch?"

„Ja, er betreibt noch immer eine Ranch in der Gegend."

Sie reichte ihm den Brief.

Liebe Rosemary,

23

Du kannst mich nicht ewig hinhalten. Du hast mir gesagt, ich sollte mich fernhalten, aber ich kann das nicht. Ich muss Dich sehen. Ich will wissen, warum Du mich nicht mehr sehen möchtest. Was verheimlichst Du mir?
Davis

Matt blickte Molly verwirrt an. „Davis? Und deine Mutter?"

„So sieht es wohl aus."

„Wie bist du an diesen Brief gekommen?"

„Davis kam mal nachmittags her. Ich hab draußen gespielt und mich versteckt, als ich ihn entdeckte. Er klopfte und klopfte, er war sehr wütend, aber meine Mutter war mit Mary und Emma zu Besuch bei Sarah Pickett und ihrem Mann. Erinnerst du dich an Mrs Pickett? Sie hat Mama oft mit uns Kindern geholfen. Bevor Davis endlich wieder ging, schob er diesen Brief unter der Tür hindurch." Sie faltete das Blatt wieder zusammen. „Ich hätte es nicht tun sollen, aber ich habe ihn gelesen. Ich war noch klein, aber nicht zu klein. Mir war klar, dass dieser Brief Probleme verursachen würde. Daher beschloss ich, ihn zu vergraben, damit niemand ihn jemals finden würde. Vor allem Papa nicht."

„Ich glaube nicht, dass sie sich weiterhin getroffen haben, oder?"

Molly zuckte die Schultern. „Das weiß ich nicht. Aber da ist noch mehr. Als die Männer mich damals mitnahmen, habe ich eindeutig gehört, dass sie Davis Walker erwähnten."

„In welchem Zusammenhang?"

„Da bin ich nicht sicher. Ich war so durcheinander. Aber …"

Er führte ihren Gedankengang zu Ende. „Du meinst, Davis steckte hinter dem Überfall auf eure Familie? Weil er wütend darüber war, dass deine Mutter ihn nicht mehr treffen wollte?"

„Seit ich vor einigen Wochen vom Tod meiner Eltern erfahren habe, habe ich ständig Bilder aus meiner Kindheit im Kopf, immer wieder. Und ja, der Gedanke ist mir durchaus gekommen."

Matt gefiel das nicht. Davis Walker war mit seinem Vater befreundet. Er war auch mit Robert Hart befreundet gewesen. Die

Annahme, dass dieser Mann verantwortlich für das große Unglück damals gewesen sein sollte, erschütterte ihn.

„Ich muss zu Claire", sagte sie und stand auf. „Sie wollte sich gestern einmal für mich auf der Walker-Ranch umsehen."

„Und was hast du jetzt vor?"

„Herausfinden, ob Walker wirklich hinter allem steckte", erklärte sie entschlossen.

„Und wenn es so war?"

„Dann wird er dafür bezahlen."

Kapitel Fünf

Matt sah Claire Waters erst, als sie schon beinahe bei ihr angekommen waren, da sie sich in einer kleinen Senke in dem ansonsten flachen Land verborgen hatte, etwa fünf Meilen südlich der Hart-Ranch. Sie war hinter ein paar Büschen in Deckung gegangen und hatte ihr Pferd ein paar Schritte von sich entfernt angebunden.

Molly stieg ab und ging direkt auf Claire zu.

Zwei Frauen, die versuchen, sich möglichst unsichtbar zu machen.

Der Gedanke trug nicht gerade dazu bei, Matts gereizte Stimmung zu verbessern, erst recht nicht, nachdem Molly ihm von ihrem Verdacht bezüglich Davis Walker erzählt hatte. Aber die eigentliche Ursache für seinen Unmut war eindeutig Molly selbst. Ihre Anwesenheit erinnerte ihn daran, dass er zehn Jahre ohne sie gelebt hatte und dabei versagt hatte, sie zu beschützen.

Als Claire sich zögernd aus ihrer Deckung erhob und Matt ihr junges, hübsches Gesicht mit den grünen Augen unter dem breitkrempigen Hut sah, fluchte er leise. Claire war ungefähr im selben Alter wie Molly. Diese Erkenntnis überraschte ihn. Er hatte erwartet, dass sie deutlich älter sein würde.

Molly hatte sich jedoch mit einer Frau auf die Reise nach

Texas begeben, die ihre Schwester hätte sein können. Schutzlos und verletzlich, blind gegenüber den Gefahren, die überall lauerten. Und nicht nur natürliche Gefahren, wie das Wetter und wilde Tiere. Er wollte lieber nicht darüber nachdenken, welches Unheil ihnen von anderen Männern drohen könnte, vor allem, da man in dieser Gegend kaum auf Frauen traf.

„Claire, geht es dir gut?"

Die Frau nickte. Ein langer, blonder Zopf fiel ihr über die Schulter. Es war nicht zu übersehen, dass sie ihn misstrauisch musterte.

„Das ist Matt Ryan. Keine Sorge, er weiß Bescheid. Matt, das ist Claire Waters."

Er schwang sich aus dem Sattel und tippte sich grüßend an den Hut. „Miss."

„Er war auf der Ranch", erklärte Molly. „Alle dachten, ich sei tot."

„Wirklich? Ist das der Grund, warum nie jemand nach dir gesucht hat?"

Matt spürte deutlich Claires Zorn, auch wenn sie äußerlich die Ruhe selbst zu sein schien. Ihre Loyalität zu Molly ließ ihn seine Meinung von ihr noch einmal überdenken.

„Genau. Damals hat man ein anderes Mädchen tot aufgefunden und angenommen, das sei ich." Sie lächelte leicht und warf ihm einen Blick zu. „Er hat mir anfangs nicht geglaubt, dass ich wirklich ich bin. Matt war ein Freund der Familie, als ich klein war."

„Ja, das hast du erwähnt", erwiderte Claire.

Matt erinnerte sich, dass Molly Claire blutend und verwundet aufgefunden hatte. Offensichtlich ging es ihr wieder besser, aber ihm fielen dennoch die rötlichen Narben an ihrem Hals auf.

In den Augen beider Frauen lagen Schatten des Kummers, beide hatten ein hartes Schicksal erlitten und dabei viel zu früh ihre Unbeschwertheit verloren. Das war in dieser Gegend nicht ungewöhnlich. Dennoch störte es ihn.

„Ich habe ihm von Walker erzählt und er hat seine Hilfe angeboten."

Claire schaute Molly fragend an, woraufhin Molly nickte.

„Davis Walker lebt noch", sagte Claire, „aber er war nicht auf der Ranch. Eine ältere Frau, Mrs Owens, hat mir erzählt, er sei für ein paar Wochen in Fort Worth. Sie erlaubte mir, über Nacht zu bleiben, wegen des Sturms. Von den drei Söhnen war nur TJ anwesend. Ich habe aber nicht allzu viel aus ihm herausbekommen, außer dass er gern das Bett mit mir geteilt hätte."

„TJ ist für seine direkte Art bekannt", meinte Matt. „Er hat sich dir aber nicht aufgedrängt, oder?"

„Nein. Joey Walker soll heute zurückkehren, aber ich habe ihn nicht mehr angetroffen, weil ich nicht zu spät zu unserer Verabredung kommen wollte. Der Älteste, Cale, war schon länger nicht mehr auf der Ranch. Ich vermute, dass er sich besser an den Vorfall damals erinnert als die anderen beiden."

„Cale hat damals die Leiche gefunden", erklärte Matt. „Er hat nie erwähnt, dass sein Vater irgendetwas mit dem Überfall zu tun haben könnte, aber er ist kurz danach weggegangen."

„Du auch?", fragte Molly.

„Ja." Schweren Herzens, aber fest entschlossen hatte er die Ranch seiner Eltern verlassen, denn die Erinnerung an Mollys Schicksal hatte ihn dort auf Schritt und Tritt verfolgt.

Er betrachtete sie. Trotz allem, was ihr widerfahren war, stand sie selbstbewusst und aufrecht da, das Haar wieder einmal unter dem Hut verborgen. Er erinnerte sich an ihren Hang zu Schabernack und ihre Neugier und fragte sich, ob diese Charaktereigenschaften aus ihrer Kindheit noch in ihr schlummerten. Sie war stark, sie hatte überlebt, aber zu welchem Preis?

Er schaute Richtung Osten, um seine Gedanken zu sortieren. „Cale ist ungefähr zur selben Zeit wie ich in die Armee eingetreten, aber nach ein paar Jahren ist er ausgeschieden."

„Was hat er danach gemacht?", fragte Molly.

„Wir sind uns hin und wieder über den Weg gelaufen. Bei diesen Gelegenheiten war er entweder Söldner oder Kopfgeldjäger. Er treibt sich irgendwo in der Gegend herum. Ich bin sicher, ich könnte ihn ausfindig machen."

„Sind alle Söhne der Ryans und Walkers fortgegangen?"

„Was hält einen Mann denn hier?" Außer den ständigen Erinnerungen, die man besser vergaß. „Cale ist schon in Ordnung. Er hat einen scharfen Blick, einen kühlen Kopf und hat den Finger schneller am Abzug als jeder andere, den ich kenne. Joey ist auch ein guter Schütze. Er ist auch zur Armee gegangen. Vor ein paar Jahren ist er zurückgekehrt, um seinem Vater auf der Ranch zu helfen. TJ hingegen ist eine ziemliche Last, soweit ich weiß. Er trinkt zu viel und ist ein Spieler. Davis musste ihn schon einige Male aus dem Gefängnis auslösen."

„Was ist mit Logan?"

„Wer ist das?", fragte Claire.

„Mein jüngerer Bruder", erklärte Matt und lächelte. „Ob du es glaubst oder nicht, Logan wurde tatsächlich Deputy. Letztes Jahr ist er heimgekommen und kümmert sich seitdem um die Ranch. Mein Vater ist gesundheitlich nicht mehr ganz auf der Höhe."

„Ist das der Grund, warum du hier bist?", fragte Molly.

Ihre melodische Stimme wärmte ihn wie ein guter Whiskey in einer kalten Nacht. Ungewollt stellten sich Fantasien ein, wie er eine solche Nacht mit Molly verbringen würde.

„Hauptsächlich, ja." Er schämte sich für seine unangemessenen Gedanken. Molly hatte in ihm immer einen älteren Bruder gesehen. Gefangene der Indianer, erst recht Frauen, wurden als befleckt betrachtet, wenn es ihnen gelang, zu ihren Familien heimzukehren. Es würde schwierig genug für Molly werden, sich wieder einzufügen. Er bezweifelte, dass sie irgendwelche Gesten von seiner Seite begrüßen würde, die über brüderliche Freundlichkeit hinausgingen.

Er musste dafür sorgen, dass man sich gut um sie kümmerte. Er sollte ihr helfen, einen passenden Ehemann zu finden, einen, dem es egal war, wo und wie sie die vergangenen zehn Jahre verbracht hatte.

„Ich glaube, wir sollten zur Ranch meiner Eltern aufbrechen." Er blickte hinauf zur Sonne. „Sie liegt ein paar Stunden von hier entfernt. Dort seid ihr beide sicher. Ihr könnt bleiben, solange ihr wollt, und in anständigen Betten schlafen."

„Der Boden ist gar nicht so schlimm", meinte Claire. Sie band ihr Pferd los und schwang sich in den Sattel.

„Es gibt schönere Arten, zu leben", widersprach er.

„Ein schöneres Leben." Molly schüttelte den Kopf. „Manchmal ist Überleben schon das Schönste."

Matt erkannte die tiefe Wahrheit in ihren Worten. Es war ein Wunder, dass Claire und Molly überhaupt am Leben waren.

„Du musst dir unseretwegen keine Sorgen machen, Matt. Wir kommen schon zurecht." Molly stieg ebenfalls auf ihr Pferd. „Aber danke für das Angebot. Wir nehmen es gerne an."

Matt ritt voraus, gefolgt von Molly und Claire. Er hatte sich innerlich längst entschieden. Er würde sich um Molly kümmern. Es war das Mindeste, was er für sie tun konnte. Ihr Vater war tot, sie brauchte jemanden, der auf sie aufpasste, falls sie wirklich herausfinden wollte, wer ihre Familie ermordet hatte. Es spielte dabei keine Rolle, ob Molly seine Hilfe überhaupt wollte.

Matt hatte sie damals nicht retten können, also wollte er ihr wenigstens bei ihrem Neuanfang beistehen. Das würde ihm hoffentlich die Schuldgefühle nehmen und ihr gleichzeitig ein Quäntchen verdientes Glück im Leben bescheren.

Doch selbst durch diesen Plan ließ sich die Unruhe, die in ihm brodelte, nicht vertreiben.

Er würde sie einfach ignorieren müssen.

Kapitel Sechs

Die untergehende Sonne tauchte die Landschaft in ein goldenes Licht, als die drei Reiter sich der Ryan-Ranch näherten. Auf dem schmiedeeisernen Torbogen entdeckte Molly die Inschrift „SR-Ranch".

„Was bedeutet ‚SR'?", fragte sie.

Matt zügelte sein Pferd. „Das sind die Initialen meiner Mutter, Susanna Ryan. Unsere Rinder tragen sie als Brandzeichen. Bist du denn zuvor nie hier gewesen?"

Molly schüttelte den Kopf. „Mama mochte das Reisen nicht. Alles über zehn Meilen kam für sie nicht infrage. Daher kann ich mich nicht erinnern, je hier gewesen zu sein." Nach kurzer Überlegung fügte sie hinzu: „Oder auf der Walker-Ranch."

„Davis hat seine Ranch in den letzten Jahren vergrößert. Inzwischen besitzt er ungefähr 30.000 Rinder auf 80.000 Morgen Land."

„Kaum vorstellbar", meinte Claire. „Wie groß ist denn eure Ranch?"

„Wir haben beinahe 50.000 Mastrinder. Mein Vater hat die Ranch auf fast 120.000 Morgen Land vergrößert."

„Wie schafft ihr das nur alles?", fragte Molly.

Matt lächelte und blickte sich um. „Die Rancher reden von einem neumodischen Zaun, um ihren Besitz einzugrenzen, der nennt sich Stacheldraht. Aber mein alter Herr ist davon nicht recht überzeugt. Zwar würde es das Vieh vor Diebstahl schützen und illegale Siedler würden sofort merken, dass sie auf dem Land nichts zu suchen haben, aber diese offene Weite hat schon etwas Besonderes. Da will man doch keinen Zaun drum ziehen."

Ein großes, zweistöckiges Gebäude kam in Sicht. Der weiße Anstrich bildete einen starken Kontrast zum frischen sattgrünen Gras, das überall rings um das Haupthaus wuchs. Hohe Pappeln reihten sich entlang der Veranda, bis hin zum Nebengebäude auf der rechten Seite, in dem die Cowboys untergebracht waren. Ein großer Pferch und ein kleinerer mit einem guten Dutzend Pferde grenzten an eine große Scheune. Weiter südlich befanden sich noch mehr Pferdekoppeln und einige Holzhütten.

Molly ließ den Anblick auf sich wirken und war davon ein wenig überwältigt. Die Ryan-Ranch wirkte groß und geschäftig, überall arbeiteten Männer zu Fuß und zu Pferd. Sie war es gewohnt, allein zu sein. Sie war es gewohnt, einsam zu sein.

Eine tiefe Sehnsucht breitete sich in ihr aus. Sie wollte Wurzeln, wollte ein Heim, wollte sich sicher fühlen. Und tief in ihrem Inneren, verborgen zwischen ihren geheimsten Wünschen, wollte sie auch eine Familie.

Sie blickte zu Matt hinüber, seine reine Anwesenheit lenkte sie ab. Dabei wurde ihr bewusst, dass sie sich Kinder wünschte. Dazu brauchte sie allerdings einen Ehemann.

Der Gedanke überraschte sie. Wäre es ihr nur um einen Ehemann gegangen, hätte sie Bull Runner bitten können, bei den Comanche zu bleiben und Snake Eater heiraten zu dürfen. Zwar wusste sie nicht so genau, was eigentlich vor sich ging zwischen Mann und Frau, aber sie war sich über eines im Klaren gewesen: Wenn Snake Eater sie zur Frau genommen hätte, wäre ihre Welt noch kleiner geworden als ohnehin schon. Außerdem hatte sie nichts an der Erscheinung des Kriegers anziehend gefunden, wohingegen einigen anderen Frauen des Stammes sein hübsches Gesicht offenbar gefiel.

Matt.

Als Kind hatte Molly mit dem Gedanken gespielt, ihn zu heiraten. Harmlose, unschuldige Wünsche, entstanden aus ihrer Sympathie für ihn und den Anspielungen ihrer Schwester Mary. Aber damals war sie noch ein Kind gewesen und er beinahe erwachsen. Sie war davon ausgegangen, dass es beim Wunsch bleiben würde.

Und nun? Der Gedanke, ihn zu heiraten, war ziemlich weit hergeholt, aber sie hoffte zumindest, dass sie wieder Freunde werden könnten. Matt hatte sie jedoch all die Jahre für tot gehalten und sie war sich nicht sicher, ob er ihr nun glaubte. Sie rechnete nicht damit, dass es je wieder so wie früher zwischen ihnen sein würde.

Auf einmal brannten Tränen in Mollys Augen. Nichts würde je wieder wie früher sein. Sie blinzelte energisch, um die Tränen zurückzudrängen.

Matt stieg vom Pferd und drehte sich zu ihr um. „Ist alles in Ordnung?" Er nahm ihr Pferd beim Zügel.

Molly hustete und blickte auf ihre Hände herab. „Ja, ich habe lediglich Staub in die Augen bekommen."

Sie und Claire stiegen ebenfalls ab. Ein stämmiger Mann mit grauem Backenbart kam um das Haus herum.

„Hey, Matt. Wir haben uns schon gewundert, wo du gestern Abend abgeblieben ist."

„Ich wurde vom Sturm überrascht, Dawson. Ist Pa in der Nähe?"

Dawson blickte kurz zu den Frauen hinüber und lächelte. „Er ist draußen und sieht nach dem Vieh auf der nördlichen Hochebene. Deine Ma ist drinnen."

„Danke. Molly, Claire, das ist Randall Dawson, unser Vorarbeiter."

„Erfreut, Sie kennenzulernen, Misses. Nennen Sie mich einfach Dawson."

Molly lächelte. Sie war froh, auf andere Gedanken zu kommen.

Eine Frau trat durch die Vordertür. „Matthew? Ich dachte doch, dass ich deine Stimme gehört hätte." Sie hielt abrupt inne. „Oh, du hast Gäste mitgebracht." Sofort zeigte sich Freude auf ihrem Gesicht.

Molly hatte nur eine vage Erinnerung an Matts Mutter, da sie ihr nur wenige Male begegnet war.

Sie war groß, schmal und erstaunlich weiblich für eine Frau in diesem rauen Land. Mutter und Sohn sahen einander sehr ähnlich: die lange, schmale Nase, die leicht schräg stehenden Augen, das dunkle Haar. Ihres war allerdings mit silbernen Strähnen durchzogen und zu einem Knoten aufgesteckt.

„Ich mache euch gleich miteinander bekannt." Matt bedeutete Molly und Claire mit einer Geste, vor ihm das Haus zu betreten. „Lasst uns erst einmal reingehen."

„Stimmt etwas nicht?", fragte seine Mutter.

„Nein, aber du solltest dich vielleicht lieber hinsetzen."

Mrs Ryan runzelte die Stirn und wandte sich direkt an Molly und Claire. „Sie sind beide herzlich willkommen, auch wenn Matt sich so seltsam aufführt."

„Danke, Mrs Ryan", sagte Molly.

Matts Mutter lächelte sie an. „Sie erinnern mich an jemanden."

Matt führte sie durch das Haus in einen großen Wohnbereich, mit einer Couch, die gedrechselte Holzbeine und rotbraune Polster hatte, sowie zwei dazu passenden Stühlen. Die gegenüberliegende Wand wurde von einem großen, gemauerten Kamin beherrscht. Die Einrichtung war rustikal und maskulin, was Molly gefiel.

Sie nahm ihren Hut ab und wurde sich auf einmal bewusst, wie dreckig und müde sie aussehen musste. Claires blondes, zu einem Zopf geflochtenes Haar glänzte hingegen im gedämpften

Licht der beiden Öllampen auf dem Kaminsims, obwohl auch sie erschöpft und schmutzig war. Durch das große Fenster nahm Molly wahr, wie schnell es draußen dunkel wurde.

Matt warf seinen Hut auf einen Beistelltisch und bat Claire mit einer Geste, auf der Couch Platz zu nehmen. „Ma, das ist Claire Waters."

„Erfreut, Sie kennenzulernen, Ma'am", sagte Claire mit sichtlichem Unbehagen.

„Bitte nennen Sie mich doch Susanna. Woher kennen Sie beide Matthew?"

Molly setzte sich neben ihre Freundin, die wiederum Matt fragend anschaute.

„Das wird jetzt vielleicht ein bisschen viel", meinte er.

Sein Blick heftete sich auf sie, und Molly wurde nervös. In den zehn Jahren hatten sich die Menschen verändert, sie am allermeisten. Diese Heimkehr war viel schwieriger, als sie sich das vorgestellt hatte.

„Erinnerst du dich noch an den Tag, als die Harts getötet wurden?", fragte Matt seine Mutter.

„Selbstverständlich tue ich das." Ein Ausdruck des Kummers huschte über Susannas Gesicht.

„Auch daran, dass Cale Mollys Leichnam entdeckte?"

„Ja. Warum fängst du damit jetzt wieder an?"

„Es sieht so aus, als hätten wir uns all die Jahre geirrt. Cale hat nicht Mollys Leichnam gefunden."

Verwirrt schaute Susanna ihren Sohn an. „Ich verstehe nicht."

„Sie ist noch am Leben", erklärte Matt zögernd. „Das hier ist Molly."

Susanna blickte sie an und erstarrte. „Grundgütiger", murmelte sie.

Unsicher, wie sie reagieren sollte, blieb Molly reglos sitzen. Sollte sie es beweisen? Vielleicht konnte sie Matts Mutter etwas von damals erzählen, um sie davon zu überzeugen, dass sie die Wahrheit sagte. Aber ihr fiel nichts ein.

35

„Aber natürlich", meinte Susanna schließlich. „Du siehst deiner Mutter so ähnlich." Tränen traten ihr in die Augen. Sie stand auf und kam zu ihr herüber. „Molly, mein liebes Kind."

Reflexartig erhob sich Molly ebenfalls und ließ sich von Susanna umarmen.

„Ich kann es nicht glauben", sagte Susanna tief bewegt. „Es ist ein Wunder. Wir waren damals zutiefst erschüttert, vor allem auch deinetwegen."

Sie machte einen Schritt zurück und strich Molly sanft über das Gesicht.

Molly lächelte zögernd, noch immer unsicher, wie sie reagieren sollte.

„Wie ist das möglich?", fragte Susanna.

Molly warf einen Blick zu Matt hinüber, dessen verschlossene Miene nicht zu deuten war. „Es ist deine Entscheidung, wie viel du preisgeben möchtest", meinte er leise.

Molly holte tief Luft. „Die Männer, die in jener Nacht die Ranch überfielen, haben mich entführt. Bald darauf wurden sie selber von einer Gruppe Comanche überfallen, die mich mitnahmen. Bei uns war ein anderes Mädchen, sie war etwa in meinem Alter. Sie wurde getötet, aber wie sich herausstellt, nahmen alle offenbar an, ich sei das gewesen."

„Oh, Molly! Warst du die ganze Zeit bei den Comanche?"

„Eine Weile. Dann haben sie mich an einen Händler verkauft, der mich wiederum an einen Goldschürfer verkauft hat. Bei dem blieb ich zwei Jahre. Erst vor Kurzem ist es mir gelungen, mich auf den Weg nach Hause zu machen. Ich wusste bis vor wenigen Wochen nicht, dass meine Eltern getötet wurden."

„Es tut mir so leid", flüsterte Susanna. „Ich kann es nicht fassen. Wie hat Matthew dich gefunden?"

„Ich habe sie gestern auf der Hart-Ranch angetroffen."

Susanna starrte ihren Sohn an. „Das ist unglaublich." Dann wandte sie sich wieder an Molly. „Ich kann mir kaum vorstellen, was du durchgemacht haben musst. Du bist sicher vollkommen erschöpft. Hier könnt ihr euch beide erholen." Susannas Blick schwenkte zu Claire.

„Wir sind sehr dankbar für Ihre Gastfreundschaft", sagte Molly.

„Ich werde nach Pa suchen", erklärte Matt. „Ist Logan in der Nähe?"

„Nein, er patrouilliert an der Südgrenze. Ich weiß nicht, wann er zurück sein wird, falls er überhaupt heute noch kommt."

Matt nahm seinen Hut und ging Richtung Tür. „Warte nicht mit dem Essen auf mich. Ich bin sicher, Molly und Claire hatten lange keine anständige Mahlzeit mehr."

Kurz hielt er Mollys Blick fest, dann war er verschwunden. Sie wünschte sich, er wäre geblieben.

Sie war hungrig und müde. Der Gedanke, in einem richtigen Bett zu schlafen, war himmlisch. Schon lange hatte sie das nicht mehr getan, seit zehn Jahren nicht mehr, um genau zu sein.

AUF EIN LEISES Klopfen hin öffnete Molly die Schlafzimmertür.

„Ich habe hier ein Nachthemd für dich und Kleidung zum Wechseln." Susanna reichte ihr die Sachen.

„Danke." Molly machte einen Schritt zurück ins Zimmer. „Und vielen Dank, dass Sie uns hier übernachten lassen."

Susanna betrat das Zimmer und schlug die Bettdecke zurück. „Du bist uns willkommen, solange du magst. Und Claire ebenfalls. In ein paar Tagen ist die Renovierung der Schlafzimmer oben wohl abgeschlossen, dann könnt ihr die Zimmer beziehen." Sie schüttelte die Kissen auf. „Wo hast du Claire kennengelernt?"

„Vor ein paar Monaten, in der Nähe von Albuquerque." Mehr sagte sie nicht. Claire wollte vielleicht nicht, dass die näheren Umstände allen bekannt wurden.

„Etwas ist dem armen Mädchen zugestoßen", sagte Susanna,

als sie mit dem Bett fertig war. „Ich vermag mir kaum vorzustellen, was das war." Sie ging zum Fenster und zog die Vorhänge zu.

Im Zimmer befand sich ein Badezuber, von dem heißer Dampf aufstieg. Molly freute sich auf diesen Luxus. Noch einmal blickte sie sich in diesem sehr männlich eingerichteten Schlafzimmer um. Es war Matts Zimmer. Susanna hatte gemeint, er könnte auch woanders schlafen, es würde ihm nichts ausmachen. Claire war nebenan in Logans Zimmer untergebracht.

„Ich halte dich nicht länger auf", sagte Susanna. „Du kannst dich waschen und dann hinlegen. Claire schläft bereits."

„Ich habe mich gefragt, ob Sie vielleicht etwas über meine Schwestern wissen."

Während des Essens hatten sie nicht viel gesprochen. Molly war zu sehr mit der Mahlzeit beschäftigt gewesen, einem einfachen Eintopf mit warmem Brot. Es war lange her, dass sie das letzte Mal eine so köstliche Speise genossen hatte. Allein das Aroma gehörte schon zu dem Besten, was sie je gerochen hatte, seit den Zimtplätzchen in ihrer Kindheit. Ein Blick zu Claire hatte ausgereicht, um zu sehen, dass es ihr ebenso erging.

Molly hatte den Eintopf gierig in sich hineingeschlungen und schämte sich dafür ein wenig, aber Susanna hatte kein Wort darüber verloren. Sie hatte ihnen einfach die Teller ein weiteres Mal vollgefüllt und ihnen noch mehr Brot abgeschnitten, dann hatte sie darauf bestanden, dass die beiden sich ein Bad gönnten und sich anschließend hinlegten.

„Oh, meine Güte, selbstverständlich. Es tut mir leid, dass ich deine Schwestern nicht früher erwähnt habe." Susanna ergriff Mollys Hände und zog sie auf die Bettkante.

„Matt sagte, sie seien nach San Francisco gezogen und leben bei meiner Tante Catherine."

„Ja. Catherine war so freundlich, mit uns Kontakt zu halten. Selbstverständlich hätte ich die beiden auch gern bei mir aufgenommen. Ich mag euch Mädchen sehr gern. Aber Catherine bestand darauf, dass sie Texas verlassen sollten. Sie fand, es sei kein geeigneter Ort für sie. Damit hatte sie natürlich recht. Sie konnte ihnen mehr bieten. Mary ist inzwischen vierundzwanzig. Vor vier oder fünf Jahren hat sie geheiratet. Ich hatte gehofft, zur Hochzeit hinreisen zu können, Jonathan hätte mich begleitet, aber die Einladung kam sehr kurzfristig und die Zeit reichte nicht. Marys Ehemann besitzt eine Ranch in der Nähe von Tucson, im Arizona-Territorium. Bald nach der Hochzeit bekam sie ein Kind. Catherine hat es nicht ausdrücklich erwähnt, aber ich nahm an, das war der Grund für die überstürzte Hochzeit."

Molly konnte ihr Erstaunen nicht verbergen. „Mary?"

„Ja, Mary." Susanna lachte. „Ich gebe zu, ich war ebenfalls überrascht. Mary war immer so darauf bedacht, die Regeln von Anstand und Moral zu wahren und nichts falsch zu machen."

„Hat sie einen Sohn oder eine Tochter?"

„Einen Sohn. Inzwischen hat sie auch eine Tochter, die müsste jetzt schon drei Jahre alt sein. Vor ein paar Monaten hat Mary mir geschrieben. Sie ist erneut guter Hoffnung und es scheint ihr gut zu gehen. Der Name ihres Mannes ist Tom Simms, es klingt so, als seien sie glücklich miteinander. Sie wird genauso erstaunt sein wie wir alle, dass du noch am Leben bist, Molly. Aber ich bin sicher, sie wird dich so bald wie möglich sehen wollen."

Molly nickte. Der Gedanke an die Kinder ihrer Schwester wärmte sie. „Ich würde sie gern besuchen."

„Wir können ihr morgen einen Brief schreiben. Deine Schwester Emma lebt noch immer bei deiner Tante. Sie müsste inzwischen achtzehn sein. Nach Catherines Briefen zu urteilen, war Emma ziemlich schwierig. Deine Tante hat sich lange Zeit große Sorgen um sie gemacht, weil sie sich sehr zurückgezogen hatte. Aber in ihrem letzten Brief schrieb sie, es gehe ihr jetzt besser. Sie ist wohl viel energischer geworden, etwa so, wie ich dich in Erinnerung habe."

Molly lächelte angesichts des Leuchtens in Susannas Augen.

„Laut deiner Tante ist Emma offenbar ganz liebreizend, zeigt aber keinerlei Interesse an den jungen Männern in ihrer

Umgebung. Sie scheint recht rastlos zu sein, und damit ist deine Tante wohl überfordert. Daher habe ich Catherine vorgeschlagen, Emma könne uns doch einmal besuchen kommen. Und da du nun wieder da bist, bin ich sicher, dass Emma gern heimkehren würde. Wir schreiben ihnen allen morgen."

„Ich bin Ihnen sehr dankbar."

„Das musst du nicht. Es ist ein wahres Wunder, dass du am Leben bist, ich kann es noch immer nicht glauben." Susanna nahm sie in die Arme. „Du solltest dich jetzt waschen und dann zu Bett gehen. Wir können morgen weiter über alles reden."

Als sie das Zimmer verlassen hatte, spürte Molly die Müdigkeit in allen Knochen. Schnell entkleidete sie sich und stieg in den Badezuber, dann zog sie das lange Nachthemd an, das Susanna ihr gegeben hatte.

Aber schon bald war ihr das Nachthemd zu unbequem und sie suchte in Matts Schrank nach etwas, das sie stattdessen anziehen konnte. Sie fand ein weißes Hemd und streifte es sich schnell über. Es roch nach ihm, ebenso wie sein Bett. Eine intensive Mischung aus Moschus, Leder und Seife. Als Molly einschlief, fühlte es sich beinahe an, als liege er neben ihr.

Der Gedanke war beruhigend und aufwühlend zugleich.

Kapitel Sieben

Der Schrei riss Molly aus dem Schlaf. Einen Moment lang lag sie reglos da und starrte in die Dunkelheit des Zimmers. Matts Zimmer, wie sie sich erinnerte. Dann fiel ihr wieder ein, dass eine Frau geschrien hatte. Claire.

Molly warf die Bettdecke zurück, sprang aus dem Bett und rannte auf den Flur hinaus. Dort stand ein großer, muskulöser, halb nackter Mann und sie blieb abrupt stehen. Dann entdeckte sie Claire im Türrahmen zu Logans Zimmer. Sie trug eines von Susannas langen weißen Nachthemden und presste eine Decke an sich. Ihr blondes Haar fiel ihr über die Schultern und umrahmte ihr rosiges Gesicht. Sie starrte den Mann vor sich entsetzt an.

Molly erkannte ihn endlich. Es war Logan, Matts jüngerer Bruder. Er war nicht ganz so groß wie Matt, aber sein braunes Haar und das kantige Gesicht waren ein deutlicher Hinweis auf seine Familienzugehörigkeit.

„Würde es dir etwas ausmachen, mir zu erklären, warum sich eine Frau in meinem Bett befindet, Matt?", fragte Logan in gedämpftem, gereiztem Ton.

Molly zuckte zusammen, als sie bemerkte, dass Matt hinter ihr

41

stand. Die Luft blieb ihr weg, als sie sich umdrehte, und ihr Herz raste noch mehr. Auch er war nur spärlich bekleidet. Offensichtlich hatte er sich die Hose sehr hastig angezogen, denn der obere Knopf war noch geöffnet. Logans halb nackter Zustand hatte sie bloß überrascht, aber Matt brachte sie aus dem Konzept.

Er hatte nicht ein Gramm Fett am Körper, sie konnte das Spiel seiner geschmeidigen Schultermuskulatur erkennen. Ein Flaum dunkler Haare bedeckte seine Brust, verlief in einem schmalen Streifen bis hinunter zu seinem straffen Bauch und verschwand jenseits des Hosenknopfes. Er überragte sie und stand so nahe, dass sein Arm ihren streifte, als er die eilig gezogene Waffe senkte. Molly erschauerte von dem kurzen Kontakt.

„Ma hatte nicht damit gerechnet, dass du heute noch zurückkommst", erklärte Matt. Der Klang seiner Stimme machte Molly nervös. „Das ist Claire Waters. Claire, das ist mein Bruder Logan."

Molly fand endlich ihre Stimme wieder. „Ist alles in Ordnung mit dir, Claire?"

„Ja, er hat mich nur erschreckt." Claire blickte zu Logan hinüber.

„Offenbar hast du auch eine in deinem Bett. Versucht unsere Mutter, uns zu verkuppeln?" Logans Stimme war sanfter geworden und er schaute Claire wieder an.

„Das ist eine lange Geschichte", erwiderte Matt. „Hol dir Bettzeug, du schläfst auf dem Fußboden, bei mir."

Molly spürte Matts Anwesenheit sehr deutlich. Er stand sehr nahe bei ihr, viel zu nahe. In der Dunkelheit des Flurs meinte sie zu erkennen, dass Logan mindestens zwei Schritte von Claire entfernt war, während Matt nur eine Handbreit von ihr trennte. Auf einmal wurde sie sich peinlich bewusst, dass sie nur sein dünnes Hemd trug.

„Tut mir leid, Claire", sagte Matt. „Und du gehst besser auch wieder schlafen, Molly. Ich werde Logan alles erklären." Er machte endlich einen Schritt zurück und Molly wagte es, ihm ins Gesicht zu schauen.

Trotz der Dunkelheit konnte sie ein neugieriges Glänzen in seinen Augen erkennen. Gleichzeitig drückte seine ganze Haltung unerbittliche Entschlossenheit aus. Molly spürte die angestrengte Zurückhaltung, um die er sich bemühte.

In der Enge und Dunkelheit des Korridors wirkte er bedrohlich; als er sein Gewicht leicht verlagerte, spannten sich seine Schultern an. Molly zitterte und spürte ein Ziehen in ihrem Unterleib. Wären Logan und Claire nicht da gewesen, hätte sie ihn berührt. Es kostete sie all ihre Willenskraft, nicht mit den Fingerspitzen über seine Brust zu streichen. Sie konnte es nicht erklären, aber sie war überzeugt, sie könnte die Anspannung seines Körpers lösen.

Mühsam zwang sie sich zu einem Nicken. „Gute Nacht", flüsterte sie, kehrte zurück in Matts Schlafzimmer und schloss die Tür. Sie bemerkte, dass er sie genau im Auge behielt. Sein Blick ließ sie erschauern.

Das Atmen fiel ihr schwer, auch nachdem sie die Tür geschlossen hatte. Der ganze Vorfall hatte sie mitgenommen. Hatte sie sich den Sturm der Gefühle in Matts Blicken nur eingebildet? Sie konnte sich nicht erklären, wie es dazu hatte kommen können, dass sie sich so sehr zu ihm hingezogen fühlte. Er war nicht länger der siebzehnjährige Junge, den sie früher gekannt hatte. Er war älter, distanzierter, aber deutlich anziehender für sie.

Dass er sich ihrer Nähe im Flur ebenfalls sehr bewusst gewesen war, hatte sie sich nicht bloß eingebildet. Es war spürbar gewesen, kaum zu übersehen. Die Luft zwischen ihnen hatte geknistert, wie bei einem Gewitter, kurz bevor der Blitz einschlug und der Sturm das Land flutete. In ihr war etwas erwacht, das sie nicht kannte, eine Sehnsucht, die beinahe schmerzlich war.

Jegliche Weiblichkeit war ihr in der Vergangenheit versagt geblieben. Elijah war nicht gerade ein gutes Vorbild gewesen.

Jedenfalls hatte sie keine Ahnung, wie sie die Situation mit Matt meistern sollte.

Sie fand, wenig überraschend, keinen Schlaf mehr in dieser Nacht.

MATT KEHRTE ZURÜCK in den geräumigen Wohnraum, wo er ein Schlaflager bereitet hatte. Er steckte die Waffe zurück ins Holster, ließ sich auf die Couch fallen und rieb sich übers Gesicht. Dabei wurde ihm bewusst, dass er sich dringend rasieren musste. Was er aber noch dringender brauchte, war ein Guss kalten Wassers. Zu schade, dass der Red River zehn Meilen weiter nördlich verlief.

Allerdings ahnte er, dass weder der lange Ritt noch das kalte Wasser das Bild von Molly auslöschen könnte, wie sie aus seinem Zimmer rannte, mit nichts weiter bekleidet als seinem Hemd, ihre atemberaubend femininen Züge umrahmt von ihrem dunklen, zerzausten Haar.

Ihr verschleierter Blick und die schläfrige Stimme wären ihm beinahe zum Verhängnis geworden. Erst recht, als sie sich zu ihm umgedreht und er ihre körperliche Reaktion bemerkt hatte, gut erkennbar unter dem dünnen Stoff des Hemdes. In seiner Erinnerung sah er noch die dunklen Umrisse ihrer Brüste unter dem weißen Stoff. Nur die Tatsache, dass weitere Personen anwesend waren, hatte ihn davon abgehalten, sie zu berühren. Gerade so.

Matt bemühte sich, an die neunjährige Molly zu denken, süß, unschuldig und verspielt, für die er nichts als brüderliche Gefühle empfunden hatte. Aber das funktionierte nicht. Er dachte nur an die langen, wohlgeformten Beine und ihren ganz und gar nicht neunjährigen Körper, kaum verhüllt von einem dünnen weißen Hemd.

„Ich sehe nicht ein, warum du die Couch bekommst." Logan betrat das Zimmer und warf sein Schlafzeug auf den Boden.

„Ich war zuerst hier. Also nimmst du den Fußboden. Ich erkläre dir morgen alles."

„Vergiss es. Du hast mich neugierig gemacht. Außerdem dauert es noch einen Moment, bis ich mich von Claire erholt habe."

Matt schaute seinen Bruder stirnrunzelnd an. „Du hast doch hoffentlich nicht ihre Gefühle verletzt, oder?"

Logan lachte. „Nicht, sofern sie kein Problem damit hat, mich in meiner ganzen Pracht zu sehen."

„Grundgütiger. Du hattest nichts an?"

„Absolut nichts." Logans Grinsen ließ ihn deutlich jünger als fünfundzwanzig erscheinen. „Ich glaube nicht, dass Claire allzu viel Erfahrung mit Männern hat, aber sie hat sich nicht verkrochen und ist auch nicht in Ohnmacht gefallen, das muss ich ihr immerhin lassen. Ich habe noch nie eine Frau so schnell erlebt. Sie hat mir mit ihren zarten kleinen Füßen einen heftigen Tritt gegen die Brust verpasst. Ein bisschen tiefer und ich würde jetzt wohl nicht aufrecht gehen können."

Logan setzte sich auf einen Stuhl und stöhnte auf, als er behutsam seinen Oberkörper betastete.

„Halt dich etwas zurück bei ihr", meinte Matt. „Ich glaube, sie hat einiges durchgemacht."

„Inwiefern?"

„Ich weiß nicht viel über sie, außer dass Molly sie vor ein paar Monaten aufgelesen hat, geschlagen und zerschunden, außerhalb von Albuquerque."

Sofort wirkte Logan angespannt.

„Hat man die Mistkerle erwischt?", fragte er kalt.

„Das weiß ich nicht."

Matt betrachtete seinen jüngeren Bruder und wusste, dass hinter der lässigen Fassade ein entschlossener Mann steckte. Er kannte niemanden, der ein so ausgeprägtes Gerechtigkeitsempfinden besaß wie Logan. Kein Wunder, dass er ein Gesetzeshüter geworden war. Logans Ruf war weithin bekannt. Er war jemand, der seinen Job erledigen würde, egal, wie schlecht

45

die Chancen standen. Logan war im Spurenlesen ebenso gut wie er selbst und Nathan.

Logan und er hatten alles, was man zum Überleben in der Wildnis brauchte, von Joseph Running Bear gelernt, einem alten, verschrobenen Kiowa, der auf der Ryan-Ranch angeheuert hatte, kurz nachdem sie sich in Texas niedergelassen hatten. Onkel Joe hatte ihnen mehr über das Land und seine Bewohner beigebracht, den tierischen wie den menschlichen, als Matt in den vergangenen zehn Jahren allein gelernt hatte.

Als der alte Indianer vor einigen Jahren gestorben war, kam es ihm so vor, als hätte er einen Vater verloren. Männern wie ihm begegnete man nicht alle Tage. Matt fragte sich noch heute, warum Joe die Kiowa verlassen hatte. Der alte Mann hatte sich stets geweigert, diese Frage zu beantworten. Matt nahm an, dass er tragische Gründe für seine Entscheidung gehabt hatte. In dieser Gegend wurde früher oder später jeder einmal vom Unglück heimgesucht.

Matt warf seinem Bruder einen Blick zu. Logan war sehr überraschend vor einem Jahr aus Virginia City zurückgekehrt und hatte verkündet, nun auf der Farm bleiben und mitarbeiten zu wollen. Matt hatte nie nachgefragt, aber er vermutete, dass etwas passiert sein musste, sonst hätte Logan niemals seinen Posten als Deputy aufgegeben.

In den letzten Monaten hatte Matt zum ersten Mal seit Jahren wieder Zeit mit seinem Bruder verbracht. Logan konnte umwerfend charmant sein, aber darunter lauerte eine eiserne Entschlossenheit, hart zu arbeiten und niemanden zu nahe an sich heranzulassen. Matt selbst war in dieser Hinsicht nicht anders.

Matt konnte sich nicht erinnern, dass Logan sich je für eine Frau interessiert hätte. Aber er selbst hatte auch nie eine mit nach Hause gebracht. Er war nie lange genug an einem Ort geblieben, um engere Bande zu knüpfen.

Aber heute hatte er eine Frau mit nach Hause gebracht, zwei, um genau zu sein. Und eine von ihnen ging ihm unter die Haut wie schon lange keine mehr. Er musste einen klaren Kopf bewahren, denn es war seine Pflicht, Molly vor Männern wie ihm zu beschützen. Für ihn war sie tabu.

„Wer ist Molly?", fragte Logan. „Wieso sind sie und Claire überhaupt hier?"

„Du wirst es nicht glauben, aber Molly ist Molly Hart."

„Molly Hart?" Logan sah verwirrt aus. „Dieselbe Molly Hart, die vor Jahren getötet wurde?"

Matt nickte langsam.

„Wie zur Hölle kann das sein?", fragte Logan ungläubig.

„Ich sage dir, was ich weiß, aber behalte es bitte für dich. Ich denke nicht, dass es Molly recht ist, wenn ihre Vergangenheit ständig zum Thema wird."

Matt hatte früher am Tag seinem Vater alles erzählt, weil er fand, dass der alte Herr ein Recht hatte, darüber Bescheid zu wissen. Und nun würde er Logan alles berichten, weil er darauf vertrauen konnte, dass sein Bruder den Mund hielt. Hass auf Indianer war in dieser Gegend von Texas sehr weit verbreitet, trotz der Tatsache, dass die Comanche und Kiowa längst keine Bedrohung mehr darstellten. Manchmal übertrug sich diese Abscheu auf die ehemaligen Gefangenen, die ein neues Leben unter ihresgleichen anfangen wollten.

Matt hatte das nie verstanden. Die Gefangenen waren oft in schlechter Verfassung, körperlich, aber auch seelisch, und es half ihnen überhaupt nicht, wenn ihre Familien und Freunde, die doch ganz verzweifelt auf ihre Rückkehr gehofft hatten, nicht mit dem umgehen konnten, was ihnen angetan worden war. Erst recht, wenn diese Gefangenen Frauen waren.

Matt beendete seinen Bericht über Mollys Rückkehr, und Logan schüttelte staunend den Kopf.

„Ein reiterloser Sattel ist besser als ein niederträchtiger Reiter", sagte Logan.

Matt schaute ihn fragend an.

„Das habe ich immer über Davis Walker gedacht", erklärte

47

Logan. „Er hat seine Pferde immer schlecht behandelt. Jemand hätte ihm das schon vor Jahren mal beibringen sollen. Aber Cale, Joey und TJ hatten reichlich anderes zu tun, als ihrem Vater mal die Meinung zu sagen."

„Es stimmt wohl, Davis Walker ist nicht gerade ein aufrechter Bürger, aber hier in dieser Gegend ist niemand ein Heiliger."

„Sprich nur für dich." Logan grinste.

„Wenn ich an Heilige denke, stehst du jedenfalls nicht oben auf der Liste", erwiderte Matt schmunzelnd. Dann wurde er ernst. „Die Frage ist doch, warum? Warum sollte Davis Walker eine Bande dafür anheuern, die Ranch der Harts zu überfallen, sie zu ermorden und Molly zu entführen? Der einzige Grund, der mir dafür einfallen würde, ist der, dass er offenbar ein Auge auf Mollys Mutter geworfen hatte."

„Klingt als Grund ausreichend. Ich habe schlimmere Verbrechen aus geringeren Gründen gesehen."

„Ja, ich auch", gab Matt müde zu. Die Vorstellung, dass Walker für den Überfall verantwortlich war, widerstrebte ihm jedoch. Er wusste, dass dieser Gedanke auch seinen Vater schwer belastete.

„Hast du mit Pa darüber geredet?", fragte Logan.

„Ja, vorhin. Er hatte auch keine Erklärung und wollte das zunächst mit Ma besprechen, weil er hofft, sie erinnert sich vielleicht an etwas, das Licht ins Dunkel bringen kann. Er meinte, Davis wäre nach dem Tod seiner Frau nie mehr derselbe gewesen. Sie ist im Kindbett gestorben."

„TJ?", fragte Logan und zog eine Augenbraue hoch.

Matt nickte.

„Das erklärt immerhin TJs Zügellosigkeit. Seine Mutter war nicht mehr da, um ihm die Leviten zu lesen."

„Zügellosigkeit gehört noch zu seinen besseren Eigenschaften", meinte Matt grimmig.

„Also, du hast es jedenfalls geschafft, mich zu überraschen. Das kommt ja auch nicht alle Tage vor."

„Wir sollten versuchen, etwas zu schlafen." Matt streckte sich auf der Couch aus. „Morgen können wir überlegen, was zu tun ist."

Logan seufzte. „Irgendetwas sagt mir, ich werde eine ganze Weile auf dem Fußboden schlafen müssen. Wir sollten ins Schlafhaus der Cowboys umziehen, bis Ma mit den Renovierungen oben fertig ist."

„Wirst du auf deine alten Tage ein Waschlappen?"

„Nein, aber realistisch. Erzähl mir nicht, dass dir entgangen ist, wie hübsch die beiden jungen Frauen sind, die derzeit in unseren Betten schlafen."

„Lass die Finger von Molly." Matts Stimme klang ruhig, enthielt aber eine unterschwellige Drohung. Bevor er die Worte ausgesprochen hatte, war ihm nicht bewusst gewesen, wie besitzergreifend er in ihrem Fall war. Er atmete tief durch und fügte hinzu: „Tut mir leid, das kam falsch rüber. Ich wollte sagen, wir müssen auf sie aufpassen, bis sie sich irgendwo niedergelassen hat. Es gibt sicher einige geeignete Ehekandidaten für sie hier in der Gegend."

Logan zog eine Augenbraue hoch. „Du willst einen Ehemann für sie suchen?" Er lachte. „Seit wann bist du denn ihr Schutzengel? Ich will es mal so ausdrücken, Matt: Du hast sie vorhin nicht gerade wie ein Engel angeschaut." Logan grinste breit.

„Was soll das denn bitte heißen?"

„Nichts." Logan zuckte mit den Schultern. „Aber ich bin ja nicht blind. Und du mit Sicherheit auch nicht. Ich habe gesehen, wie sie da stand, nur mit einem deiner Hemden bekleidet. Du willst ihr einen Ehemann suchen? Das sollte wohl kein Problem sein. Aber stell sicher, dass du weißt, was *du* willst, bevor du versuchst, über ihr Leben zu bestimmen."

„Was ich will, steht nicht zur Debatte. Sie ist durch die Hölle gegangen. Ich habe die feste Absicht, dafür zu sorgen, dass ihr Leben von jetzt an nur noch besser wird."

„Ich denke, das wird mir sehr viel Spaß machen", meinte Logan und legte sich auf den Fußboden.

„Spaß? Inwiefern?"

Wieder lachte Logan. „Dir dabei zuzuschauen, wie du den Kuppler spielst."

„Schlaf endlich."

Sein Bruder kicherte ein letztes Mal, dann war Ruhe.

Kapitel Acht

Als Molly erwachte, schien die Sonne durchs Fenster. Nach ihrer nächtlichen Begegnung mit Matt hatte sie sich unruhig hin und her gewälzt, nicht nur, weil sie sich zu ihm hingezogen fühlte, sondern vor allem, weil sie schon seit etwa zehn Jahren nicht mehr in einem richtigen Bett geschlafen hatte. Es war viel zu weich. Erst nachdem sie in den frühen Morgenstunden eine Decke auf dem Boden ausgebreitet und sich auf die harten Dielen gelegt hatte, war sie eingeschlafen.

Sie erinnerte sich an einige Bilder aus ihrem Traum. Sie war auf der Ranch ihrer Eltern gewesen, bevor ihre Welt so plötzlich aus den Fugen geriet. Die nachmittägliche Sonne hatte geschienen, sie hatte auf dem Zaun der Pferdekoppel gesessen, ihre Schwester Emma neben sich. Emmas dunkle Locken hatten wunderschön im Sonnenlicht geglänzt, Molly hatte im Traum nicht widerstehen können und sie sich um die Finger gewickelt.

Es ist schön, wieder bei dir zu sein, Emma.

Ihre Schwester hatte lächelnd zu ihr aufgesehen. Ein Grübchen hatte sich auf ihrer Wange gebildet. Emmas Grübchen zeigte sich immer, wenn sie sehr glücklich war. Das Lächeln hatte Molly das Herz gewärmt. Dann war ein Reiter auf die Koppel gekommen.

51

Es war Matt gewesen, er hatte ein Pferd zureiten wollen. Aber Matt hatte nicht so jung ausgesehen wie in jenem Sommer vor zehn Jahren. Er war älter gewesen, so wie jetzt.

Die Erinnerung an den Traum weckte ihre Sehnsucht nach Emma. Sie hatten so viel Zeit verloren. Hoffentlich würden sie sich schon bald wiedersehen. Molly rieb sich die Augen und bemühte sich, einen klaren Kopf zu bekommen.

Susanna hatte ihr ein schlichtes, braunes Kleid ans Fußende des Bettes gelegt, außerdem weiße Unterwäsche. Molly zog Strümpfe an, eine knielange Pluderunterhose und einen leichten Unterrock, dann schlüpfte sie in eine Chemise mit Knöpfen, die sie ein wenig verwirrten. Aber bald saß alles an der richtigen Stelle.

Amüsiert darüber, dass sie wieder einer Frau ähnelte, wippte sie mit den Hüften und ließ den Rock um ihre Knöchel herumwirbeln. Seit sie ein kleines Mädchen gewesen war, hatte sie kein Kleid mehr getragen. Der Gedanke verursachte ihr einen Kloß im Hals und ihre Augen brannten.

Molly atmete tief durch und unterdrückte ihre Tränen. Als sie nach ihren Stiefeln griff, wurde ihr bewusst, wie abgenutzt und schmutzig sie waren. Aber andere besaß sie nicht. Sie zog sie an, wohl wissend, dass sie nicht gut zu ihrem Kleid passen würden, und fragte sich, warum ihr das wichtig sein sollte. *Matt.* Was er von ihr hielt, war ihr wichtig.

Um sich mit diesem Gedanken nicht näher befassen zu müssen, widmete sie ihre Aufmerksamkeit ihrem zerzausten Haar. Es war nicht so lang, wie sie es gern gehabt hätte, da Elijah immer darauf bestanden hatte, dass sie es möglichst kurz tragen sollte. Sie zog die dichten Locken zum Hinterkopf und ließ sie dann frustriert wieder los. Es war nicht möglich, es so zu frisieren, dass sie anziehend wirkte.

Anziehend auf Männer.

Anziehend auf Matt.

Molly atmete geräuschvoll aus. Sie benahm sich wie eine dumme Gans. Matt würde sie ohnehin kaum wahrnehmen.

Sie verließ das Zimmer und ging nach unten. Aus dem großen Wohnzimmer hörte sie Stimmen, in der Tür blieb sie kurz stehen, bevor sie eintrat. Das Gespräch verstummte abrupt und alle Blicke richteten sich auf sie. Ihr wurde warm und sie spürte, wie ihr die Röte ins Gesicht schoss.

Susanna und Claire standen rechts von ihr, Logan und Matt links. Sie beobachtete Matt aus dem Augenwinkel, wollte ihn aber nicht direkt anschauen, daher konzentrierte sie sich auf den älteren Mann ihr direkt gegenüber. Molly wusste, dass dies Matts Vater war, auch wenn sie ihn als Kind nur ein- oder zweimal getroffen hatte.

Jonathan Ryan war eine beeindruckende Erscheinung, ebenso groß wie seine Söhne, mit breiten Schultern, aber sein zerfurchtes Gesicht und das graue Haar zeugten von den vielen Jahren, die er in diesem rauen Land verbracht hatte. Aus blaugrünen Augen, die Matts so ähnlich waren, musterte er sie und sein Ausdruck wurde milder. Molly schnürte es die Kehle zu und ihre Gefühle drohten, sie zu überwältigen.

„Molly", sagte Jonathan leise. „Guter Gott. Ich habe noch nie erlebt, dass jemand von den Toten auferstanden ist, aber dein Vater hatte schon immer behauptet, du wärst ebenso zäh wie die Jungs. Ich sollte also wohl nicht gar so überrascht sein, dass du überlebt hast. Willkommen daheim, Kind."

Molly schob ihre zitternden Hände in die Falten ihres Kleides und zupfte an dem weichen Stoff herum.

Jonathan kam zu ihr und legte ihr seine Hände auf die Schultern. „Du bist hier willkommen, solange du bleiben möchtest."

Molly nickte, ihr Herz pochte heftig. Sie räusperte sich und fand endlich die Sprache wieder. „Es ist schön, Sie wiederzusehen, Sir." Sie hörte sich an wie ein Frosch, der zu reden versuchte.

Jonathan ließ sie los. „Du musst Hunger haben. Wir sollten erst einmal alle frühstücken, danach unterhalten wir uns weiter."

Molly warf einen Blick zu Claire hinüber. Sie trug ein

cremefarbenes Kleid und hatte ihr blondes Haar mit einem Band zusammengebunden. Claire war bemerkenswert hübsch, Molly kam sich im Vergleich zu ihr wie eine zerlumpte Puppe vor.

Auf dem Weg zum Speisezimmer gesellte sich Logan zu ihr. Er umarmte sie kurz. Steif wie ein Stock vor Verlegenheit ließ sie es linkisch geschehen.

„Ich wusste gestern Abend noch nicht, wer du bist", sagte er. Sein Blick und seine Stimme waren voller Wärme. „Ich schätze, ein einfaches ‚Schön, dich zu sehen' ist reichlich untertrieben."

Sie entzog sich ihm und entspannte sich wieder.

„Ich habe dich schon gestern Abend erkannt", erklärte sie. „Du siehst Matt sehr ähnlich." Logan machte einen Schritt zur Seite, da Matt sich plötzlich zwischen sie drängte.

Molly wagte es endlich, ihn anzuschauen, und ihr blieb die Luft weg angesichts seines eindringlichen Blickes. Zu ihrem Erstaunen wirkte er gereizt. Sie nahm an, das hatte mit ihrer Erscheinung zu tun.

„Das mag sein, aber von uns beiden bin ich der Attraktive", erwiderte Logan feixend.

Molly grinste, bevor sie sich zusammenreißen konnte. Es war immer leicht gewesen, mit Logan auszukommen, daran hatte sich offensichtlich nichts geändert. Im nächsten Moment hatte Matt ihn jedoch weggeschoben und seine Hand auf ihren Rücken gelegt, um sie über den Flur ins Speisezimmer zu geleiten. Ihr Lächeln verschwand bei seiner Berührung.

Matts Ausstrahlung war nichts, worüber sie nachgedacht hatte in den endlos langen Wochen vor ihrer Heimkehr. Zwar hatte sie gehofft, ihn wiederzusehen, aber wenn sie ehrlich war, hatte sie ihn sich so wie damals vorgestellt. Der Mann, der sie nun berührte, war ein ganz anderer, ebenso wie ihre Reaktion auf ihn.

Einerseits wollte sie sich zu ihm umdrehen, sich zu ihm beugen, so nahe, dass sie seinen Geruch einatmen konnte – Seife, Sonne und ein unterschwelliger, männlicher Duft –, damit sie von seiner Stärke umhüllt wurde wie von einer Decke. Andererseits wollte sie vor ihm weglaufen und sich nicht nach ihm umschauen. Diese Sehnsucht, die sie in sich spürte, würde doch nur ihr Herz aufs Spiel setzen. Trotz ihrer Unerfahrenheit mit Männern war sie sich darüber im Klaren.

Die letzten zehn Jahre hatte sie nur deshalb einigermaßen ertragen, weil sie gelernt hatte, nie eine enge Bindung mit jemandem einzugehen. Nichts und niemand war je beständig gewesen in ihrem Leben.

So vieles hatte sich geändert. Und sie vermutete, dass sie sich schon sehr bald wieder auf den Weg machen würde. Sie hatte gedacht, Texas sei ihr Ziel, aber sie hatte hier kein Zuhause mehr. Ihre Eltern waren tot, die Ranch verlassen, ihre Schwestern fort. Hier hielt sie nichts, außer die Sache mit Davis Walker zu klären.

„Von wegen, du bist der Attraktive von uns beiden. Du bist höchstens etwas attraktiver als ein Gürteltier", sagte Matt zu seinem Bruder, als sie das Speisezimmer betraten.

Er schob ihr einen Stuhl zurecht und ließ Claire neben ihr Platz nehmen, dann setzten er und Logan sich ihnen gegenüber. Jonathan ließ sich vor dem großen Fenster nieder und Susanna setzte sich an das andere Kopfende des Tisches. Die Sonne schien hell ins Zimmer und versprach einen schönen neuen Tag. Der lange dunkle Holztisch war an den Kanten mit hübschen Schnitzereien verziert und mit weißen Tellern und blank geputztem Silberbesteck gedeckt. Die dazu passenden Stühle waren breit und massiv. Eine lange Anrichte stand an einer Wand, gegenüber befand sich eine hohe Vitrine mit Gläsern und Geschirr, was Molly ein wenig nervös machte. Essen war noch nie so kompliziert für sie gewesen. Am Vorabend hatten sie und Claire gemeinsam mit Susanna in der Küche gegessen und das hatte Molly vollkommen ausgereicht.

„Ich war schon immer der Ansicht, dass Gürteltiere hübsche kleine Kerlchen sind", erwiderte Logan prompt.

Ein Gedanke schoss Molly durch den Kopf. „Claire, wurdest du Logan überhaupt vorgestellt?"

„Ja", erwiderte Claire und warf Matts Bruder einen Blick zu. „Kurz bevor du hereingekommen bist."

Logan grinste und zwinkerte ihr zu.

Erstaunt sah Molly, dass Claires Wangen sich rosa verfärbten. Claire zeigte nur selten ihre Gefühle.

„Hast du gut geschlafen?", fragte sie leise und neigte sich dabei zu der Frau, die ihre Reisegefährtin geworden war. Aber Molly ging davon aus, dass auch das nicht von Dauer sein würde, wie alle anderen Bekanntschaften in ihrem Leben.

„Ja, alles bestens."

Mollys Unbehagen war wahrscheinlich nicht zu vergleichen mit dem, was Claire empfinden musste, in der Gesellschaft von Menschen, die ihr völlig fremd waren.

Matt und Logan stießen beim Essen mit den Ellenbogen aneinander, wobei Logan absichtlich noch einmal einen Stoß austeilte.

„Ich vergesse immer, dass du mit links isst." Verärgert wich Matt ein weiteres Mal aus. „Aber du scheinst ebenso zu vergessen, dass ich älter bin als du."

„Mit dir werde ich schon fertig", prahlte Logan, mit dem Mund voller Rührei. „Überall, jederzeit. Gib nur Bescheid, wann und wo."

Susanna lehnte sich zu Molly und Claire hinüber. „Immer wenn ich denke, jetzt sind sie erwachsene Männer, benehmen sie sich wie kleine Jungs." Etwas lauter fügte sie hinzu: „Wieso tauscht ihr beide nicht einfach die Plätze?"

Das taten sie und Matt saß nun Molly gegenüber. Sie sah kurz auf und bemerkte, dass sein Blick auf ihr ruhte. Beinahe hätte sie ihre Gabel fallen lassen.

„Eines habe ich mich schon immer gefragt", meinte Logan, „und da du nun wieder da bist, Molly, kannst du mich vielleicht aufklären. In dem Sommer, als wir alle bei euch auf der Ranch ausgeholfen haben, waren wir eines Nachmittags nach der Arbeit

56

im See schwimmen und jemand hat mir meine Sachen geklaut. Wer war das?"

Molly verschluckte sich und hustete. „Also, das war Emma."

„Emma? Die kleine sieben- oder achtjährige Emma?"

„Meine kleine Schwester", sagte Molly an Claire gewandt.

„Und das niedlichste kleine Mädchen, das man sich vorstellen kann", fügte Matt hinzu. „Ich frage mich, wer sie auf die Idee gebracht hat, Logans Kleidung zu stibitzen." Er blickte Molly vielsagend an.

„Das kannst du mir nicht in die Schuhe schieben", widersprach sie. „Es war allein ihre Idee. Allerdings könnte es sein, dass Joey und Cale sie dazu angestachelt haben."

Susanna lachte. „Und wie bist du aus dieser misslichen Lage herausgekommen?"

„Mrs Hart hatte letztendlich Mitleid mit mir und gab mir ein Bettlaken", erklärte Logan.

Molly räusperte sich. „Es könnte sein, dass Emma doch einen weiteren guten Grund hatte, wenn ich so darüber nachdenke. Wir hatten beide davon gehört, dass du ein … nun, dass du ein Mal hast, an einer bestimmten Stelle deines Körpers. Ein Muttermal? Möglicherweise war Emma einfach sehr neugierig."

Susanna lächelte. „Ja, das hat er seit seiner Geburt. Matthew hat auch eines", fügte sie beiläufig hinzu.

Matt und Logan wurden rot. Logans Muttermal interessierte Molly nicht, aber sie fragte sich nun, wie Matts wohl aussah und wo genau es sich befand. Sie hatte den Eindruck, nun ebenso rot angelaufen zu sein wie die beiden Männer.

Molly fiel wieder ein, dass sie Jonathan und Susanna nach dem Tod ihrer Eltern befragen wollte. Offenbar erriet Matt ihre Gedanken.

„Hast du mit Ma über den Abend des Überfalls gesprochen?", fragte er seinen Vater.

„Ja." Jonathan stellte seine Tasse ab, seine Miene wurde ernst und er sah Molly an. „Ich wünschte, ich könnte dir Genaueres sagen, aber die Wahrheit ist, dass wir alle am Boden zerstört waren. Es gab keinen Grund zu der Vermutung, dass es jemand gewesen sein könnte, den deine Eltern kannten." Er hielt inne und seufzte. „Erst recht nicht Davis Walker. Allerdings kam es mir seltsam vor, dass er damals keinen Finger krumm machte, um herauszufinden, was passiert war, und er hat sich auch nicht an der Suche nach dir beteiligt. Aber Matthew suchte Tag und Nacht nach dir."

„Wirklich?" Molly richtete ihre Aufmerksamkeit auf Matt. „Hattest du nicht gesagt, es sei Cale gewesen, der das tote Mädchen gefunden hat?"

„Das stimmt", meinte Jonathan. „Matthew war bis zur Erschöpfung unterwegs gewesen. Wir mussten ihn beinahe anbinden, damit er sich mal ausruhte. Dann fand Cale den Leichnam, den wir für deinen gehalten haben."

Molly hätte von Matts Beharrlichkeit nicht überrascht sein sollen, aber sie war es dennoch. Sein Blick haftete erneut auf ihr und sie stellte fest, dass die Farbe seiner Augen von Hellblau zu Grüngrau wechselte. Ihr wurde bewusst, wie schlimm ihr spurloses Verschwinden damals für ihn gewesen sein musste. Sie wollte ihn trösten, aber sie fand die richtigen Worte nicht.

Sie wandte sich an Susanna. „Hat meine Mutter sich Ihnen je anvertraut?"

Die ältere Frau zögerte. „Nun, nein, nicht so richtig. Matthew hat uns von dem Brief erzählt, den Davis deiner Mutter geschrieben hat. Ich weiß nicht, ob sie es dir je erzählt hat, aber deine Mutter war mit Davis verlobt, bevor sie deinen Vater geheiratet hat."

„Ich hatte keine Ahnung", murmelte Molly erstaunt.

„Wieso hat nie jemand darüber gesprochen?", fragte Matt.

„Nun", erwiderte Susanna, „es erschien uns unpassend. Das war Vergangenheit. Als wir alle noch in Virginia lebten, waren Davis und Robert gute Freunde. Dann kamen Rosemary und Robert zusammen, was die Freundschaft der beiden Männer ziemlich belastete. Als Davis dann Loretta kennenlernte, schien alles wieder in Ordnung zu sein. Wenn ich jetzt so darüber nachdenke, kommt es mir natürlich schon etwas seltsam vor, dass Davis sich in der Nähe der Harts niederließ, als wir alle nach Texas kamen."

Molly dachte an den Brief, den sie in ihrem Notfallkästchen aufbewahrte. Hatte ihre Mutter hier in Texas erneut eine Affäre mit Davis begonnen? Hatte sie noch Gefühle für ihn gehabt? Durch ihren Tod blieb auch die Antwort auf diese Frage für immer ungeklärt.

Aber Davis Walker war noch am Leben. Was würde er antworten, wenn sie ihn damit konfrontierte? Molly entschied sich, genau das zu tun, sollte sich die Möglichkeit ergeben.

„Und wie war das hier in Texas?", wandte sie sich an Susanna. „Hat Davis wieder etwas mit meiner Mutter angefangen?"

Susanna schüttelte langsam den Kopf. „Das weiß ich nicht. Ich hoffe, dass es nicht so war."

„Ich werde mich ein wenig umhören", bot Matt an. „Vielleicht finde ich etwas heraus."

„Das werde ich auch tun", meinte Jonathan. „In der Zwischenzeit seid ihr beide uns herzlich willkommen. Bleibt so lange, wie ihr wollt. Woher kommst du denn, Claire?"

„Aus dem New-Mexico-Territorium, Sir."

„Ihr beide habt eine ziemlich lange Reise hinter euch. Wartet eine Familie auf dich?"

Claire zögerte. „Gewissermaßen."

Jonathan nickte. „Wenn du nach Hause willst, dann helfen wir dir, dorthin zu gelangen."

„Danke. Aber ich möchte Ihnen nicht noch mehr zur Last fallen."

„Unfug. Zwar steht in ein paar Tagen der Viehtrieb an, aber wir finden schon eine Lösung." Jonathan stand auf und warf seine Serviette auf den leeren Teller. „Kommt, Jungs. Die Ranch bewirtschaftet sich nicht von alleine."

„Als ob wir das nicht wüssten", murmelte Logan und erhob sich ebenfalls. „Meine Damen." Er grinste Claire auf dem Weg nach draußen an.

Matt zögerte.

„Keine Sorge", meinte Susanna. „Ich habe ein Auge auf die beiden. Ich dachte mir, wir könnten heute Morgen einen Brief an Mollys Schwestern schreiben."

Molly lächelte. „Vielen Dank, Mrs Ryan."

„Ich schaue später wieder rein", sagte Matt. Mit einem letzten Blick drehte er sich um und ging hinaus. Molly fiel auf, dass er stärker humpelte als am Vortag und dass das rechte Bein steifer wirkte.

Sie überlegte, ob sie Susanna danach fragen sollte, entschied dann aber, Matt später direkt darauf anzusprechen. Es wäre eine willkommene Ausrede dafür, sich mit ihm zu unterhalten. Sie hatten immerhin zehn Jahre aufzuholen.

Und sie wurde immer neugieriger, wie es ihm in dieser Zeit wohl ergangen war.

Neugier. Genau, das war es, was sie zu ihm zog.

Zumindest redete sie sich das ein.

Kapitel Neun

Es war schon Nachmittag, als Matt in die Scheune kam und Molly dort fand. Zunächst hatte er sie nicht bemerkt und daher angenommen, sie sei doch nicht hier. Er schaute nur deshalb genauer nach, weil seine Mutter gemeint hatte, Molly wollte nach ihrem Pferd sehen. Dann entdeckte er sie in dem Stall neben ihrer Stute. Sie hatte sich an die Wand gelehnt und döste. Er blieb stehen und beobachtete sie.

Sie trug dasselbe Kleid wie beim Frühstück. Obwohl es ihr nicht passte, betonten die dunklen Farben ihre Figur, doch er bemühte sich geflissentlich, das zu übersehen. *Gib dir mehr Mühe.* Ihre braunen Locken umrahmten ihr Gesicht, ihre langen Wimpern lenkten seinen Blick auf die wenigen Sommersprossen, die ihre kleine, gerade Nase zierten. Sein Blick fiel auf ihren Mund. Die zarten, rosigen Lippen waren viel zu anziehend. Was zum Teufel war nur aus dem kleinen Mädchen geworden?

Unwillkürlich kamen Schuldgefühle in ihm auf. Sie musste entsetzliche Angst gehabt haben, der Familie und ihrem Zuhause entrissen, gezwungen, in einer Kultur zu leben, die so ganz anders war als ihre eigene. Dann war ihr die Hoffnung auf Freiheit gleich wieder mit Gewalt von einem widerlichen Comanchero-Händler genommen worden. Und schließlich war sie von einem gedankenlosen Goldgräber zwar gerettet, aber weit in den Süden, ins Nirgendwo verschleppt worden.

Es grenzte an ein Wunder, dass sie das alles überlebt hatte.

Es grenzte außerdem an ein Wunder, dass sie sich trotz allem ihre Anmut bewahrt hatte. Allerdings hatte sie schon als Kind innere Stärke und unbändige Lust am Leben besessen. Sie hatte nie lange über Probleme gegrübelt. Er bezweifelte nicht, dass es diese Haltung gewesen war, die ihr geholfen hatte, sich all diesen Herausforderungen zu stellen.

Aber wie sie nun hier vor ihm saß, friedlich schlummernd, trafen ihn ihre Unschuld und ihre Verletzlichkeit bis ins Mark. Wenn er in jener Nacht damals doch nur bei ihr geblieben wäre, dann hätte er ihr all die Strapazen der letzten zehn Jahre vielleicht ersparen können.

Ein Schuss zerriss die Luft. Matt sprang auf und blickte zur Ranch hinüber. Der Mond beleuchtete den Hügel, wo er Molly angetroffen hatte, wie sie ihre kleine Kiste verbuddelte. Das Stimmengewirr und das Gelächter in der Ferne verwandelten sich in Schreie und er hörte weitere Schüsse.

„Was ist denn los, Matt?" Mollys ängstliche Stimme drang kaum bis in sein Bewusstsein.

„Ich weiß es nicht." Sein Blick fiel kurz auf ihr helles Kleid, als sie sich neben ihn stellte.

Er musste da runter und etwas tun. Wo war sein Gewehr? Im Schlafhaus, bei seinen Satteltaschen. Er musste so schnell wie möglich dahin. Er drehte sich zu Molly um und packte sie an den Schultern.

„Geh nicht zum Haus hinunter, hörst du? Bleib hier und geh in Deckung. Ich komme wieder und hole dich, sobald es sicher ist."

Molly nickte, aber ihr Blick war auf das Geschehen unten beim Haus gerichtet.

Matt ließ sie allein.

Es war das letzte Mal, dass er sie lebend sah.

Bis gestern.

Molly regte sich und öffnete die Augen. Als sie ihn bemerkte, stand sie schnell auf, schob sich das Haar zurück und zupfte ihr Kleid zurecht. „Wie lange habe ich geschlafen?", fragte sie hektisch.

„Weiß ich nicht. Du solltest allerdings besser nicht im Stall bei den Pferden schlafen. Du könntest verletzt werden."

Sie tätschelte den Hals ihres Pferdes. „Pecos würde mir nichts tun." Sie öffnete die Stalltür und trat hinaus. „Elijah hat sie mir nach einem seiner seltenen Goldfunde geschenkt. Er hatte sie einem Händler abgekauft, der behauptete, er hätte sie von einem der besten Züchter in ganz Mexiko."

Pecos fuhr mit dem Maul über ihren Hals, was sie zum Lachen brachte. „Ich behaupte, sie ist die beste Freundin, die ich seit mehr als einem Jahr hatte."

Matt verschränkte die Arme und lehnte sich mit der Schulter an einen dicken Holzpfosten. „Kannst du mir mal erklären, warum du in jener Nacht nicht in Deckung geblieben bist?"

Sie rieb mit der Handfläche über Pecos' Nüstern, offensichtlich genoss sie die Nähe zu ihrem Pferd. „Du hast mich da stehen lassen. Ich weiß, ich hätte dableiben sollen, aber ich machte mir Sorgen um Emma."

„Also bist du zum Haus hinuntergegangen?"

„Nicht auf direktem Weg, immerhin waren da überall Männer. Aber einer hat mich entdeckt und mich gepackt. Was danach passierte, weiß ich nicht mehr. Kann ich dich etwas fragen?"

Matt nickte.

Sie atmete einmal tief durch. „Wie sind meine Eltern gestorben?"

Matt nahm den Hut ab und fuhr sich mit den Fingern durchs Haar, bevor er ihn wieder aufsetzte. Es war nicht seine Art, die Dinge zu beschönigen, er würde es auch jetzt nicht tun. Erst recht nicht für Molly. Sie verdiente die Wahrheit.

„Deinem Vater wurde in den Kopf geschossen. Deiner Mutter in die Brust." Die Stille im Stall wurde nur von Pecos'

63

gelegentlichem Schnauben unterbrochen. „So wie es aussah, hatte deine Mutter sich schützend vor deinen Vater geworfen."

Molly schien einen Moment darüber nachzudenken. „Dann hat sie versucht, ihn zu retten?"

„Das haben wir alle jedenfalls angenommen."

„Alle?"

„Die Rancher, die Nachbarn, die Cowboys. Sie sind aus der ganzen Gegend hergekommen, um nach den Männern zu suchen, die das getan hatten. Und um bei der Suche nach dir zu helfen."

Ihre blauen Augen glänzten, ihre Miene war aufmerksam und ernst. Und betrübt. Das Mädchen, das in den Hügeln rings um die Hart-Ranch Verstecken gespielt hatte, das Mädchen, das besser als jeder andere auf der Ranch Schlangen hatte fangen können, das Mädchen, das davon geträumt hatte, eines Tages allein in den wilden Weiten der texanischen Prärie zu leben, dieses Mädchen war verschwunden.

„Erzähl mir von deiner Zeit bei den Comanche."

Ein Lächeln huschte über ihr Gesicht. „Erinnerst du dich noch an die Geschichten, die Cale mir über die Entführung von Cynthia Ann Parker erzählt hat?"

„Ja." Er erinnerte sich außerdem daran, dass er Cale aufgefordert hatte, dem kleinen Mädchen mit solchen Geschichten nicht so viel Angst einzujagen, aber da war es schon zu spät gewesen, Molly hatte diese Geschichten geliebt.

„Sie war als Kind entführt worden und lebte bei einem Comanche-Stamm. Sie wurde die Frau von Peta Nocona und hat ihm drei Kinder geschenkt. Hast du von ihrem Sohn Quanah Parker gehört?"

Matt nickte. Quanah Parker hatte vor zwei Jahren überraschend seinen Stamm, die Kwahadi, zur Kapitulation bewogen und war mit ihnen in ein Reservat gezogen. Er hatte eher als alle anderen verstanden, dass die Comanche die Welle der Siedler nicht aufhalten konnten, die das Land besetzten. Aber er wollte sein Volk retten. Matt konnte den Mut nur bewundern, den ihn eine solche Entscheidung sicher gekostet hatte. Die Comanche waren ein Nomadenvolk. Das Leben im Reservat war nichts für sie. Ihr Geist wurde gebrochen, wenn man sie daran hinderte, frei durch das Land zu ziehen.

„Ich war bei Quanah. Diese Ironie des Schicksals hat mich oft beschäftigt."

„Du kanntest ihn?"

Sie schüttelte den Kopf. „Nein, nicht so richtig. Ich habe ihn ein paarmal gesehen. Er gehörte zu der Gruppe, die mich verschleppt hatte, aber er war kein gewalttätiger Mann und wollte nicht, dass Gefangene gefoltert wurden."

„Wurdest du gefoltert?" Seine Welt geriet erneut aus den Fugen, der Gedanke bereitete ihm Übelkeit.

„Nein, ich hatte Glück. Ich wurde in Bull Runners Familie aufgenommen und lebte mit seinen beiden Frauen Coyote Woman und Rain Cloud und seinen beiden Töchtern, Sits On Ground und Running Water, zusammen. Es gab auch noch einen Großvater, Bird Fly High, der bei uns lebte. Er gab mir meinen Comanche-Namen, Canauocué Juhtzú."

„Vogel?"

„Ja", erwiderte Molly erstaunt. „Kaktus-Vogel, um genau zu sein. Du sprichst Comanche?"

„Nein, aber hier und da habe ich ein paar Wörter aufgeschnappt."

„Ich war irgendwann an einem Punkt, wo ich nur noch Comanche sprechen konnte."

„Du hast deine Muttersprache vergessen?"

„Kann man so sagen. Ich habe eben aufgehört, sie zu benutzen. Und dann war sie bald vergessen." Sie zuckte mit den Schultern. „Aber Elijah hat mir geholfen, sie neu zu lernen." Sie lächelte verschämt. „Vor allem anderen hat er meine Kenntnisse bei Schimpfwörtern aufgefrischt."

Matt grinste. „Ich schätze, du gibst mir die Schuld dafür, dass du sie überhaupt mal gelernt hattest."

„Nicht nur dir. Cale, Logan, Joey, sie benutzten alle solche Kraftausdrücke."

„Kraftausdrücke? Und das von jemandem, der bis vor Kurzem die eigene Sprache nicht mehr konnte?"

„Elijah hat den Unterricht sehr ernst genommen."

„Er hat dir das Lesen beigebracht?"

„Nein", erwiderte sie lachend. „Ich habe es ihm beigebracht."

„Klingt nach harter Arbeit."

„Das war es. Aber ich hatte auch viel Zeit."

„Erklär mir doch noch mal, wieso Bull Runner dich zurückgeben wollte."

Molly streichelte weiterhin Pecos, während sie antwortete. „Nachdem ich einige Winter bei den Kwahadi verbracht hatte, schlug Rain Cloud vor, ich sollte an einer Zeremonie teilnehmen, die man Mädchen-wird-zur-Frau nennt. Das Mädchen hält sich dabei am Schweif eines Pferdes fest und versucht, mit dem Tier mitzulaufen. Aber ich wollte das nicht tun. Ich betrachtete mich noch immer als Gefangene und hoffte nach wie vor auf Rettung oder Flucht."

Matt zuckte bei diesen Worten innerlich zusammen. Ihre Hoffnung auf Rettung war immer vergeblich gewesen, da niemand gewusst hatte, dass sie überhaupt noch am Leben und in Gefangenschaft gewesen war.

„Hätte ich am Rennen teilgenommen, wäre ich zu einer Comanche geworden. Aber ich wollte nicht dazugehören. Letztendlich bestand Bull Runner aber darauf, er hielt es für eine ausgezeichnete Idee. Sits On Ground, seine älteste Tochter, nahm ebenfalls daran teil. Wir waren beide etwa im gleichen Alter. Also rannte ich mit."

Matt fluchte leise vor sich hin. „Du hättest zu Tode getrampelt werden können."

„Es war schon beängstigend, aber ich habe mich gut geschlagen. Vielleicht ein wenig zu gut. Ich bekam eine Menge unerwünschter Aufmerksamkeit von zahlreichen Kriegern im Lager."

„Wieso?"

„Man betrachtete mich nun als mögliche Partnerin. Die Tatsache, dass ich eine weiße Gefangene war, spielte dabei offenbar keine Rolle."

Das überraschte Matt allerdings nicht. Molly war eine beeindruckende Frau.

„Letztendlich wurde ein Angebot in Form von zwanzig Pferden vor Bull Runners Tipi abgestellt, von einem Krieger namens Snake Eater. Das war eine enorme Zahl, und Bull Runner freute sich sehr darüber. Allerdings war er sich nicht sicher, welche seiner Töchter Snake Eater denn zur Frau haben wollte. Für so viele Pferde hätte Bull Runner auch uns alle abgegeben, seine beiden leiblichen Töchter und mich."

„Wie alt war Running Water?"

„Sie war ein paar Jahre jünger als ich."

Matt schüttelte den Kopf. Seiner Ansicht nach war es barbarisch, solch junge Mädchen in eine Ehe zu zwingen. Dass Molly eines dieser Mädchen gewesen war, verstärkte seine Abscheu gegenüber Zwangsheiraten nur noch mehr.

„Es stellte sich jedoch heraus, dass Snake Eater nur mich wollte. Das war völlig unverständlich, da die meisten Männer der Comanche Wert auf eine große Anzahl von Ehefrauen legen."

Matt sah, was Molly offenbar verborgen blieb. Snake Eater hatte sie gewollt, und zwar nur sie, und er hatte deshalb ein Angebot gemacht, das Bull Runner unmöglich ablehnen konnte. Matt wurde von besitzergreifender Eifersucht gepackt, die ihn so unerwartet überflog, dass er nichts tun konnte, außer Molly anzustarren und sich darüber zu wundern.

„Sits On Ground war über die Entwicklung der Dinge nicht besonders erfreut", erklärte Molly, die von seiner Gefühlsaufwallung nichts mitbekommen hatte. „Sie fühlte sich übergangen, und zwar mit Recht. Für Gefangene wurden selten Angebote unterbreitet, normalerweise musste der Vater dem Krieger ein Angebot machen, damit der ihm die Frau oder das Mädchen abnahm. Sits On Ground zeigte ihren Unmut über die Sache sehr deutlich."

„Wolltest du Snake Eater zum Mann?" Die Frage war heraus, bevor Matt darüber nachdenken konnte.

„Nein." Molly rieb erneut über die Nüstern ihres Pferdes. „Ich sagte Sits On Ground, sie könne gern seine Frau werden, wenn sie ihn haben wollte, aber Snake Eater bestand darauf, dass er nur mich nehmen würde. Das war der Grund, warum Bull Runner anbot, mich zu meinem Volk zurückkehren zu lassen. Er meinte, er würde mich mögen und nur ungern ziehen lassen, aber meine Anwesenheit bereite ihm häusliche Probleme. Er hätte mich an einen anderen Krieger im Stamm verkaufen können, aber aus irgendeinem Grund wollte er mehr für mich tun als das."

Matt war dankbar, dass Bull Runner Molly so gut behandelt hatte. Wenn er sie nur nicht an José Torres weitergegeben hätte.

„Wie hat Snake Eater darauf reagiert?"

„Er war nicht allzu glücklich. Als eine Gruppe Krieger zu einem ihrer Raubzüge ins New-Mexico-Territorium aufbrach, nahmen sie mich mit. Unter ihnen war auch Snake Eater. Einen Moment lang dachte ich, er würde mich entführen, aber Bull Runner war auch dabei und passte auf mich auf."

„Allerdings ist er nicht lange genug bei dir geblieben, um sich zu vergewissern, dass Torres dich gut behandelt." Der Gedanke daran versetzte Matt in üble Laune.

„Nein. Warum humpelst du?"

Der Themenwechsel erwischte ihn eiskalt. Er sprach niemals darüber, hatte seiner Mutter nur sehr wenig erzählt, seinem Vater noch weniger. Aber Molly hatte ihm gerade ihre schlimme Vergangenheit anvertraut. Es wäre nicht richtig gewesen, ihr seine Geschichte nun vorzuenthalten.

„Ich hatte mich den Rangern angeschlossen. Vor etwas sechs Monaten wurde ich gefangen genommen, als ich versuchte, einen

Mexikaner namens Cerillo festzunehmen, der mordend und raubend an der Grenze entlangzog. Mein Bein wurde dabei verletzt. Es ist gerade erst verheilt."

„Hat er dich gefoltert?" Sorge stand in ihren blauen Augen. „Sechs Monate lang?"

„Nein, es waren nur vier Monate, um genau zu sein." Matt bemühte sich, zu lächeln. Aber die Erinnerung daran setzte ihm noch immer zu und ließ ihn nachts schweißgebadet aus furchtbaren Albträumen aufschrecken.

„Konntest du fliehen?"

„Nein, ein Freund hat mich befreit." Matt wusste, dass er Nathan Blackmore sein Leben zu verdanken hatte.

„Du hast es geschafft, zu überleben. Manchmal gibt es sonst nichts, was man tun kann."

Ihm war bewusst, dass sie sowohl sich selbst als auch ihn damit meinte.

Überleben. Wenn es um Leben und Tod ging, zählte nichts anderes mehr.

„Lass uns zu Tisch gehen", meinte er. „Die anderen fragen sich bestimmt schon, wo wir bleiben."

Molly verabschiedete sich von Pecos und verließ mit Matt den Stall. Der Wind wehte ihnen um die Ohren, die Dunkelheit brach bereits über das Land herein. Plötzlich drehte sie sich zu ihm um. Er stolperte gegen sie, bevor er es verhindern konnte.

Sie lächelte zu ihm auf und steckte sich eine widerspenstige Locke hinter ihr rechtes Ohr. „Ich freue mich, dass es dir gut geht, Matt. Ich bin sicher, deine Eltern und Logan sind sehr froh, dich wiederzuhaben. Und ich bin auch dankbar, dass ich dich wiedersehen durfte."

Ihre Worte machten ihn sprachlos. Es war alles so ungerecht. Molly würde die verlorenen Jahre nicht zurückbekommen. Er konnte noch immer nicht recht fassen, dass sie am Leben war, eine lebendige, atmende Frau, nur eine Handbreit von ihm entfernt.

„Gibt es jemanden …?" Ihre Stimme verlor sich.

„Jemanden?"

„Jemanden, der dir viel bedeutet." Ihr ernster Blick hielt ihn gefangen.

„Du meinst eine Frau?" Er schüttelte den Kopf.

„Niemals?"

Er dachte darüber nach. Die Vergangenheit hatte ihre dunklen Schatten bis in die Gegenwart geworfen. Erneut schüttelte er den Kopf.

Sie nahm das mit einem kurzen Nicken zur Kenntnis. Dann blickte sie über seine Schulter hinweg, während eine Windböe über sie hinwegstrich. „Glaubst du an ein übergeordnetes Wohl?"

„Ich verstehe nicht, was du meinst."

„Dass hinter allem im Leben ein tieferer Sinn steckt."

„Glaube mir, es gibt keinen guten Grund für das, was mit dir passiert ist, Molly. Und wenn ich in der Zeit zurückreisen könnte, dann würde ich dafür sorgen, dass du dich in jener Nacht vom Haus ferngehalten hättest. Zur Not hätte ich dich angebunden, um dich zu beschützen."

Sie lachte, aber es klang nicht gerade heiter. „Du kanntest mich damals ziemlich gut. Aber ich glaube nicht, dass du etwas hättest tun können, um die Geschehnisse zu verhindern. Die Comanche glauben daran, dass die Toten unter den Lebenden wandeln. Vielleicht hatten meine Eltern andere Aufgaben. Vielleicht sehe ich sie eines Tages wieder."

„Zehn Jahre lang habe ich gedacht, du seist tot", sagte er schnell und hielt ihren Blick fest. „Ich habe sehr oft von dir geträumt." Seine Kehle schnürte sich unerwartet zu. „Mein sehnlichster Wunsch war es, dich nach Hause zu holen."

Sie nahm seine Hand, ihre Berührung ließ ihn zusammenzucken. Ohne Warnung beugte sie sich vor und küsste ihn auf die Wange. Die Wärme ihrer Lippen ging ihm durch und durch, und die unerwartete Berührung ihrer weichen Rundungen, als sie sich an ihn lehnte, überwältigte seine Sinne.

„Danke, dass du mich nicht vergessen hast", flüsterte sie.

Als sie sich von ihm entfernte, erwischte ihn eine weitere Windböe. Plötzlich fühlte er sich verletzlich und schutzlos. Er wollte Mollys Wärme und Zärtlichkeit erneut spüren.

Wie angewurzelt stand er da.

Es hatte durchaus Frauen in seinem Leben gegeben. Nette Frauen, flüchtige Bekanntschaften, manche hübsch, andere einfach nur interessiert an einer leidenschaftlichen Nacht. Matt hatte nie enthaltsam gelebt, sofern er eine willige und erfahrene Partnerin gefunden hatte.

Aber er würde sich bei Molly zurückhalten, auch wenn es ihn umbrachte. Sie war unerfahren. Sie verdiente etwas Besseres. Sie verdiente eine Chance, herauszufinden, was sie selbst wollte.

Matt lag viel an ihr, das war schon immer so gewesen, aber er würde die Tatsache, dass sie ihn vielleicht auch noch immer gern hatte, nicht ausnutzen. Sie hatte ihn in schwesterlicher Dankbarkeit geküsst, das musste er sich immer wieder ins Gedächtnis rufen. Sie brauchte mehr als einen ausgezehrten Ranger, der von Albträumen heimgesucht wurde, etwas Besseres als einen Ranger, der vor der Zeit gealtert war.

Kapitel Zehn

Matt zügelte sein Pferd kurz vor dem Hauptgebäude und stieg ab. Er hatte den ganzen Vormittag damit zugebracht, das eingestürzte Dach von einer der Hütten zu reparieren, die entlang der Ranchgrenzen als Unterkunft für die auf den Weiden tätigen Cowboys dienten. Mit knurrendem Magen wollte er gerade das Haus betreten, da sah er Molly zu Pferd auf der größeren der beiden Koppeln. Aber den Mann bei ihr kannte er nicht. Er band sein Pferd an und wollte gerade zu ihnen hinübergehen, als Logan aus dem Stall kam.

„Wer ist der Mann bei Molly?", fragte Matt.

Logan kniff die Augen zusammen. „Warte mal, sein Name ist Howie, glaube ich, Howie Martin. Ja, so heißt er."

„Aber wer ist dieser Howie Martin?" Matt gefiel der seltsame Blick seines Bruders nicht.

„Er arbeitet auf der Callahan-Ranch. Hat ein paar Rinder zurückgebracht, die sich auf ihr Land verirrt hatten. Es war eine günstige Gelegenheit, die ich nicht ungenutzt verstreichen lassen wollte."

„Eine Gelegenheit wofür genau?" Matt wusste, Logan ließ sich mit Absicht die Informationen einzeln aus der Nase ziehen, um ihn zu provozieren.

„Dafür, einen möglichen Verehrer für Molly zu finden."

Matt erstarrte und Logan fing an zu lachen. „Du hast selbst gesagt, wir sollten ihr einen Ehemann suchen." Sein Bruder klopfte ihm auf den Rücken und sie setzten ihren Weg zur Koppel fort.

Molly saß auf Pecos, ohne Sattel, und unterhielt sich mit Howie, während der versuchte, ebenfalls auf sein ungesatteltes Pferd zu steigen. Aber der junge, blonde Mann mit den großen Augen schaffte es offenbar nicht, das Tier lange genug zum Stillstehen zu bewegen.

„Molly ist eine ziemlich gute Reiterin", meinte Logan leise zu Matt. „Ich habe vorgeschlagen, dass sie Howie zeigt, wie man ohne Sattel reitet. Ich habe den Eindruck, er ist ziemlich hingerissen von ihr, was meinst du? Allerdings sollten wir noch nicht vom Heiraten sprechen, das würde ihn bestimmt verschrecken."

„Howie wirkt noch so jung. Ich bezweifle, dass er sich überhaupt schon rasieren muss." Es irritierte ihn, dass Logan sich einmischte. Dass er gesagt hatte, er wolle Molly unter die Haube bringen, war eine Sache, dabei zuzusehen, wie sein Plan in die Tat umgesetzt wurde, eine ganz andere.

„Ja, ich weiß", gab Logan zu. „Deshalb habe ich ihn gefragt, wie alt er ist. Er behauptet, er wäre neunzehn. Großes Ehrenwort", fügte er hinzu, ohne mit der Wimper zu zucken. „Er meinte außerdem, als Molly dabei war, wohlgemerkt, dass er bei den Callahans fünfundvierzig Dollar im Monat verdient. Das klingt doch grundsolide."

Matt fluchte leise vor sich hin, als Logan mit breitem Grinsen wegging.

„Howie, du musst unbedingt ruhiger werden", sagte Molly. „Wenn dein Pferd nicht ruhig stehen bleibt, kommst du nie hinauf."

„Aber du bist einfach aufgesprungen, obwohl es sich bewegt hat."

„Ich glaube, so weit bist du einfach noch nicht."

Molly hatte ihr Haar im Nacken zusammengebunden, sodass der Hut es bedeckte. Ihre anmutige Sitzhaltung war Matt durchaus angenehm aufgefallen, aber dass unter ihrem hellblauen Rock ein schmaler Streifen ihres nackten Beins hervorlugte, störte ihn enorm. Man sah viel zu viel. Warum trug sie keine Strümpfe?

Und wieso ritt sie in diesem Kleid überhaupt ohne Sattel?

„Molly", rief er laut.

Sie fuhr herum, dann winkte sie lächelnd. Im selben Moment gelang es Howie, sich auf sein Pferd zu schwingen, aber er wurde sofort wieder abgeworfen. Stöhnend lag er am Boden.

„Howie?" Molly richtete ihre Aufmerksamkeit wieder auf den jungen Mann. „Ist alles in Ordnung? Achte auf dein Gleichgewicht. Ich dachte, du würdest seit deinem sechsten Lebensjahr reiten."

Er stand auf und klopfte sich den Hintern ab. „Schon, aber es ist viel leichter, wenn man sich am Sattel festhalten kann."

„Howie", sagte Matt, „ich bin sicher, die Callahans fragen sich längst, wo du bleibst. Du solltest dich lieber auf den Heimweg machen."

„Wer sind Sie?", fragte er.

„Matthew Ryan."

Die Augen des Jungen wurden noch größer. „Wirklich? Es ist mir eine große Freude, Sie kennenzulernen, Mr Ryan." Howie kam sofort zum Zaun, wo Matt stand, die Arme lässig auf dem Holzbalken. Howie schüttelte ihm mit strahlender Miene die Hand. „Ich habe schon viel von Ihnen gehört, Sir. Sie sind eine Legende hier in der Gegend, weil Sie bei den Rangern waren. Stimmt es wirklich, dass Sie einen Bären getötet haben, während Sie mit Hunderten von Kiowa kämpfen mussten? Und haben Sie tatsächlich einem betrügerischen Händler aus fast fünfhundert Schritten Entfernung zwischen die Augen geschossen?"

Molly lenkte ihr Pferd zu ihnen. Als Matt kurz zu ihr hinschaute, sah er, dass sie lächelte.

„Gerüchte, Howie", sagte er. „Du darfst nicht alles glauben, was du hörst."

„Himmel, ich würde zu gern von Ihren Abenteuern hören", schwärmte der Junge.

„Ein anderes Mal vielleicht." Matt fühlte sich angesichts dieser Bewunderung ziemlich unbehaglich. Nichts in seinem Leben hätte er als Abenteuer bezeichnet. Es war immer zu viel Tod und Gewalt im Spiel gewesen.

„Kann ich ein paar Freunde mitbringen?", fragte Howie, begeistert von der Aussicht.

Matt nahm an, dass Logan darüber höchst erfreut wäre. Noch mehr mögliche Ehemänner für Molly. Aber im Augenblick war Howie offenbar eher an ihm interessiert, anstatt an der schönen jungen Frau. Der Junge sollte seine Prioritäten überdenken, er schien Molly völlig vergessen zu haben. Logan würde darüber sicher jammern, doch Matt fühlte sich dadurch auf seltsame Weise beruhigt.

„Ich werde es mir überlegen. Aber jetzt mach dich besser auf den Weg."

„Jawohl, Sir." Er schüttelte noch einmal überschwänglich Matts Hand. „Bis dann, Mr Ryan." Er führte sein Pferd am Zügel von der Koppel und legte ihm den Sattel auf. Dann erst schien er sich an Molly zu erinnern. „Oh, auf Wiedersehen, Miss Molly. Danke für die Reitstunde." Er winkte, dann zog er den Sattelgurt fest, schwang sich hinauf auf das Pferd und machte sich auf den Heimweg.

„Logan hat mich gebeten, es ihm beizubringen", sagte Molly mit gerunzelter Stirn. „Haben alle Ranches so schlechte Reiter?"

Matt verzog das Gesicht. „Nein, eigentlich nicht." Er lief am Zaun entlang zum Tor und sah zu, wie Molly elegant von Pecos' Rücken glitt. Endlich saß der Rock wieder so, wie es sich gehörte. Er hielt das Tor auf, damit Molly hindurchgehen konnte.

„Reitest du immer ohne Sattel in solchen Kleidern?", fragte er.

75

„Nein, natürlich nicht. Es war unangenehmer, als ich erwartet hatte."

„Ich wollte einen Happen essen, bevor ich abgelenkt wurde. Willst du mir Gesellschaft leisten?"

„Abgelenkt? Wovon?" Sie schloss sich ihm an.

„Von dir." Er blickte ihr tief in die Augen.

Eine zarte Röte erschien auf ihrem Gesicht, was ihn ungebührlich erfreute. Lächelnd blickte er über die Ranch, die sein Vater über die Jahre aus dem Nichts aufgebaut hatte.

Matt war fünfzehn gewesen, als seine Eltern Virginia verlassen hatten und nach Texas gezogen waren, bereit für einen Neuanfang nach dem Bürgerkrieg. Anfangs hatten sie in einer kleinen Hütte gelebt, an diese Zeit konnte er sich noch gut erinnern. Er hatte mit Logan seinem Vater geholfen, die zahlreichen wilden Rinder in der Gegend einzufangen. Zum ersten Mal wurde Matt bewusst, was für ein Risiko sein alter Herr damit eingegangen war.

Und das alles aus Liebe zu seiner Frau. Dass sich ein Mann so sehr für eine Frau aufopferte, war in dieser Gegend selten. Matts Vater konnte ein verdammt harter Mistkerl sein, wenn er wollte, aber er ließ nie einen Zweifel daran, warum er so hart arbeitete. „Das tue ich alles für dich, Schatz", hatte Matt seinen Vater oft sagen hören. Die Antwort seiner Mutter war stets ein verlegenes Lächeln, das nur sein alter Herr ihr entlocken konnte.

„Nicht weit von hier steht eine alte Hütte", erklärte Matt, als er mit Molly zum Haupthaus ging. „Dort haben wir anfangs gelebt, nachdem wir aus Virginia hergezogen sind. Wir könnten mal hinreiten und sie uns ansehen."

„Ich erinnere mich, dass wir anfangs im Planwagen gewohnt haben. Unsere Familien hatten so wenig, als wir herkamen."

„Ich habe mir oft gewünscht, dass Robert Hart euch nicht hergebracht hätte."

Ein wehmütiger Ausdruck huschte über Mollys Gesicht. „In dem Augenblick, als meine Füße den Boden berührten, wusste ich, hier ist mein Zuhause."

Matt schaute ihr tief in die blauen Augen.

Zuhause.

„Empfindest du noch immer so?" Nach allem, was sie durchgemacht hatte, grenzte es an ein Wunder, dass sie nicht alles und jeden hasste, der mit ihrem Schicksal zu tun hatte.

Sie zögerte. „Ich bin mir nicht sicher. ‚Zuhause' ist für mich kein vertrauter Begriff mehr."

Sie stieg die wenigen Stufen zur Veranda hinauf. Matt folgte ihr durch die Tür zur Küche und sie setzten beide ihre Hüte ab. Die ältliche, mexikanische Köchin drehte sich zu ihnen um, als sie eintraten.

„Tut mir leid, wenn ich störe, Rosita", sagte Matt, „aber ich bin auf der Suche nach etwas zu essen."

Rosita wischte ihre mit Mehl bestäubten Hände an ihrer Schürze ab. „Ich habe gerade erst den Tisch abgedeckt, Señor Matt."

Matt blickte auf sie herab. Rosita war zwar sehr klein, aber keineswegs unterwürfig oder hilflos. Sie und ihr Mann waren seit Jahren auf der Ranch. Juan war einer der besten Cowboys, die sie je angestellt hatten. Ihre Kinder waren längst in alle Winde verstreut und zogen durchs Land, ähnlich wie Logan und Matt vor einiger Zeit. Seine Mutter hatte es neulich noch erwähnt. Er wusste, sie wünschte sich, er würde sich bald häuslich niederlassen, möglichst in der Nähe, damit sie ihre Enkelkinder um sich haben könnte.

Matt konnte sich jedoch nicht vorstellen, jemals Vater zu werden. Er hatte miterleben müssen, wie junge Menschen zwischen die Fronten der Indianerkriege geraten waren, er kannte die Brutalität dieser Welt. Das alles hatte ihn davon überzeugt, dass er die Sorge um Kinder lieber anderen überlassen wollte.

„Und ist dies die Señorita, von der Juan gesprochen hat?" Rosita richtete ihre Aufmerksamkeit auf Molly. „Er sagt, du bist *muy bien* mit Pferden. Du reitest wie eine Indianerin, hat er gesagt.

Mein Juan, er ist nicht oft beeindruckt von Leuten, aber du … beim ganzen Essen hat er geredet nur von dir."

„Danke", erwiderte Molly.

„Also setzt euch hin." Rosita deutete auf den langen Tisch, an dem auf beiden Seiten je eine Bank stand. „Ich bringe euch etwas zu essen." Sie kehrte an den Herd zurück und füllte etwas in zwei Schalen. „Wie heißt du?"

Matt hatte sich neben Molly auf die Bank gesetzt. Einzig aus dem Grund, dass sie sich so beide mit Rosita unterhalten konnten, redete er sich ein. Er ignorierte die Tatsache, dass es einfach schön war, in Mollys Nähe zu sein.

„Nun, ich heiße Matt, ich dachte, das wüsstest du."

Rosita schaute ihn finster an. „Oh, ihr Ryanbengels. Mit so einem Benehmen findest du niemals eine Frau. Ich sage Juan, er soll euch beibringen, wie man charmant ist, *sí, sí*", sagte sie und gestikulierte wild mit den Armen. „Wenn du charmant bist, könnte dir gewiss keine Señorita mehr widerstehen, denn der Herr hat dich in seiner Barmherzigkeit bereits mit einem hübschen Gesicht gesegnet. Beinahe schon sündhaft schön, finde ich." Sie stellte zwei himmlisch duftende Schalen vor ihnen ab.

„Danke. Und ich heiße Molly."

„Woher kommst du?"

Molly räusperte sich und warf einen Blick auf Matt. „Mexiko?"

„Molly ist eine alte Freundin", erklärte Matt. „Sie war viele Jahre nicht hier."

Rosita ignorierte ihn. „Wo in *Méjico*?"

„Nun, ich habe hauptsächlich in den Bergen gelebt."

Rosita stemmte die Fäuste in die Hüften. Von dem Löffel in ihrer Hand tropfte Soße auf den Boden.

Molly seufzte. „Davor habe ich einige Jahre bei den Comanche verbracht."

Die Augen der Köchin weiteten sich.

Matt fing an zu essen. Es gab einen Eintopf aus Bohnen, Mais und Tomaten, gewürzt mit Chili. Er war zu hungrig, um das Ende der Unterhaltung der beiden Frauen abzuwarten.

Rosita stellte ihnen noch einen Teller mit Tortillas und einen Krug mit Wasser hin. Er schenkte erst Molly, dann sich selbst ein Glas Wasser ein.

„Das erklärt immerhin, warum du so gut reiten kannst. Die Comanche kennen sich gut aus mit Pferden. Lernen ihre Frauen das Reiten?"

Molly nickte. Sie schob sich einen Löffel von dem Eintopf in den Mund und musste gleich darauf husten.

„Scharf, *sí*. Trink Wasser."

Molly nahm einen großen Schluck und griff nach einem Fladenbrot.

„Du wirst dich schon an Rositas Kochkünste gewöhnen", meinte Matt und lächelte beim Anblick ihrer tränenden Augen. „Wenn man das isst, wird man nicht krank."

„Ich glaube, ich bin jetzt schon krank", keuchte Molly.

Matt lachte. „Was essen denn die Comanche?"

„Büffelfleisch, Beeren, Nüsse, noch mehr Büffelfleisch." Molly trank gierig mehr Wasser. „Es ist sehr lecker, Rosita, vielen Dank." Aber ihre Stimme klang noch etwas heiser.

Die kleine Frau winkte lächelnd ab. „Iss nur auf. Du bist zu dünn. Haben die Indianer dich hungern lassen?"

„Nicht absichtlich. Aber einige Winter waren ziemlich lang."

Matt hatte aufgegessen und stand auf, um sich einen Nachschlag zu holen, aber Molly legte eine Hand auf seinen Arm und hielt ihn zurück. Sie schob ihre Schüssel zu ihm hinüber und bat ihn, sich wieder hinzusetzen.

„Du solltest mehr essen. Rosita hat recht, du bist zu dünn."

„Ist das nicht besser als zu dick?", fragte sie mit einem amüsierten Funkeln in den Augen.

Da er sie weiterhin finster anschaute, nahm sie schließlich noch einen weiteren Bissen vom Fladenbrot. Er aß ihren Eintopf auf, während Rosita sich in ihrer großen Küche beschäftigte.

„Du trägst keine Male", sagte sie schließlich. „Haben die Comanche dich nicht gefoltert?"

Molly schüttelte den Kopf. „Nein, ich wurde gut behandelt, meistens jedenfalls."

„Wie alt warst du, als sie dich geholt haben?"

„Ich war neun."

„Du hast Glück, dass du zurückkommen konntest."

„Ja, das ist mir bewusst."

„Ich weiß, dass es eine Bande gab, die Überfälle machte. Die Männer wurden von den Indianern skalpiert. Nicht alle sind dabei gestorben." Rosita schüttelte den Kopf. „Sie verbergen die Narben unter ihren Hüten."

„Denkst du an jemand Bestimmtes?", fragte Matt neugierig.

„Juan hat vor ein paar Monaten einen Mann gesehen, auf der Bautista-Ranch. War hässlich wie ein räudiger Köter. Juan ist sicher, der wurde vor vielen Jahren skalpiert."

„Erinnerst du dich an seinen Namen?", fragte Matt.

Rosita sann einen Moment darüber nach. „Whitaker, hat er gesagt. *Sí*, das war sein Name."

Matt überlegte. Eine Verbindung zu Walker erschien ihm unwahrscheinlich, aber es war immerhin ein Anfang. Er würde zunächst mit Dawson reden. Der Vorarbeiter kannte viele Cowboys der umliegenden Ranches und hatte womöglich schon einmal von diesem Whitaker gehört oder wusste sogar, für wen er früher gearbeitet hatte.

Molly unterbrach seinen Gedankengang. „Woran denkst du?"

„Nichts, worüber du dir Sorgen machen müsstest." Er wollte Molly so weit wie möglich aus der Suche nach den Mördern ihrer Eltern heraushalten.

Er stand auf, nahm seinen Hut und wollte sich wieder auf den Weg machen. „*Muchas gracias*, Rosita."

Molly erhob sich rasch und folgte ihm vor die Tür. „Warte. Glaubst du, dieser Whitaker hatte mit dem Überfall vor zehn Jahren etwas zu tun?"

Matt setzte sich den Hut auf und drehte sich zu Molly um.

„Tu mir bitte einen Gefallen, Molly."

„Was denn?"

„Vertrau mir. Ich kümmere mich darum. Ich möchte dich da raushalten."

„Wieso?" Sie war sichtlich irritiert.

„Weil du dich auf deine Zukunft konzentrieren sollst, nicht auf die Suche nach dem Abschaum, der eine solche Bluttat angerichtet hat. Du solltest dich damit beschäftigen, einen Ehemann zu finden und eine Familie zu gründen."

„Hältst du das etwa für den Grund, warum ich wieder hier bin? Um mir einen Ehemann zu suchen, und dann wird alles gut?" Sie stülpte sich den Hut auf den Kopf und stemmte die Hände in die Seiten. Das himmelblaue Kleid betonte ihre schlanke Taille. Ohne Frage hatte seine Mutter ihr dieses Kleid gegeben. Zu seinem Unmut passte es ihr viel besser als das braune.

Dank ihrer wohlgeformten Rundungen würde Molly überhaupt kein Problem damit haben, einen Mann zu finden und mit ihm Kinder zu bekommen. Der Gedanke irritierte ihn, erst recht die Vorstellung, ein anderer Mann könnte sich an diesen Rundungen erfreuen.

„Falls du dich entschließen solltest, mit diesem Whitaker zu reden, versprichst du mir, dass du mich mitnimmst?" Sie klang fest entschlossen.

„Ich werde nichts dergleichen versprechen."

„Du brauchst mich", behauptete sie. „Ich war die einzige Zeugin. Vielleicht erinnere ich mich an etwas Hilfreiches. Ich bin hergekommen, um meine Familie wiederzusehen, aber ich habe nichts weiter als ihre Gräber vorgefunden. Mir ist nichts geblieben, Matt. Nur mein Pferd, ein paar magere Vorräte und das wenige Gold, das Elijah mir gegeben hat. Womöglich vermutest du deshalb, ich bin auf der Suche nach einem Mann, der sich um mich kümmert, aber nichts liegt mir ferner. Alles, was ich derzeit möchte, ist, die Wahrheit zu erfahren. Und danach denke ich vielleicht auch mal an meine Zukunft."

Matt sah die Entschlossenheit in ihrer Miene, aber er erkannte auch die dunklen Schatten darin. Die Narben der Vergangenheit wurden für ihn sichtbar. Sie lagen tiefer verborgen, als er erwartet hatte.

Er hätte liebend gern die Angst aus ihrem ruhelosen Blick vertrieben. Er wollte, dass sie sich sicher fühlte. Er wollte … Dinge, die er nicht wollen sollte.

„Ich werde darüber nachdenken." Das konnte er ihr immerhin zugestehen.

„Hey, Matt!" Ein Reiter näherte sich ihnen.

Matt schaute in Richtung des Rufenden und rief Dawson zu: „Blackmore kommt."

„Danke", hörte er Molly sagen und wandte sich wieder zu ihr.

Ihr vom Hut beschattetes Gesicht zeigte noch immer Besorgnis.

Sie war damals ein kleiner Wildfang gewesen und hatte unerwartete Gefühle in ihm geweckt, wie Zuneigung, Zärtlichkeit und einen Beschützerinstinkt. Nun war aus ihr eine resolute Frau geworden und sie weckte in ihm … verdammt, er sollte wirklich nicht daran denken. Es käme doch nichts Gutes dabei heraus.

„Komm doch mit und lerne Nathan kennen", meinte er und ging hinüber zu dem Mann, der gerade von seinem Pferd abstieg. Vielleicht wäre sein Freund ein passabler Ehemann für Molly. Sofort stellte sich das Bedürfnis ein, sie ins Haus zurückzuschicken, um sie vor den Blicken der anderen Männer auf der Ranch zu verbergen, Nathans eingeschlossen, aber er zwang sich, dem Drang zu widerstehen.

Er konnte nun mal nicht beides haben − sie verheiraten und gleichzeitig vor allen Männern verstecken. Doch er wusste nicht, wie er damit umgehen würde, falls Molly tatsächlich heiratete. Zudem erschien ihm die Lösung dieses Problems, die eigentlich keine war, immer verführerischer.

Als er mit ihr den Mann begrüßte, der sein Leben gerettet hatte, traf ihn die Erkenntnis wie ein Schlag ins Gesicht.

Er wollte Molly für sich.

Kapitel Elf

Am späten Nachmittag ritt Molly hinter Matt und Nathan her, deren Pferde sich einen Weg entlang des von Schwarzpappeln gesäumten Flussbettes suchten. Die Wärme des Tages und der blaue Himmel kündeten bereits von einem baldigen heißen Sommer.

Molly schob ihren Hut ein wenig in den Nacken und hob ihr Gesicht zur Sonne, um die Wärme zu genießen. Sie hatte so lange inmitten der Natur gelebt, dass selbst eine einzige Nacht im Haus der Ryans, so bequem es auch sein mochte, sie aus dem Tritt gebracht hatte. Hier draußen in der offenen Weite fühlte sie sich wohler.

Da sie nicht hören konnte, worüber Matt und Nathan sich unterhielten, richtete sie ihre Aufmerksamkeit auf die verschiedenen Vögel, die entlang des Flusses von Baum zu Baum flatterten.

Sie hatte oft die Vögel in der Wildnis beobachtet, als sie noch bei den Comanche gelebt hatte, und sie um ihre Freiheit beneidet. Manchmal in der Nacht, wenn die Einsamkeit und ihre Angst besonders schlimm waren, stellte sie sich vor, ein Zaunkönig zu sein, der hoch am Himmel flog, schnell und frei. Sie malte sich aus, wie ihre Seele, vom Wind getragen, über dem Land schwebte. Zumindest in ihrer Fantasie. Es mochten dumme Tagträume gewesen sein, aber sie halfen ihr, die überwältigende Trauer über die Trennung von ihrer Familie zu ertragen.

Ihr Großvater bei den Comanche, Bird Fly High, hatte schon recht bald ihr Interesse an Vögeln bemerkt und oft mit ihr darüber gesprochen. Er war ein ruhiger Mann der leisen Töne gewesen, ein wenig vom Alter gebeugt, aber noch recht kräftig. Wann immer sie weitergezogen waren, hatte er ihr und den anderen Frauen und Mädchen dabei geholfen, die Tipis abzubauen und die schweren Pfosten aus Zedernholz den Pferden und Maultieren aufzubinden. Er hatte es bevorzugt, zu Fuß zu gehen, anstatt zu reiten, denn er meinte, das sei eine gute Übung für seine alten Knochen.

„Du beobachtest die *tiriejuhtzú* sehr genau", hatte Bird Fly High eines Tages zu ihr gesagt.

Molly hatte einfach genickt.

„Um die *juhtzú* zu verstehen, braucht man einen scharfen Verstand, damit man auch die winzigsten Details aus der Ferne bemerkt. Das ist manchmal eine schwierige Herausforderung, denn man darf den Kopf nicht zu lange in den Wolken haben. Bist du eine Träumerin, *tiriejuhtzú*?"

Molly hatte das meiste verstanden, was er gesagt hatte. Jeden Tag hatte sie die Sprache der Comanche ein bisschen besser verstanden und sie hatte immer gut zugehört, wenn die Frauen und Kinder sich unterhielten. Aber sie war sehr zurückhaltend gewesen, wenn es darum ging, diese Sprache selbst zu sprechen, denn sie hatte befürchtet, dass sie damit die Verbundenheit zu ihrem eigenen Volk verlor.

Also hatte sie „Ja" geantwortet und es dabei belassen. Bird Fly High hatte wohlwollend genickt und eine Hand auf ihre Schulter gelegt, zum Zeichen, dass er sie verstanden hatte.

Ein wenig vermisste sie den alten Mann und sie fragte sich, ob er wohl noch lebte. Der Gedanke, dass sie es nie erfahren würde, stimmte sie traurig. Er hatte ihr vieles beigebracht – über das

Wissen der Comanche, über das Land und vor allem über Vögel. Zum ersten Mal empfand sie Dankbarkeit dafür, ihn gekannt zu haben.

Matt und Nathan trieben ihre Pferde durch den Fluss und lenkten sie auf einen ausgetretenen Pfad, der zwischen einigen flachen, mit Wacholder und Pappeln bewachsenen Hügeln hindurchführte. Der Frühling erblühte und tauchte das Land in sattes Grün.

Sie war froh, dass Matt sie nicht von diesem Ausritt ausgeschlossen hatte. Die Tatsache, dass er sie vor allem Unheil, das ihre Familie befallen hatte, schützen wollte, wärmte sie, aber es war natürlich längst zu spät. Sie musste dieses Gespräch mit Whitaker selbst führen. Letztendlich war ihm das wohl auch klar geworden.

Wenn all das vorbei war, würde sie über ihre Zukunft nachdenken müssen. Der Gedanke verunsicherte sie. Wohin sollte sie gehen? Claire hatte sie nicht zu diesem Ausflug zur Bautista-Ranch begleiten wollen, sondern war auf der Ryan-Ranch geblieben. Aber früher oder später würde ihre Freundin ins New-Mexico-Territorium zurückkehren müssen. Vielleicht sollte sie sich ihr anschließen und von dort aus nach Kalifornien weiterreisen, zu Emma und ihrer Tante. Es gab keinen Grund, in Texas zu bleiben. Dennoch schnürte ihr der Gedanke die Brust ab.

Sie trug wieder eine Hose, weil es viel bequemer war, aber sie vermisste dennoch die Kleider. Es hatte nichts damit zu tun, dass sie wie eine Frau aussehen wollte. Aber wenn sie ehrlich war, dann störte es sie, dass Matt sie nach wie vor wie ein neunjähriges Mädchen behandelte. Vielleicht hatte er recht. Möglicherweise suchte sie tatsächlich nach einem Ehemann und war sich dessen nur nicht bewusst gewesen.

Aber wenn das stimmte, wieso interessierte es sie gar nicht, was Nathan von ihrer Kleidung hielt, während Matts Meinung sie so sehr beschäftigte?

Molly blickte zu Nathan hinüber. Er war durchaus herzlich

gewesen, als Matt sie miteinander bekannt gemacht hatte, aber selbst mit ihrer wenigen Erfahrung, was Männer anging, hatte Molly sofort erkannt, dass er sehr verschlossen und nicht einfach im Umgang war. Ein schwarzer Hut bedeckte sein braunes Haar, und eine Narbe auf der linken Wange verlieh ihm ein bedrohliches Aussehen. Sie wollte lieber nicht darüber nachdenken, wie er zu der Narbe gekommen war.

Er war so groß und schlank wie Matt, aber in seinen Augen lagen Schatten, die offenbar seine Seele gefangen hielten. Mit ihm nett zu plaudern schien ein unmögliches Unterfangen zu sein, denn weder sein Verhalten noch seine Persönlichkeit wirkten einladend für belangloses, unbeschwertes Geschwätz.

Matt und Nathan zügelten ihre Pferde, damit sie zu ihnen aufschließen konnte.

„Du hast etwas mit Nathan gemeinsam", sagte Matt. Sein Pferd tänzelte leicht und kam ihrem so nahe, dass Matts Bein sie kurz berührte, was Molly genoss.

„Was könnte das sein?", fragte sie zögerlich.

„Nathan wurde auch von Comanche gefangen gehalten."

„Tatsächlich?" Erstaunt beugte sie sich im Sattel vor und musterte den Mann, der auf Matts anderer Seite ritt. „Wie alt warst du da?"

„Älter als du, nach dem zu schließen, was Matt mir erzählt hat. Du hattest Glück, dass du das überlebt hast. Und noch viel mehr, dass du wieder nach Hause gefunden hast."

„Ich schätze, das stimmt wohl." Molly wusste, dass es das Schicksal all die Jahre nicht gut mit ihr gemeint hatte, aber dennoch hatte sie nie den Glauben daran verloren, eines Tages heimzukehren. „Bei welchem Stamm warst du?"

„Bei den Kotsoteka. Ich war anderthalb Jahre ihr Gefangener, dann gelang mir die Flucht."

„Wie hast du das geschafft?" Wieso hatte er geschafft, wovon sie nur jede Nacht hatte träumen können?

„Eine der Frauen hat mir geholfen."

„Wie war das möglich? Frauen dürfen nicht an den Beratungen teilnehmen. Und es ist ihnen nicht erlaubt, Heilige des Stammes zu werden und spirituelle Rituale auszuführen."

„Ich war kein Junge mehr, als sie mich entführten. Eine der Frauen fand Gefallen an mir und riet mir, mich dumm anzustellen. Nach einer Weile durfte ich die Krieger zu Jagdausflügen begleiten. Also tat ich so, als würde ich mich auf dem Rückweg zum Lager verlaufen. Jedes Mal kehrte ich ein wenig später zurück, bis ich eines Tages gar nicht mehr wiederkam. Natürlich nahmen sie an, ich hätte mich mal wieder verlaufen, daher suchten sie nicht nach mir, oder wohl erst nach einer Weile, aber da war ich längst fort."

„Woher wusstest du, wohin du gehen musstest, nachdem du entkommen warst?" Es hatte auch für Molly Gelegenheiten gegeben, wegzulaufen, aber ihre größte Angst war gewesen, dass sie sich hoffnungslos verirren würde.

„Ich wusste, wo ich war, ich hatte mir außerdem markante Stellen in der Landschaft gemerkt, während der Stamm von Lager zu Lager zog, daher brauchte ich nur vier Tage, um zu Fuß eine Siedlung zu erreichen."

„Hast du daher die Narbe?" Bis vorhin hätte sie nicht gedacht, dass sie mit Nathan so viel gemeinsam haben könnte. Sie wusste, dass männliche Gefangene, erst recht ältere, oft nicht gut behandelt wurden. Man schlug sie, zwang sie zu harter Arbeit und verstümmelte sie sogar manchmal.

„Das war das Geringste, was sie mir angetan haben." Nathan spannte seine Gesichtsmuskeln an und wirkte wieder so verschlossen wie zuvor.

„Du konntest dich schon immer selbst aus den schwierigsten und bedrohlichsten Situationen herauswinden", meinte Matt.

„Ich hatte Glück. Die Frau hat mir das Leben gerettet. Ich schätze, das widerlegt das Vorurteil vieler Texaner, dass alle Comanche Wilde sind."

„Aber sie sind Wilde, oder nicht?", entgegnete Molly. „Vielleicht nicht ganz so schlimm wie die Tonkawa. Die Kinder der

Comanche erzählen sich Geschichten darüber, wie die Tonkawa Arme und Beine von gefangenen Comanche kochen und sie anschließend essen. Soweit ich weiß, essen die Kwahadi ihre Feinde nicht, aber ich erinnere mich an das eine Mal, als die Krieger von einem Kampf gegen die Ute zurückkehrten und einen von ihnen gefangen genommen hatten. Sie haben den armen Mann so sehr gequält, dass mir bei dem Anblick schlecht wurde. Ich konnte nicht hinsehen." Sie hatte noch immer die Bilder von dem blutüberströmten Mann vor Augen, der von einigen der älteren Frauen gefoltert worden war. Sie war in das Zelt von Bull Runner geflüchtet, damit sie sich nicht vor allen übergeben musste.

„Du brauchst mit dem Ute kein Mitgefühl zu haben." Matt klang zornig. „Ich bin mir sicher, er hat sich zuvor auch an dem Gemetzel beteiligt."

„Das stimmt wahrscheinlich." Sie warf ihm einen Blick zu und fragte sich, warum er in letzter Zeit so gereizt war. Aber woher sollte sie wissen, ob das nicht inzwischen sein normales Verhalten war?

Nathan musterte sie. „Wie bist du nach Texas zurückgekommen? Matt sagte, ein Goldgräber habe dich mit nach Mexiko genommen?"

„Elijah Hardin hat mir das Leben gerettet und dafür schuldete ich ihm etwas. Ich habe versucht, ihm von meiner Familie zu erzählen, aber das war anfangs schwierig, weil ich meine eigene Sprache verlernt hatte."

Sie glaubte, Matt fluchen zu hören, aber als sie sich zu ihm drehte, hatte er sich von ihr abgewandt. Auf Nathans Gesicht hingegen erhaschte sie ein flüchtiges Lächeln. Das Verhalten der beiden Männer war seltsam. Matts Laune schien mit jeder Sekunde schlechter zu werden, wohingegen Nathan sich gutmütiger zeigte, als es zunächst den Eindruck gemacht hatte.

„Es ist schwer, seine Muttersprache zu sprechen, wenn niemand in der gleichen Sprache antworten kann", meinte Nathan.

Molly nickte. „Eine Weile lang habe ich mich geweigert, Comanche zu sprechen. Es war meine Art, Widerstand zu leisten. Aber dennoch habe ich nach einiger Zeit meine Muttersprache verloren. Elijah half mir, sie neu zu erlernen, als ich bei ihm lebte."

„Was ist aus ihm geworden?", fragte Nathan.

„Er hat die meiste Zeit damit zugebracht, nach Gold zu suchen." Sie erinnerte sich daran, wie einsam ihr Leben mit dem alten Einsiedler gewesen war. „Es war eine seltsame Wendung des Schicksals, dass er eines Nachts im Schlaf gestorben ist, wenn man bedenkt, welche Risiken er in den verlassenen Stollen und Minen eingegangen war. Als ich eines Morgens erwachte, war er bereits kalt und steif."

Sie atmete tief durch und fuhr fort. „Also habe ich ihn begraben, unsere Sachen eingesammelt und Mexiko verlassen. Einer der Gründe, warum ich nie weggelaufen bin, weder von Elijah noch von den Comanche, war, dass ich annahm, ich würde mich nicht allein in der Wildnis zurechtfinden. Aber zu meinem Erstaunen wusste ich mehr, als ich dachte. Genau wie du hatte ich mir markante Punkte in der Landschaft gemerkt und außerdem hatte ich seit Jahren die Sterne beobachtet." Dann fiel ihr noch etwas ein. „Die Jagd nach Klapperschlangen verlief meist recht eintönig."

„Wie war das?" Matt klang beinahe vorwurfsvoll.

„Kannst du dir vorstellen, wie langweilig es ist, mit einem alten Mann in den Bergen zu hausen und mit niemandem reden zu können? Nachts war es am schlimmsten. Die Einsamkeit drohte oft, mich zu überwältigen. Ich wollte mich außerdem nicht von den Tieren in der Nacht ängstigen lassen. Anstatt also abzuwarten, bis sie mich angriffen, jagte ich sie in der Abenddämmerung. Natürlich nicht, um sie zu töten. Nun ja, ein paar Schlangen musste ich töten, das ließ sich nicht vermeiden."

„Wieso zum Teufel hat der alte Mann sich denn nicht um deinen Schutz gekümmert?"

Molly zuckte angesichts seines zornigen Tons zusammen. „Ich

wollte leben und Elijah hätte nicht einmal einen Hund verteidigen können, wenn er es gemusst hätte. Weißt du denn nicht mehr, wie gut ich mit meiner Zwille war? Ich habe mir eine angefertigt."

„Ja, an das Ding erinnere ich mich. Und ich erinnere mich auch, dass du als Kind damit eine Klapperschlange erlegen wolltest. Wenn ich dich nicht rechtzeitig fortgezogen hätte, dann hätte sie wohl zugebissen und dich getötet."

„Mag sein." Sie zog es vor, ihm nicht von einer Begegnung mit einer anderen Klapperschlange zu erzählen, als sie noch bei den Kwahadi gelebt hatte. Er würde kochen vor Zorn, Qualm würde ihm aus den Ohren kommen. Die Vorstellung ließ sie lächeln.

„Versprich mir bitte, dass du nicht mehr in die Nähe von Schlangen gehst."

„Auch nicht, wenn ich hungrig bin?" Sie konnte nicht anders, sie musste ihn necken. Das erinnerte sie daran, wie es früher einmal zwischen ihnen gewesen war. Er war unglaublich geduldig mit ihr gewesen, wenn man bedachte, wie sehr sie ihn mit Fragen gelöchert hatte und ihm überallhin nachgelaufen war, um von ihm zu lernen. Sie wusste nicht, was sie jetzt empfand, aber zwischen ihnen sprühten Funken. Das machte sie einerseits unsicher, aber gleichzeitig fühlte sie sich lebendiger als je zuvor.

Nathan lachte. Molly grinste ihn an und fand, dass er eigentlich gar kein schlechter Kerl war.

„Meinst du wirklich, ich lasse dich eine Schlange essen?", fragte Matt. „Ich kann besser auf dich aufpassen."

„Ich habe dich nie darum gebeten, auf mich aufzupassen. Seit zehn Jahren hat niemand auf mich aufgepasst und ich bin dennoch ganz gut zurechtgekommen."

„Lass es gut sein, Matt", sagte Nathan. „Sie kann bestimmt ohnehin besser kochen als du."

Matt antwortete darauf mit Schweigen. Trotz seiner trüben Stimmung führte er sein Pferd mühelos und hielt die Zügel locker in den behandschuhten Händen.

„Was hast du gegessen, als Cerillo dich gefangen hielt?", fragte sie.

Nathan richtete seine Aufmerksamkeit auf Matt, offenbar interessierte ihn das auch.

„Nicht viel." Matt ließ seinen Blick über die Gegend schweifen. „Eine Schlange wäre ein Festmahl gewesen."

„Nun verstehst du mich", sagte Molly leise.

Matts grünblaue Augen richteten sich auf sie. „Wie hast du es geschafft? Wie hast du verhindert, dass du wahnsinnig wirst?"

Sie legte die Stirn in Falten. „Ich habe das Leid anderer Gefangener mit angesehen und daraus gelernt. Ich hielt den Mund und tat, was man mir auftrug. Ich musste hart arbeiten, aber das tun alle Frauen bei den Comanche. Das Leben an sich war hart. Meine Comanche-Mütter waren gut zu mir, das half. Nachts blickte ich hinauf zu den Sternen und stellte mir vor, dass irgendwo auch meine Familie hinaufsah, dass auch du den Himmel betrachtest." Sie lächelte ihn an. „Es gab mir ein gewisses Gefühl der Verbundenheit."

„Du hast überlebt, im Gegensatz zu vielen anderen Frauen und Mädchen", sagte Nathan.

„Du doch auch", erwiderte Molly. „Und Matt ebenfalls", fügte sie hinzu, als sie bemerkte, dass seine Miene sanfter wurde. Sie wurde von tiefer Dankbarkeit erfasst; froh, ihn wiedergefunden zu haben.

„Hast du das gehört, Ryan?", witzelte Nathan. „Sie vergleicht uns mit Mädchen und Frauen."

„Passt ja zu dir", parierte Matt.

„Nächstes Mal lasse ich dich einfach in dem Drecklöch sitzen, das Cerillo speziell für dich gebaut hatte." Nathans Worten fehlte jedoch die Schärfe, es war nur so dahingesagt.

„Ich werde dir immer dankbar sein, dass du das nicht getan hast", murmelte Matt.

Molly wünschte, sie könnte etwas sagen, um die Wucht dieser Erinnerungen etwas abzumildern, aber ihre eigene Erfahrung hatte sie gelehrt, dass manchmal nur die Zeit allein einer schmerzhaften Vergangenheit die scharfen Kanten nehmen konnte.

AM SPÄTEN NACHMITTAG erreichten sie die Bautista-Ranch, die eingebettet zwischen flachen Hügeln lag. Männer ritten zwischen zahlreichen Rindern hin und her, die auf einer Weide eingepfercht waren. Offensichtlich sollten die Tiere ihr Brandzeichen bekommen, was Matt daran erinnerte, dass diese Arbeit zu Hause auf der Ranch seines Vaters auch bald auf sie wartete.

Sie fragten sich durch und erfuhren, dass Whitaker sich in der Unterkunft der Cowboys aufhielt. Als sie sich dem einstöckigen Gebäude näherten, sagte Matt zu Molly, sie solle draußen warten, während er den Mann drinnen mit Nathan befragen würde. Er wollte ihr eine unangenehme Begegnung ersparen. Matt hatte die Erfahrung gemacht, dass ein Mann, der sich in die Ecke gedrängt fühlte, immer zurückschlagen würde. Und natürlich würde er lügen.

Aber dann hätte er sie beinahe doch mit hineingenommen. Obwohl sie wieder eine Hose und ein weites Hemd trug, wie bei ihrer ersten Begegnung vor ein paar Tagen, wirkte sie viel zu weiblich, was ihm keine Ruhe ließ. Er sorgte sich, dass die Cowboys auf der Ranch sie belästigen könnten. Dann besann er sich jedoch und bat sie, wenn auch mit ungutem Gefühl, draußen zu warten.

Molly war darüber nicht allzu glücklich, wenn er ihren verärgerten Gesichtsausdruck richtig deutete, aber sie blieb auf Pecos sitzen. Er war dankbar, dass sie keine Diskussion vom Zaun brach, doch der wütende Blick, den sie ihm zuwarf, entging ihm nicht. In ihr brodelte es. Er fand, es war einfacher, sich mit ihrem Zorn auseinanderzusetzen, als mit ihrer liebreizenden Ausstrahlung. Er konnte leichter mit ihrer Wut umgehen als mit den unschuldigen Gesten der Freundschaft und Dankbarkeit. Ihm drehte sich immer noch der Kopf von ihrem Kuss auf seine Wange, dabei war er doch ein hartgesottener Texas Ranger.

Er betrat das Gebäude, Nathan folgte ihm auf dem Fuße. Eine Handvoll Männer befanden sich im Haus, die Luft war schwer von Qualm, Schweiß und dem Gestank von ungewaschenen Leibern.

„Wir suchen nach einem Mann namens Whitaker", sagte Matt zu den Männern, die sie beide anstarrten.

„Warum?", fragte einer der jüngeren Cowboys.

„Wir möchten ihm nur ein paar Fragen stellen." Matt betrachtete die Gruppe von Männern und versuchte abzuschätzen, wer von ihnen wohl Ärger machen würde.

Der junge Cowboy wies mit einem Nicken auf einen älteren, untersetzten Mann, der hinter einem langen Tisch mitten im Zimmer stand. Der Mann verzog das Gesicht. „Besten Dank auch, Jenkins, du Schisser."

Jenkins und die anderen Männer gingen hinaus. Offenbar mochten sie Whitaker nicht. Matt wartete, bis sie allein mit ihm waren. Flüchtig nahm er wahr, dass draußen einige Pfiffe ertönten. Die jungen Cowboys hatten offensichtlich Molly getroffen. Plötzlich hatte er es sehr eilig, diese Angelegenheit hinter sich zu bringen.

„Ich habe gehört, dass du vor zehn Jahren für Davis Walker gearbeitet hast, auf seiner Ranch beim Red River", sagte Matt.

Whitaker war unrasiert, seine Haut von der Sonne gegerbt, sein Gesicht wurde von einer schmierigen Hutkrempe beschattet. Als er antwortete, stellte Matt fest, dass dem Mann einige Zähne fehlten.

„Wer seid ihr?"

„Ich bin Matt Ryan. Vor zehn Jahren wurde die Hart-Ranch, westlich von hier, überfallen. Zwei Menschen wurden getötet und ein kleines Mädchen entführt. Könnte es sein, dass du darüber irgendetwas weißt?"

„Um Himmels willen, ich erinnere mich kaum, was gestern

war, erst recht nicht an etwas vor zehn Jahren." Whitaker lachte verächtlich auf.

„Hast du im Auftrag von Davis Walker die Hart-Ranch überfallen?"

„Da hast du dir den Falschen ausgesucht, Junge. Ich habe dir nichts zu sagen. Wieso mischst du dich in etwas ein, was vor so langer Zeit passiert ist? Das bringt dich nur in Schwierigkeiten."

Matt musterte Whitaker forschend. Sein Instinkt verriet ihm, dass dieser Mann irgendetwas mit dem Überfall zu tun hatte. Vielleicht würde ihn ein Schuss ins Bein zum Reden bringen. Aber er wollte keine Sauerei anrichten.

Er ging auf ihn zu, riss dem Mann mit einer raschen Bewegung den Hut vom Kopf und fand Rositas Behauptung bestätigt, dass er skalpiert worden war. Whitakers Kopfhaut war vernarbt, an den Seiten wuchsen kleine Büschel grauer Haare.

„Du Dreckskerl!", brüllte Whitaker. „Fass mich nicht an, sonst bringe ich dich um."

„Ist das ein Versprechen?", fragte Matt gelangweilt. „Was ist mit deinem Kopf passiert?"

„Sieht aus, als wäre er beim indianischen Barbier gewesen", meinte Nathan. „Und das schon vor einer ganzen Weile."

„Es ist kein Verbrechen, das Skalpieren zu überleben." Whitaker entriss Matt den Hut und setzte ihn sich wieder auf.

Im selben Moment zog Matt seinen Revolver und drängte Whitaker gegen die rückwärtige Wand. Mit dem linken Arm hielt er ihn am Hals fest, mit der Waffe in der rechten Hand zielte er auf seine Stirn.

„Ich bin kein geduldiger Mensch. Ich will wissen, warum Davis Walker dir erzählt hat, du sollst die Harts überfallen, und warum du eine der Töchter mitgenommen hast."

„Schon gut", keuchte Whitaker. „Ich sage dir, woran ich mich erinnere. Aber nimm deine verfluchten Finger von mir."

Matt machte einen Schritt zurück, der andere Mann stolperte, hustete und rieb sich den Hals. Die Waffe in der Hand hörte Matt, wie Nathan hinter ihm sein Gewehr entsicherte.

„Uns wurde nur mitgeteilt, dass wir für Walker die Harts überfallen sollen. Er hat nie selber mit uns gesprochen. Wir sollten eine fette Summe dafür kassieren, aber am Ende sind wir alle reingelegt worden."

„Ich habe gehört, die anderen Männer seien alle getötet worden. Du hattest also Glück, dass du am Leben geblieben bist."

Der Mann schwieg.

„Wer hat euch befohlen, dass ihr die Harts überfallen sollt?", hakte Matt nach.

„Keine Ahnung. Ich habe nie mit dem Kerl geredet. Die anderen Männer erzählten davon. Wir alle brauchten Geld, und Hart hatte Walker Rinder geklaut. Man musste ihm eine Lektion erteilen."

„Indem man ihn umbringt? Woher wusstest du von dem geklauten Vieh?"

„Das wussten alle."

Matt würde seinen Vater danach fragen müssen, aber er hielt es für unwahrscheinlich, dass Robert Hart ein Viehdieb gewesen war. Warum hätte er das tun sollen? Hatte er so dringend Geld gebraucht?

„Wieso hast du das kleine Mädchen mitgenommen?", wollte Matt wissen.

„Uns wurde gesagt, es gäbe eine zusätzliche Belohnung, wenn wir das mittlere Mädchen mitnehmen und sie in der Nähe vom Brazos River absetzen."

„Wer hat das verlangt?" Matt fiel es schwer, sich noch länger zusammenzureißen.

Whitaker zuckte mit den Schultern. „Weiß ich nicht mehr. Das ist schon so lange her. Die Männer haben es sich untereinander erzählt."

„Hast du Robert Hart erschossen?", rief Nathan von hinten.

„Verdammt, das weiß ich doch nicht mehr. Alle waren wie im

Rausch und haben wild um sich geballert. Und die ganze Zeit über schrie sein Weib herum."

„Hast du sie deshalb auch erschossen?" Matt war kurz davor, Whitaker das Gesicht zu Brei zu schlagen.

„Sie hat sich vor ihn geworfen, die blöde Kuh", rief Whitaker. „Wir haben nichts dagegen tun können. Jesus Christus! Du kannst mich für all das nicht verantwortlich machen. Ist doch sowieso niemand mehr da, den es kümmert."

Die Herzlosigkeit dieses Mannes war ekelerregend.

„Ich hab die beiden aber bestimmt nicht erschossen", versicherte Whitaker hastig. „Das war einer der anderen. Den kannst du allerdings auch nicht mehr zur Verantwortung ziehen, denn kurz darauf wurde er von den Comanche getötet."

„Wie hat Walker reagiert, als er erfuhr, dass es Tote gab?"

„Glaubst du im Ernst, ich bin lange genug geblieben, um es herauszufinden? Ich bin nicht bescheuert."

„Das wird sich noch zeigen." Matt fragte sich, wie glaubwürdig Whitakers Version der Geschichte war. Sein Bauchgefühl sagte ihm, dass von ihm nicht mehr zu erfahren war, er hatte anscheinend alles erzählt, woran er sich noch erinnerte.

„Wer ist das Mädchen?" In Whitakers Stimme zeigte sich eine Spur von Besorgnis.

Matt musste sich nicht umdrehen, um zu wissen, dass Molly gemeint war. Er fragte sich, wie viel sie wohl mitbekommen hatte. Ein rascher Blick in ihr blasses, fassungsloses Gesicht verriet ihm, dass sie genug gehört hatte.

„Das ist er", flüsterte Molly. „Der Mann, der mich gepackt hat."

„Wovon redet die denn da?"

„Ich bin das mittlere Mädchen", erwiderte sie voller Zorn.

Whitaker fluchte laut.

Kapitel Zwölf

Matt und Nathan ritten nach Süden, und wieder folgte Molly mit einigen Pferdelängen Abstand. Der orangerote Himmel kündete vom nahenden Sonnenuntergang und die Luft war bereits erfüllt von den Stimmen der Nacht. Matt fand, dass Molly zu still geworden war, seit sie Whitaker verlassen hatten.

„Was wirst du nun wegen Davis Walker machen?", wollte Nathan wissen.

„Wenn ich das nur wüsste."

Schweigend ritten sie weiter. Der letzte Sonnenstrahl verschwand hinter dem Horizont. Im sanften Dunst der Dämmerung dachte Matt an die Frau auf dem Pferd hinter ihm, die Frau, die sein Leben binnen weniger Tage auf den Kopf gestellt hatte.

„Und was hast du wegen Molly vor?", fragte Nathan, als hätte er Matts Gedanken gelesen.

„Ich binde sie am Bettpfosten an", murmelte er.

„Und denkst du dabei an irgendeinen Bettpfosten oder hast du einen ganz bestimmten dafür im Sinn? Deinen zum Beispiel?"

Matt sah zu Nathan hinüber. Sein Freund hatte ein schelmisches Funkeln in den Augen.

„Es ist nicht, was du denkst. Ich werde mich ihr gegenüber anständig verhalten."

„Du wirst sie heiraten?" Nathan zog fragend eine Augenbraue hoch.

Matt konnte sich nur zu einem knappen Kopfschütteln durchringen. „Geht nicht."

„Wieso nicht? Ist sie schon verheiratet?" Nathan hatte offenbar nicht die Absicht, das Thema fallen zu lassen.

„Nein." Er hatte das Gefühl, mit einem Kind zu reden. Allerdings war es nicht Nathans Schuld, dass er sich hin- und hergerissen fühlte, sobald es um Mollys Zukunft ging, mahnte er sich. „Sie hat einiges durchgemacht. Sie braucht einen Mann, dem sie vertrauen kann, nicht jemanden, der einfach nur mit ihr ins Bett will."

Nathan lachte und wirkte erleichtert. „Ach so, jetzt verstehe ich."

„Was soll das denn heißen?"

„Ich wollte bloß wissen, was du für sie empfindest."

„Ich empfinde nichts für sie", erwiderte Matt barsch. „Jedenfalls nichts, was erwähnenswert wäre. Sie ist verletzlich. Ich werde das nicht ausnutzen."

„Ich schätze, du fühlst dich schuldig wegen dem, was damals passiert ist."

„Wie sollte ich denn nicht? Ich habe sie allein gelassen, als Whitaker und die anderen Männer ihr Zuhause überfallen haben. Ich habe ihr nicht geholfen, als sie bei den Comanche gelebt hat."

„Dein Problem ist, dass du dich für alles, was in deinem Umfeld geschieht, verantwortlich fühlst. Schon als wir beide noch in der Armee waren, hast du dir ständig zu viel aufgebürdet. Und auch wenn du es mir nie erzählt hast, so gehe ich doch davon aus, dass das der Grund war, warum Cerillo dich überhaupt erwischen konnte. Lass es gut sein. Du hast eine Frau vor dir, wie man ihr nicht alle Tage begegnet. Willst du die Chance, ihr näherzukommen, wegwerfen, weil du dich schuldig fühlst oder weil du zu ehrenhaft bist, um sie anzufassen?"

Er fühlte sich keineswegs zu ehrenhaft dafür. Ganz im Gegenteil. Es wäre das Unehrenhafteste, was er tun konnte.

Damals hatte ihn eine enge Freundschaft mit Molly verbunden. Er bezweifelte nicht, dass sie ihn gemocht hatte, ihn vielleicht sogar noch immer sehr mochte. Würde es sie nicht durcheinanderbringen, wenn er diese Zuneigung für seine eigenen Zwecke missbrauchte? Würde sie darauf eingehen, einfach weil er es wünschte? Die Vorstellung, sie zu bedrängen, gefiel ihm nicht. Nicht nach all dem, was in der Vergangenheit passiert war.

Molly würde die Geschehnisse irgendwann aufgeklärt haben und dann sehr wahrscheinlich weiterziehen. Er konnte es ihr nicht verübeln. Aber wenn er ehrlich war – etwas, das er entschieden vermied, wenn es um seine wachsenden Gefühle für sie ging –, dann musste er zugeben, dass er nicht sie vor weiterem Kummer bewahren wollte, sondern nur vor einer Beziehung mit ihr zurückscheute, um sich selbst zu schützen, falls sie ihn erneut verlassen würde. Nur dieses Mal wäre es ihr freier Wille. So viel zu den ehrbaren Absichten.

„Ich denke, hier trennen sich unsere Wege." Nathan lenkte sein Pferd nach Osten. „Wenn ich in Fort Worth alles erledigt habe, werde ich nach Kalifornien reiten, um meine Schwester zu besuchen. Auf dem Rückweg schaue ich bei euch rein. Molly, es war mir ein Vergnügen." Nathan tippte sich an den Hut, als sie zu ihnen beiden aufgeschlossen hatte.

„Danke, Nathan." Ihre sanfte Stimme berührte etwas tief in Matts Innerem. „Vor allem für die Hilfe bei dem Gespräch mit Whitaker eben."

„Pass gut auf dich auf. Und nimm einen guten Rat von mir an: Lass die Vergangenheit ruhen und richte den Blick nach vorn. Letztendlich ist Davis Walker es nicht wert, dass du dein Leben riskierst, um solchen Abschaum wie Whitaker aufzuspüren. Ich gehe davon aus, dass Walkers Vergangenheit ihm irgendwann sowieso in den Hintern beißen wird."

Molly lächelte, aber es reichte nicht bis zu ihren Augen, in denen ein düsterer Blick lag. „Ich werde darüber nachdenken." Sie räusperte sich und fuhr fort: „Ich muss ehrlich gestehen, du hast mich ziemlich überrascht. Mein erster Eindruck von dir war, dass du ein harter und gefühlloser Kerl bist, aber du hast mich komplett vom Gegenteil überzeugt. Und ich dachte anfangs wirklich, du magst mich nicht."

„Ganz im Gegenteil. Und falls Matt dir gegenüber nicht das Richtige tut, dann werden wir uns wiedersehen."

Für einen Moment wirkte Molly verwirrt.

„Jetzt hau endlich ab, Blackmore." In Matts Stimme schwang eine leise Warnung.

Nathan lachte. Er trieb sein Pferd näher heran. „Nutze die Gelegenheit, Matt. Nach Cerillo verdienst du auch ein wenig Glück."

Nathan drückte Matt kurz die Schulter, dann ritt er hinaus in die zunehmende Dunkelheit, in der sein schwarzes Pferd schon bald nicht mehr zu sehen war. Seine Worte hingen jedoch noch in der Luft.

Nutze die Gelegenheit.

Matt musterte Molly, die Nathan nachblickte, und ihm wurde noch deutlicher bewusst, wie sehr er sie begehrte. Aber sie war jung und allein. Wenn sie nicht den ersten Schritt machte, würde er sie nicht anrühren, sonst könnte er sich wohl selbst nicht mehr ausstehen.

Nachdem er diesen Entschluss gefasst hatte, ritt er an ihrer Seite nach Westen.

MATT LENKTE sein Pferd durch die Dunkelheit, Molly folgte ihm.

Er trieb das Tier an, denn er wollte ihr Nachtlager am Fluss aufschlagen. Dort befand sich jedoch bereits ein anderes Lager.

Zunächst hatte Matt versucht, das helle Lagerfeuer mit den drei oder vier Männern und ihren grasenden Pferden zu umgehen, aber dann fiel sein Blick auf einen der Männer und er glaubte, seinen Augen nicht zu trauen.

„Was ist los?" Molly trieb Pecos näher an seinen grau gescheckten Wallach heran.

„Die Geister wollen uns heute Nacht wirklich heimsuchen, wie mir scheint. Denn einer der Männer dort ist Davis Walker."

Ihr Kopf schnellte herum. „Bist du sicher?"

„Ja", erwiderte Matt müde. Er atmete tief durch. „Molly, lass uns einfach weiterreiten. Es gibt nichts, was wir hier und jetzt sagen könnten, das irgendjemandem hilft. Letztendlich hat uns Whitaker nichts erzählt, was wir nicht ohnehin schon wussten. Wir können Walker nach wie vor nichts nachweisen."

„Es ist einfach nicht richtig." Sie klang zornig. „Er hatte die letzten zehn Jahre sein gewohntes Leben. Das hat er mir und meiner Familie genommen."

„Hey! Können wir euch helfen?", rief einer der Männer vom Lagerfeuer her, als sie schließlich entdeckt wurden.

„Davis, ich bin es, Matt Ryan", sagte er betont ruhig. Er hoffte, das Gespräch würde nur kurz dauern und Molly würde nichts Dummes tun. „Vielleicht solltest du das Reden mir überlassen", raunte er ihr zu, um sicherzugehen.

Forschend betrachtete er ihr Gesicht. Das Licht vom Lagerfeuer ließ darin Unmut erkennen, aber da war noch etwas anderes. Sie hatte Angst.

„Du musst dir keine Sorgen machen, ich passe auf dich auf."

„Ich mache mir meinetwegen keine Sorgen. Aber um dich. Sei bitte vorsichtig."

Ihre Worte und die Panik in ihrer Stimme verblüfften ihn, aber er konnte nichts mehr darauf erwidern, denn Walker näherte sich ihnen. Widerstrebend stieg Matt vom Pferd.

„Matthew Ryan? Teufel auch! Wie geht es dir?" Davis hielt ihm eine Hand hin und Matt sah keine Möglichkeit, den Händedruck zu vermeiden.

Er hatte Walker seit Jahren nicht mehr getroffen, aber er hatte sich kaum verändert. Er war sehr groß und sein Bauch war inzwischen so füllig, dass er ihm über den Gürtel hing. Sein Haar war schütter und ergraut, aber sein Blick wirkte noch immer durchtrieben. Man durfte Davis Walker nicht unterschätzen. Matts Magen verkrampfte sich. Er wollte Molly von ihm fernhalten.

„Mir geht es gut", antwortete Matt unverbindlich.

Die anderen Männer waren am Feuer geblieben, aber Davis deutete nun auf sie. „Das sind Hal Lewis, Charlie Brewster und George Sawyer. Vielleicht erinnerst du dich an George? Er hat früher auf der Hart-Ranch gearbeitet, als ihr Jungs alle dort wart."

Matt musste sich nicht extra umdrehen, um zu wissen, dass Molly sich bei der Erwähnung ihrer elterlichen Ranch verkrampfte. Er sah Sawyer an und nickte knapp.

Matt erinnerte sich an ihn, auch wenn Sawyer damals noch ein Junge gewesen war, nicht viel älter als er und Cale. Er machte nicht den Eindruck, als hätte er sich sehr verändert. Er hatte etwas Wildes im Blick, und obwohl er recht schlaksig war, wirkte er immer noch so, als wolle er jeden Moment zuschlagen. Er war Matt damals schon eigenartig erschienen und auch jetzt dachte er kaum anders über ihn. Was hatte Sawyer denn mit Walker zu schaffen? Der Gedanke beschäftigte ihn, aber er verschob ihn auf später.

„Ich habe nicht gewusst, dass du eine junge Dame bei dir hast, Matt", sagte Davis, als er Molly bemerkte. „Hast du dich endlich häuslich niedergelassen?"

„Nein." Er hätte lügen können, aber er war sich nicht sicher, ob Molly es verstanden hätte. Zwar wäre es sicherer für sie, wenn die anderen Männer dachten, sie gehörte zu ihm, aber er wollte nicht, dass sie eine Diskussion vom Zaun brach, denn das hätte sie nur unnötig lange hier aufgehalten.

„Wollt ihr beide uns Gesellschaft leisten?", fragte Davis. „Wir reiten morgen weiter zu meiner Ranch. Ihr könnt euch uns anschließen."

„Nein, danke. Wir wollen heute noch ein ganzes Stück weiter."

Davis zwinkerte und lachte. „Na klar. Kann ich verstehen, dass du etwas Einsamkeit bevorzugst."

„Miss, Sie können gern bei uns bleiben." George Sawyer betrachtete sie herausfordernd.

Matts Abneigung gegen den Mann wuchs. „Wir sollten uns wirklich wieder auf den Weg machen."

„Wie heißen Sie, Miss?"

„Also wirklich, George. Halt deine Hose fest." Davis lachte erneut. „Man könnte meinen, er hätte noch nie eine Frau gesehen."

„Keine so hübsche wie Sie, Miss", verkündete George.

„Sie gehört zu mir", erklärte Matt mit Nachdruck. Er verstand nicht, warum Sawyer es darauf anlegte, ihn zu provozieren. Es passte ihm ganz und gar nicht, wie er Molly anstarrte.

„Ich habe gehört, du bist kürzlich im Süden verwundet worden, Matthew." Davis war offenbar bemüht, das Thema zu wechseln. „Aber du scheinst dich ja gut erholt zu haben. Wirst du dich den Rangern wieder anschließen, oder bleibst du auf der Ranch und hilfst deinem Vater?"

„Ich habe mich noch nicht entschieden."

„Ich wünschte, Cale würde nach Hause kommen und seinem alten Herrn helfen. Dein Vater kann sich glücklich schätzen, dich und Logan zu haben, auch wenn es nur von kurzer Dauer sein sollte."

„Wo ist Cale denn überhaupt?"

„Woher zum Teufel soll ich das wissen? Das Letzte, was ich gehört habe, war, dass er ein verfluchter Kopfgeldjäger in Colorado geworden ist. Er macht sicher einen Haufen Geld damit, aber ich sehe davon keinen Cent. Der Junge hat nie den gebührenden Respekt mir gegenüber gezeigt. Und er bleibt nie länger an einem

Ort, als er zum Kacken braucht. Na, immerhin habe ich ja noch TJ und Joey."

Davis warf Molly einen Blick zu, als er sich seiner Wortwahl bewusst wurde. „Tut mir leid, Miss. Rutscht mir manchmal so raus. Wie heißt du denn, Schätzchen?"

Matt suchte händeringend nach einer Lüge, aber sie kam ihm zuvor und antwortete mit deutlicher Herausforderung im Ton.

„Ich heiße Molly."

Matt fluchte innerlich.

„Molly. Na, das ist aber ein hübscher Name. Ich kannte mal eine Molly." Davis schien einen Moment in Gedanken versunken, dann klopfte er Matt auf die Schulter. „Manche Dinge sollte man besser ruhen lassen, was?"

Sofort stieg das Bedürfnis in ihm auf, Davis zu schlagen, obwohl er eigentlich nicht dazu neigte, im Eifer des Gefechts die Nerven zu verlieren und gleich zuzuschlagen. Er stand ganz still, konzentrierte sich auf seine Atmung und erinnerte sich daran, dass die anderen Männer ihn sicher überwältigen könnten, und dann wäre Molly ihnen schutzlos ausgeliefert. Er musste zuerst an sie denken.

„Also, Miss Molly", meinte George mit schmieriger Freundlichkeit. „Wenn Sie es satthaben, Mr Matts Frau zu sein, dann betrachten Sie sich als herzlich eingeladen, mir das Bett zu wärmen. Ich würde mich gut um Sie kümmern."

„Hört einfach nicht auf Sawyer", erwiderte Davis angewidert. „Er redet viel dummes Zeug."

Eine Bewegung im trockenen Laub hinter ihnen weckte plötzlich Matts Aufmerksamkeit und er war sofort alarmiert. Noch bevor er erkennen konnte, was sich dort verbarg, flog etwas knapp an seinem Kopf vorbei ins Gebüsch. Molly glitt vom Pferd und lief zu den Büschen hinüber. Matt erkannte die Zwille in ihrer Hand. Er zog seinen Revolver.

„Nicht, Molly!"

Aber es war bereits zu spät. Die anderen Männer hörten das Klappern nun ebenfalls.

Molly näherte sich dem im Schatten liegenden Rand des Lagers, und Matt konnte sehen, dass sie mit einer raschen Handbewegung die Schlange packte. Mit einer Hand hielt sie das Tier direkt hinter dem Kopf fest, mit der anderen fasste sie den sich windenden Leib.

„Jesus!" Matt folgte ihr eilig. „Lass sie los."

Sie drehte sich um und blickte in die verblüfften Gesichter der umstehenden Männer.

„Wie Sie sehen, Mr Sawyer", sagte sie, die Stimme voller Verachtung, „kann ich mich ganz gut um mich selbst kümmern." So wie sie mit dem großen, sich windenden Tier umging, musste sie stärker sein, als Matt angenommen hatte. Sie hielt die Schlange etwas von sich weg, woraufhin die Männer alle ein paar Schritte rückwärts machten. „Ich hätte ihr den Kopf abgeschnitten, aber es bringt Unglück, eine Schlange im Lager zu töten. Indianischer Aberglaube. Und ich möchte nicht, dass irgendeiner von euch von einem Unglück heimgesucht wird."

Als sie das Tier vorsichtig freiließ, wichen die Männer noch weiter zurück, weg von der giftigen Schlange, die rasch in der Dunkelheit verschwand.

Matt blieb stehen, wo er war.

Die Frau wollte sich offenbar umbringen. Nur der Umstand, dass sie nicht allein waren, hielt ihn davon ab, sie kräftig durchzuschütteln, damit sie zu Verstand kam.

Sie bückte sich, um die Zwille aufzuheben, und sah ihn nicht einmal an, als sie an Davis und den anderen Männern vorbeiging, die immer noch recht erschrocken wirkten. „Lass uns weiterreiten", sagte sie.

Matt bemühte sich, sein Temperament zu zügeln. „Gentlemen." Er drehte sich um und folgte ihr.

Kapitel Dreizehn

Molly überließ es Pecos, den Weg zu finden, als sie Matt in der dämmernden Nacht folgte. Sie war müde und ihr war kalt, außerdem wollte sie so weit wie möglich wegkommen von Davis Walker und den anderen Männern, bevor sie ihr Nachtlager aufschlugen. Sie und Matt hatten kein Wort gesprochen, schienen in diesem Punkt aber stillschweigend einer Meinung zu sein.

Als sie die Schlange gepackt hatte, war sie voller Energie gewesen, aber die hatte längst nachgelassen und nun fühlte sie sich schwach. Außerdem lastete es schwer auf ihr, dass sie dem Mann begegnet war, der vielleicht den Tod ihrer Eltern zu verantworten hatte. Es war einfach alles viel zu viel für sie im Augenblick, daher bemühte sie sich, ihre Gedanken im Zaum zu halten. Aber dennoch musste sie immer wieder an jene Nacht zurückdenken, in der Bull Runner und die anderen Comanche-Krieger sie ins Lager von José Torres gebracht hatten.

Einen Moment lang hatte sie geglaubt, Snake Eater würde sie entführen. Kurz danach wiederum war sie fest davon überzeugt gewesen, er würde sie töten.

Das Geschäft mit Torres war abgeschlossen. Bull Runner hatte im Austausch für Molly Decken, Gewehre und Munition erhalten. In der bedrückenden Dunkelheit, nur von Fackeln beleuchtet, sah sie die wilden, verzerrten Gesichter der Comanche, bemalt wie für einen Kriegszug. Auf Molly wirkten die Männer der Kwahadi in diesem Augenblick wie wilde Tiere. Sie stand neben Torres und hatte das Gefühl, sich übergeben zu müssen. Er war betrunken und starrte sie lüstern an.

Sie schaute zu Snake Eater. Er erwiderte wütend ihren Blick, während er brüllte und johlte. Die Krieger umkreisten sie und Torres, das Getrampel ihrer Pferde ließ den Boden unter ihren Füßen erbeben. Das Schauspiel irritierte sie. Aber dann sah sie Torres' verängstigten Gesichtsausdruck und verstand, dass es ein aggressives Machtspiel der Kwahadi war.

An die Angst im Gesicht des Händlers erinnerte sie sich später stets mit grimmiger Genugtuung, aber in dem Moment fragte sie sich voller Panik, auf wen sie es abgesehen hatten, sie oder Torres. Snake Eaters berechnender Blick, der auf ihr haftete, verriet ihr, dass sie das Ziel war. Sie zählte ihre Lebenszeit nur noch in Herzschlägen.

Die Krieger umkreisten sie weiterhin, schrien und heulten, und Molly wurde ganz schwindelig. Dann mischte Bull Runner sich ein, ritt in die Mitte des Kreises und unterbrach das wilde Toben. Er sah sie ein letztes Mal an, beinahe mit so etwas wie Bedauern, dann befahl er den anderen Kriegern, aufzubrechen, bevor er ihnen in die Dunkelheit folgte. In der plötzlichen Stille hörte sie nichts außer ihrem angestrengten Atem.

In jener Nacht hatte sie Glück gehabt, nicht nur Snake Eater hatte sie verschont, auch Torres war schon kurz nach dem lauten Schauspiel umgekippt.

Molly lauschte auf die Geräusche: das Zirpen der Grillen, das Rufen einer Eule, den Schrei eines Kojoten in der Ferne. Die Kreaturen der Nacht machten ihr keine Angst. Sie waren auf ihre eigene Art berechenbar, wenn man ihr Verhalten verstand. Aber bei Männern war das anders. Einige von ihnen hatten ihr Leben so drastisch beeinflusst, dass sie sich nun fragte, wies sie das hatte überleben können.

Als ein alter, ungepflegter Mann einen Beutel voll Gold vor Torres auf den Boden warf, konnte Molly gar nicht glauben, dass er sie kaufen wollte. Wer hätte gedacht, dass sie so viel wert sein könnte? Erst recht, da sie doch im Dreck hockte, das Gesicht geschwollen von den Prügeln, die sie von Torres bezogen hatte.

Aber der Händler nahm das Gold und gab ihr einen Tritt, um sie loszuwerden. Sie stolperte zu dem alten Mann hinüber, doch sie wagte nicht zu hoffen, dass er ihr nicht wehtun würde. Sein zerzaustes Haar war grau und er musterte sie mit einem freundlichen Blick.

„Hast du auch einen Namen, Miss?"

Die einstmals vertraute Sprache wollte ihr noch nicht so recht wieder über die Lippen kommen.

Der alte Mann deutete auf sich selbst. „Elijah Hardin."

Molly nickte und zeigte auf sich. „Canauocué Juhtzú."

Elijah wirkte unzufrieden. „Ich sehe doch, dass du eine Weiße bist, trotz der indianischen Kleidung und der dicken Dreckschicht. Hast du keinen weißen Namen?"

Seine Worte quälten sie, riefen Erinnerungen wach an eine Zeit, als sie seine Sprache beherrscht hatte. Tränen traten ihr in die Augen, während sie um den Namen rang, der nur in ihren Träumen existierte, wie ein dämonischer Geist aus einer längst vergangenen Zeit. „Molliharrt."

„Schon besser. Du kannst nicht Indianisch reden, kapiert? Das geht einfach nicht."

Molly suchte in ihrem Gedächtnis, aber sie konnte sich beim besten Willen an keine weiteren Worte aus ihrer Kindheit mehr erinnern. Sie versuchte, in der Sprache der Comanche Elijah dazu zu überreden, sie nach Hause zu bringen, aber das verärgerte ihn nur noch mehr.

„Ne tzaréja Komantcia. Ne tza que Komantcia." Sie versuchte ihm zu erklären, dass sie zwar bei den Comanche gelebt hatte, aber keine von ihnen war. Er verstand sie jedoch falsch.

„Du kannst nicht zurück", sagte er und machte sich auf den Weg. Seine beiden Maultiere führte er am Zügel hinter sich her. „Du bist eine Weiße, das gehört sich einfach nicht. Also komm jetzt. Du musst eben mit mir mitkommen. Ich habe für deine Freiheit ziemlich viel bezahlt, also kannst du ruhig eine Weile bei mir bleiben, kochen und putzen, um es mir zurückzuzahlen. Danach überlege ich mir, was ich mit dir mache."

„Ne miar equihtzí neririeté … muyienaet. Taabetzaróehquit!"

Sie deutete nach Osten, um ihre Erklärung zu verdeutlichen. Im Osten war ihr Zuhause. „Taabetzaróehquit!" Sie musste Richtung Sonnenaufgang gehen.

„Wir kommen besser miteinander aus, wenn du aufhörst, Indianisch zu reden", murmelte Elijah und wandte sich nach Süden.

Molly blieb stehen, die Enttäuschung drohte, sie zu überwältigen. Was sollte sie nur tun? Unter Tränen blickte sie sich um und sah, wie Torres das Gold zählte. Sie hatte keine Wahl. Auf sich allein gestellt würde sie nicht überleben und auch nicht den Weg nach Hause finden. Sie konnte sich nur noch daran erinnern, dass ihr Zuhause im Osten lag, mehr nicht.

Wieder einmal war sie nicht in der Lage, selbst über ihr Schicksal zu bestimmen, und in ihrem geschwächten Zustand fühlte sie sich weiteren Herausforderungen nicht gewachsen. Daher folgte sie Elijah, so schnell es ihr geschundener Leib zuließ.

Elijah war ein seltsamer Kauz gewesen, der sie oft tagelang allein ließ, wenn er in den Minen nach Gold suchte. Wenn er da gewesen war, hatte er sie mit seinen fragwürdigen Ansichten über Menschen und Orte unterhalten. Molly hatte bald verstanden, warum er das Leben eines Einsiedlers führte. Aber er hatte sie ihre Muttersprache gelehrt, jede Nacht im Schein des Feuers, bis die Worte zu ihr zurückkamen. Elijahs plötzlicher Tod war ein herber Schlag für sie gewesen.

Molly erwachte eines herrlichen Sommermorgens und der alte Mann lag noch schlafend unter seiner Decke. Sie hatten eine kleine Hütte, aber sie schliefen oft im Freien, wenn das Wetter es erlaubte.

In den letzten Wochen hatten sie Glück gehabt. Sie waren kürzlich auf einen Händler getroffen, dem Elijah ein Huhn abgekauft hatte, sodass sie hin und wieder ein Ei zu essen bekamen.

„Wach auf, Elijah", rief Molly und suchte nach der gusseisernen Pfanne. Sie ging zu ihm, um ihn wach zu rütteln.

Seine Starre ließ sie innehalten und genauer hinschauen. Er atmete nicht.

„Oh nein." Molly sank auf die Knie und schüttelte ihn. „Elijah, wach auf." Was sollte sie nur tun? Wie konnte sie ihm helfen?

„Bitte, Elijah." Tränen verschleierten ihr den Blick. „Bitte verlass mich nicht."

So sehr sie sich auch zu beherrschen versuchte, sie schluchzte auf, denn es bestand kein Zweifel daran, dass der alte Mann tot war. Sie lehnte ihre Stirn an den steifen Körper und überließ sich ihrer Trauer. Sein Tod nahm sie sehr mit, und all das Leid der vergangenen Jahre überwältigte sie.

Eine ganze Weile später, betäubt von ihrem Schmerz, saß sie immer noch bei ihm und kam zu der Erkenntnis, dass sie vollkommen allein war. Ein beängstigendes Gefühl. Sie erinnerte sich an ein Gespräch, das sie vor nicht allzu langer Zeit mit Elijah geführt hatte.

Er hatte ihr gesagt, dass es für sie Zeit würde, heimzukehren. Ihm sei bewusst geworden, dass es nicht richtig wäre, sie so lange bei sich zu behalten. Er versprach ihr, dass sie sich bald auf den Weg nach Texas machen würden.

Aus ihren geschwollenen Augen rollten frische Tränen über ihr Gesicht.

Ein Schwarm Zaunkönige ließ sich auf einem Dornenbusch nieder. Die kleinen, runden Vögel saßen da, den kurzen Schwanz gen Himmel gerichtet. Sie zwitscherten ihre Melodie.

Chewi-chewi-chewi-chewi.

Sie beobachtete die Vögel mit dem braunen Kopf, dem nur ganz leicht gebogenen Schnabel und dem schmalen weißen Streifen über dem Auge. Das Gefieder war gefleckt, eine Mischung aus Braun, Weiß und Schwarz, mit hellem Bauch. Molly fragte sich, wie es wohl wäre, Teil eines solchen Schwarms zu sein, nicht allein.

Die Zaunkönige flatterten plötzlich auf und flogen Richtung Norden davon. Molly betrachtete das als Zeichen.

Es war Zeit, heimzukehren.

Aber zunächst musste sie Elijah beerdigen. Sie wusste nur, wie die Kwahadi das machten, also bettete sie Elijah zur letzten Ruhe wie einen Krieger der Comanche.

Sie zog ihm seine besten Sachen an, ein ausgebleichtes Hemd und eine schmutzige Hose, schob seine Knie bis zur Brust hoch und umwickelte ihn mit einer Decke, dann band sie ein Seil um ihn. Den Leichnam bis zum nächsten Felsvorsprung zu ziehen, kostete sie den halben Nachmittag, und sie keuchte und schwitzte vor Anstrengung.

Sie setzte ihn so, dass er nach Osten schaute, dann häufte sie um ihn herum Steine und trockenes Gestrüpp auf. Seine kostbarsten Besitztümer legte sie neben ihm ab — seinen Gesteinspickel, seinen Tabak und einen kleinen Beutel mit Gold. Den Rest vom Gold und vom Silber behielt sie für sich selbst. Sie würde es brauchen, um nach Texas zu gelangen, auch wenn es ihr ein wenig selbstsüchtig erschien.

Sie konnte sich außerdem nicht dazu durchringen, die Maultiere zu töten, sie würde sie ebenfalls noch brauchen. Elijah musste eben zu Fuß ins Jenseits gehen. Sie hoffte, er würde es ihr nicht allzu sehr verübeln.

Molly hoffte noch immer, dass Elijah ihr nicht böse war. Sie hatte die Maultiere in Albuquerque zu einem guten Preis verkauft.

MATT ZÜGELTE sein Pferd und stieg ab.

Als Molly ihn betrachtete, überkam sie ein Gefühl von Sicherheit, von Geborgenheit. Es war ein seltsames Gefühl, das in ihrem Leben so lange gefehlt hatte.

Matt hätte ihr nicht helfen müssen, aber er tat es dennoch. Sie nahm außerdem an, dass das so bleiben würde. Er hätte sie auch nicht verteidigen müssen, aber ihr war seine winzige Handbewegung Richtung Revolver nicht entgangen, als George Sawyer angefangen hatte, sie zu belästigen. Sie war überzeugt, Matt hätte sich mit ihnen allen angelegt, einschließlich Davis Walker, um ihr zu helfen, falls es nötig gewesen wäre.

Einen solchen Verbündeten an ihrer Seite zu wissen, war neu für sie. Ebenso wie die Angst, es könnte ihm etwas zustoßen.

Matt nahm den Pferden die Sättel ab und führte sie zum Fluss, während Molly Holz einsammelte und über ihre wirren Gefühle für ihn nachdachte. Er fütterte die Tiere und rieb sie ab, während sie sich um das Feuer kümmerte. Sobald es brannte, ging sie mit einem kleinen Kupfertopf zum Fluss, um Wasser zu holen und es anschließend zu erhitzen. Aus ihren Satteltaschen holte sie alles, was sie brauchte, um eine Mahlzeit zuzubereiten.

Matt band die Pferde auf einer kleinen Lichtung in der Nähe

an, dann kam er zum Feuer und ließ seine Satteltaschen neben sich fallen.

„Ich habe Essen dabei", sagte er barsch.

„Ist schon gut." Sie fragte sich, warum er so schroff zu ihr war. „Ich möchte dir etwas zu essen machen."

„Gekochte Schlange?" Er klang geradezu höhnisch.

„Entschuldigung?"

„Du hast dich kein bisschen verändert, nicht wahr, Molly? Du jagst noch immer Schlangen und dummen Ideen nach. Das wird dich eines Tages das Leben kosten." Er hatte es laut und deutlich ausgesprochen. Seine Worte standen wie eine Mauer zwischen ihnen.

Sein Ausbruch traf sie so unerwartet, als hätte er einen Eimer mit kaltem Wasser über ihr ausgeschüttet. „Du hältst es für dumm, Davis Walker zur Rechenschaft zu ziehen?"

Er warf seinen Hut auf den Boden und fuhr sich mit den Fingern durchs Haar. „Ich weiß nicht, was ich von Walker halten soll. Glaube mir, ich würde den Verantwortlichen für dieses grausame Verbrechen auch gern zur Rechenschaft ziehen, aber zu welchem Preis? Du bist am Leben, Molly, entgegen jeder Wahrscheinlichkeit. Vielleicht solltest du es einfach gut sein lassen und nicht mehr zurückschauen. Geh fort, fang irgendwo neu an, heirate, gründe eine Familie, sei glücklich. Bleib am Leben."

„Du willst, dass ich einfach so allem den Rücken kehre?" Sie starrte unbeweglich ins Feuer. „Und Texas verlasse?" Ohne darüber nachzudenken, fügte sie hinzu: „Dich verlasse?"

Ihre Blicke verfingen sich, die Sehnsucht in seinen Augen traf sie bis ins Mark. Er wollte sie. Daran gab es keinen Zweifel. Sie fühlte sich gleichermaßen verängstigt und von Triumph erfüllt. Er sah die Frau in ihr, und dieser Gedanke breitete sich in ihr aus und rief eine prickelnde Wärme hervor. Direkt darauf folgte die überwältigende Sorge, was das für ihr Verhältnis zueinander bedeuten würde.

Er schüttelte den Kopf. „Schau mich nicht so an."

„Wie denn?"

„Ich werde nicht zulassen, dass etwas zwischen uns passiert."

„Wovon redest du?"

„Es kann nichts Gutes dabei herauskommen."

Molly stand auf, ihr Gesicht brannte vor Scham. „Wie kommst du darauf, dass ich etwas von dir will?"

Matt blickte sie über das Feuer hinweg an, Furcht blitzte in seinen Augen auf. Ja, er hatte Angst. Molly konnte sich nicht vorstellen, warum.

„Du warst mir ein guter Freund", sagte sie leise. „Ich weiß sehr zu schätzen, was du alles für mich getan hast seit meiner Rückkehr nach Texas. Ich erwarte … nichts weiter." Aber sie hatte es kaum ausgesprochen, da wusste sie, dass das nicht stimmte. „Es tut mir leid, falls du das missverstanden haben solltest", log sie. Aber das hatte er nicht. In den letzten Tagen hatte sie sich Hals über Kopf in ihn verliebt, der Himmel mochte ihr beistehen.

Sein verschleierter Blick huschte zwischen ihr und dem Feuer hin und her. Sein Mund zuckte, als wollte er etwas sagen, aber er tat es nicht.

Sie ging hinunter zum Fluss, brauchte ein wenig Abstand, wollte allein sein, bis sie ihre Gedanken geordnet hatte. Sie redete sich ein, dass sie mehr Wasser holen wollte, aber erst als sie ihre Hand in den Fluss tauchte, wurde ihr bewusst, dass sie kein Behältnis mitgenommen hatte.

Sie schämte sich so sehr. War sie denn so leicht zu durchschauen, dass Matt sofort ihre Gedanken erraten konnte? Sie würde ihre Gefühle verbergen müssen, das immerhin hatte sie in den letzten zehn Jahren gelernt. Sie wappnete sich und kehrte zu ihrem kleinen Lager zurück.

Matt saß am Feuer und beobachtete sie. „Molly." Seine Stimme durchbrach die Stille zwischen ihnen und übertönte das Knistern der Flammen.

„Ich bin eigentlich nicht besonders hungrig", unterbrach sie ihn. „Ich glaube, ich werde jetzt schlafen." Ohne ihn anzuschauen, legte sie sich hin, zog die Decke fest um sich und wünschte sich, dass sie möglichst schnell ins Reich der Träume und des Vergessens hinüberglitt.

MATT STARRTE AUF MOLLYS RÜCKEN, sie hatte ihn ausgeschlossen. Er wusste, dass es so besser war. Sie war noch so jung, so unschuldig. Für einen Moment, einen winzigen Moment, hatte er gedacht, sie würde ihm etwas anbieten. Aber was? Seine kühnsten Hoffnungen? Was für ein Blödsinn. Molly und seine Sehnsüchte hatten nicht einmal in ein und demselben Gedanken etwas zu suchen. Er tadelte sich selbst dafür, beides miteinander in Verbindung gebracht zu haben.

Molly suchte Halt bei ihm, aber wer könnte ihr das verübeln? Sie brauchte Freundschaft, keine Begierde. Er war wütend auf sie, weil sie sich selbst in Gefahr gebracht hatte mit dieser verfluchten Klapperschlange, aber er war auch wütend auf sich selbst, weil er angenommen hatte, dass sie sich ebenso zu ihm hingezogen fühlte wie er zu ihr. Er hatte es sogar ausgesprochen. Aber sie hatte keinen Zweifel daran gelassen, wie unangenehm ihr diese Aussicht war.

Nathan hatte ihm gesagt, er sollte es riskieren. Aber Matt konnte und wollte Mollys Herz und ihr Vertrauen nicht ausnutzen. Ihr Glaube an eine glückliche Zukunft war zutiefst zerrüttet und er wollte ihn ganz gewiss nicht noch mehr erschüttern.

NACH EINER UNRUHIGEN Nacht erwachte Molly bei Sonnenaufgang. Nebel lag über dem Lager und erinnerte sie an die endlosen Tage bei den Comanche. Sie zog ihren langen Mantel über, um sich gegen die morgendliche Kälte zu schützen, und machte sich auf die Suche nach mehr Feuerholz, ohne einen Blick auf den schlafenden Matt zu werfen.

Schon bald hatte sie ein Feuer entzündet, Wasser aufgesetzt und die Zutaten für einen Eintopf aus Mesquitebohnen, Sonnenblumenkernen und Kaktusfeigen aus ihren Satteltaschen geholt und in den Topf geworfen.

Matt regte sich. „Morgen." Er setzte sich auf und rieb sich über das Gesicht.

„Guten Morgen." Sie konzentrierte sich auf das Umrühren. „Du darfst gern mitessen." Sie nickte in Richtung des Kupfertopfes. „Aber es ist indianisches Essen."

Matt beugte sich nach vorn und hielt die Hände über das wärmende Feuer. Er hatte in seiner Kleidung geschlafen, sein blaues Hemd war verknittert und hing aus der Hose. „Ich habe nichts gegen indianisches Essen. Ich weiß es zu schätzen, dass du es zubereitet hast."

Sie atmete tief durch. Er war ihr Freund, sie wollte nicht mit ihm streiten. Sie musste einfach lernen, zu akzeptieren, dass sie eben ein wenig mehr von ihm wollte als er von ihr. „Ich habe nachgedacht."

Matt musterte sie fragend.

Vielleicht würde er nie mehr für sie verspüren als brüderliche Zuneigung, doch ihr Herz klopfte wie wild, wenn er sie so aufmerksam betrachtete. Alles an ihm sprach sie auf einer sinnlichen, animalischen Ebene an und das gehörte sich nicht in einer Freundschaft.

„Ich würde gern an den Ort zurückkehren, wo die Comanche die Männer überfallen haben, die mich entführt hatten."

Matt setzte sich wieder hin, griff nach seinen Stiefeln und schüttelte etwaige nächtliche Besucher heraus. „Würdest du die Stelle denn wiederfinden?"

„Ich bin mir nicht sicher. Weißt du die ungefähre Richtung?"

„Ich glaube schon." Er zog sich die weichen Lederstiefel an. „Was denkst du denn, was du dort finden wirst?"

Sie zuckte mit den Schultern. „Keine Ahnung, aber irgendwo muss ich ja anfangen."

„Na schön. Wir sollten aber einen Umweg über unsere Ranch machen."

Sie nickte. „Gut, dann kann ich Claire fragen, ob sie uns begleiten will."

Es war nicht gut, wenn sie weiterhin mit ihm allein blieb. Sie hatte keine Zweifel daran, dass sie sich erneut lächerlich machen würde.

Kapitel Vierzehn

Um die Mittagszeit erreichten sie am nächsten Tag die Ryan-Ranch, die Pferde fanden das letzte Stück des Weges von allein. Matt ritt hinter Molly her, auf dem Rückweg hatten sie kaum ein Wort miteinander gewechselt.

Sofort fiel Matt das unbekannte braune Pferd auf, das vor dem Haus angebunden war. Zuerst dachte er, Logan hätte einen weiteren Bewerber für Molly aufgetan, was ihm die Laune gründlich verdarb. Allerdings war er vorher ohnehin schon nicht bester Stimmung gewesen.

Sie stiegen ab und übergaben ihre Pferde dem jungen Cowboy Lionel, der erst kürzlich angeheuert worden war. Molly ging ins Haus, bevor er sie einholen konnte. Als er eintrat, sah er, wie der Besucher Molly die Hand schüttelte. Der Mann hatte kurzes, weizenblondes Haar und war Davis Walker wie aus dem Gesicht geschnitten. Es war Cale.

Cales Aufmerksamkeit richtete sich auf ihn. „Matt, schön, dich zu sehen."

Matt gab ihm lächelnd die Hand. „Ist ja schon eine Weile her. Wie geht es dir?"

„So gut, wie man es erwarten kann."

Matt fiel auf, dass auch Logan und Claire, ebenso wie seine Eltern, anwesend waren. „Ich habe gestern deinen alten Herrn getroffen."

„Ich bin auf dem Weg zu ihm", berichtete Cale. „Ich kam hier in der Nähe vorbei, also dachte ich, ich schaue mal rein."

„Wie lief es auf der Bautista-Ranch, Matthew?", fragte seine Mutter. „Habt ihr den Mann gefunden, nach dem ihr gesucht habt?"

Matt nickte. Molly zog ihren Mantel aus, er trat näher und half ihr, obwohl ihre finstere Miene ihm den Eindruck vermittelte, dass er damit ihre Privatsphäre verletzte.

„Whitaker war tatsächlich derjenige, der sie sich damals geschnappt hat." Er hängte den Mantel in den Flur und kehrte ins Wohnzimmer zurück. „Aber er hat uns keine weiteren hilfreichen Hinweise geliefert." Er war sich nicht sicher, wie viel er vor Cale preisgeben durfte.

„Kann ich irgendwie helfen?", erkundigte sich Cale.

„Wir haben ihm bisher nichts erzählt", meinte Susanna.

Cales Blick verengte sich. „Ich habe das Gefühl, ich bin in etwas hineingeplatzt."

„Dafür hattest du schon immer ein Talent." Logan setzte sich neben Claire auf das Sofa.

„Cale, ich schätze, wir haben dir noch nicht klar gemacht, wer Molly eigentlich ist", sagte Jonathan.

Molly setzte ihren Hut ab, blieb aber in der Nähe der Tür stehen. Matt beobachtete, wie sie unsicher an ihrem Haar zupfte. Er verspürte den Drang, sie in den Arm zu nehmen.

Cale blickte sie erneut an. „Sind wir uns denn schon einmal begegnet?"

„Ja." Sie zögerte. „Ich bin Molly Hart."

Cales Miene versteinerte und er blickte Matt an. „Ich finde das nicht lustig."

„Das ist kein Scherz, mein Junge", entgegnete Jonathan.

„Offenbar haben wir uns alle getäuscht. Die Leiche, die damals gefunden wurde, war nicht Molly."

Cales Blick huschte zu Molly. „Wie zum Teufel konnte das passieren?"

„Ein anderes Mädchen ist ermordet worden", erwiderte Molly. „Ihren Leichnam hast du gefunden."

„Und wo bist du gewesen?"

„Ich habe acht Jahre bei den Comanche gelebt."

Cale starrte sie verblüfft an.

„Sie ist erst vor Kurzem zurückgekehrt", erklärte Susanna. „Es war für uns alle ein großer Schock."

„Es ist auf jeden Fall einer für mich", sagte Cale. „Ich war mir absolut sicher, dass es ihr Leichnam war, den ich gefunden habe. Wer war denn das Mädchen?"

„Ihr Name war Adelaide", antwortete Molly. „Sie war außer sich vor Angst und hat nicht aufgehört zu schreien. Die Indianer haben sie brutal ermordet."

„Aber ich habe doch das Kreuz gefunden." Er wirkte noch nicht überzeugt.

„Ich habe es bei ihr gelassen, als Trost, wenn sie ihrem Schöpfer gegenübertritt."

Cale verstummte, sein Blick wirkte gehetzt, wie der eines Tieres, das man in die Ecke gedrängt hatte. Sein kantiges Gesicht wirkte geradezu maskenhaft, als er sich bemühte, die Tatsache zu verarbeiten, dass Molly von den Toten zurückgekehrt war. Matt konnte das gut nachvollziehen. Ihm war es vor wenigen Tagen nicht anders ergangen.

„Komm mit", sagte Matt, „ich kann draußen etwas Hilfe gebrauchen." Er wollte sich mit Cale lieber unter vier Augen über den Verdacht gegen seinen Vater unterhalten.

Als Matt den Raum verließ, ruhte sein Blick kurz auf Mollys lieblichem Gesicht. Ein leichter Sonnenbrand hatte die Sommersprossen auf ihrer Stupsnase gerötet. Ihre blauen Augen musterten ihn besorgt. Zweifellos musste sie an die Vergangenheit denken.

Eine nicht verarbeitete Vergangenheit voller Schmerzen, Verluste und Kummer.

Mollys Herz war gebrochen, mahnte er sich. Was er empfunden hatte, was er jetzt empfand, das war nebensächlich, es ging nur um das Wohlergehen dieser Frau.

Der Frau.

Sie war nicht mehr das kleine Mädchen aus seiner Erinnerung, sie war eine erwachsene Frau aus Fleisch und Blut, die ihn auf eine Weise berührte, wie es andere nie gekonnt hatten. Er verstand es nicht, aber der gesunde Menschenverstand sagte ihm, dass er lieber nicht länger darüber nachdenken sollte, welche bemerkenswerten Auswirkungen ihre Rückkehr auf sein Leben haben könnte.

DIE MÄNNER WAREN DER ANSICHT, dass es klüger wäre, am frühen Morgen zu der Stelle zu reiten, an der Mollys Entführer überfallen worden waren. Cale brach zur Walker-Ranch auf, versprach aber, ebenfalls am Morgen da zu sein und ihnen zu zeigen, wo er die kleine Adelaide gefunden hatte.

Matt ließ das Abendessen aus. Molly entging nicht, dass er ihr seit ihrer Rückkehr von ihrem Ausflug aus dem Weg ging. Sie nahm an, dass er viel zu tun hatte, sicher reagierte sie überempfindlich.

Sie und Claire waren inzwischen im zweiten Stock in den Zimmern untergebracht, die Susanna neu eingerichtet hatte. In der Nacht huschte Molly im Nachtgewand auf Zehenspitzen nach nebenan und klopft an Claires Tür.

„Ich könnte etwas Gesellschaft gebrauchen", erklärte sie, nachdem Claire die Tür geöffnet hatte. „Habe ich dich geweckt?"

Claire schüttelte den Kopf. Sie trug ein ähnliches Nachthemd, ihr blondes Haar war zu einem Zopf geflochten, der ihr über die Schulter hing. „Komm rein." Sie machte einen Schritt zur Seite. „Ich habe ein bisschen gelesen. Susanna hat mir freundlicherweise erlaubt, ein Buch aus dem Arbeitszimmer von Mr Ryan zu borgen."

Molly setzte sich auf die Kante des Bettes, auf dem eine mit Spitzen besetzte Tagesdecke lag. Claires Zimmer war genauso schön wie ihres, die Einrichtung war komfortabel und gemütlich. Das große Bett nahm die Hälfte des Zimmers ein. Gegenüber an der Wand befand sich ein gemauerter Kamin. Es gab außerdem eine Kommode, zwei Nachtschränkchen und einen schmalen Tisch. Hellgrüne Vorhänge hingen vor dem Fenster auf der anderen Seite des Raums.

Molly mochte ihr Zimmer ebenso wie dieses hier, aber dennoch sehnte sie sich nach Matts Raum. Sie nahm an, dass er nun selbst wieder dort schlief. Es war wohl besser, wenn sie nicht an ihn dachte.

„Wie fühlst du dich?", fragte Molly. Sie hatte in den letzten Tagen kaum Gelegenheit gehabt, sich in Ruhe mit Claire zu unterhalten.

„Gut."

„Hast du dir überlegt, ob du nach Hause zurückkehren willst?"

Claire setzte sich ihr gegenüber auf einen Stuhl und nickte. „Ich werde wohl schon sehr bald aufbrechen."

„Das habe ich vermutet." Molly hatte sich schon gewundert, dass Claire so lange bei ihr geblieben war. „Willst du darüber reden, was passiert ist, bevor ich dich fand?"

Claire zögerte. „Du hast selber schon genug Sorgen. Meinst du, Davis Walker war verantwortlich für den Überfall?"

Molly stellte ihre nackten Füße auf den Bettrahmen, stützte die Ellbogen auf die Knie und legte ihr Kinn in eine Handfläche. „Keine Ahnung. Dieser Mann, Whitaker, war auf jeden Fall derjenige, der mich in der Nacht gepackt hat. Seine Stimme habe ich wiedererkannt. Und dann sind Matt und ich auf dem Rückweg gestern Nacht Davis Walker begegnet."

„Was ist passiert?"

„Es war Zufall. Matt wollte ihm aus dem Weg gehen, aber er hat uns entdeckt."

„Wusste er, wer du bist?"

„Nein, ich glaube nicht."

„Was hast du nun vor?"

Molly biss sich auf die Lippe. „Ich bleibe erst einmal hier. Wohin sollte ich auch sonst? Zumindest, bis ich von Emma oder Mary höre. Dann könnte ich eine von ihnen besuchen." Sie schaute Claire an. „Wenn du möchtest, begleite ich dich nach Santa Fe. Das bin ich dir schuldig, du hast mich schließlich auch hierher begleitet."

„Um genau zu sein, komme ich aus einer Stadt östlich von Santa Fe, aus Las Vegas. Das liegt direkt am Santa-Fe-Trail."

„Nun, dann komme ich eben dorthin mit."

„Das ist nicht nötig. Mr Ryan hat schon angekündigt, dass einer der Cowboys von der Ranch mich begleiten wird. Außerdem ist es bei den Ryans sehr bequem, du solltest besser hierbleiben."

„Ja, bequem", murmelte Molly.

„Stimmt etwas nicht? Ist etwas vorgefallen?"

Molly zögerte und steckte sich eine Haarsträhne hinter das Ohr. „Ein Missverständnis."

„Worüber?" Claire setzte sich neben sie auf das Bett.

„Matt und ich, also, wir waren letzte Nacht ja allein unterwegs, und …"

Der Ausdruck des Entsetzens auf dem Gesicht ihrer Freundin ließ Molly innehalten. „Oh, nein, so meinte ich das nicht. Also, ich glaube, Matt dachte, dass ich dachte, es müsste so sein, aber das war es nicht."

„Ich verstehe kein Wort."

„Ich verstehe mich selbst nicht. Findest du, dass Matt gut aussieht?"

„Ja, in gewisser Weise. Was denkst du?"

„Ich … finde schon."

„Ich verstehe.“

„Wirklich?“ Molly tat sich schwer mit Frauengesprächen.

„Warst du schon mal mit einem Mann zusammen?“

Molly schüttelte den Kopf. „Du?“

„Nein, aber ich schätze, ich weiß dennoch mehr darüber als du.“

„Wie kann das sein?“

Claire stellte ihre Füße auf die Bettkante. „Ich habe diesen Traum. Ist weit hergeholt.“

„Was denn?“

„Ich möchte Ärztin werden.“

„Das ist doch nicht weit hergeholt.“

Claire grinste schief, dann schüttelte sie den Kopf. „Ich habe kein Geld und ich bin eine Frau. Beides verhindert, dass ich studieren kann. Und da ist noch etwas. Ich bin in einem Bordell aufgewachsen.“

„Im Ernst?“ Molly hatte keine Ahnung, wie sich Frauen in einem Bordell verhielten, aber sicher nicht so wie die stille, sanftmütige Claire, davon war sie überzeugt.

„Bitte sag den Ryans nichts davon“, bat Claire schnell.

„Wurdest du deshalb geschlagen?“

„Das ist eine lange Geschichte. Meine Mutter betreibt einen Saloon, und die Männer kommen und gehen. Manche sind nett. Manche nicht. Versprich mir, den Ryans nichts davon zu sagen. Sie waren so gut zu mir, ich möchte nicht, dass sie schlecht von mir denken.“

Molly drückte ihrer Freundin die Hand. „Versprochen.“

Claire wirkte erleichtert. „Kommen wir zurück zu deinem Problem. Soweit ich weiß, bevorzugen Männer wie Matt und Logan Frauen, die nicht zu künstlich sind.“

„Künstlich?“ Molly runzelte die Stirn.

„Zum Beispiel ein ausgestopftes Kleid, damit der Busen größer wirkt. Oder so viel Rouge im Gesicht, dass man aussieht wie eine kandierte Kirsche.“

„Wie soll mir das weiterhelfen?"

Claire atmete geräuschvoll aus, stützte ihr Kinn auf die Hand und seufzte. „Keine Ahnung. Die Männer kommen in den Saloon und bezahlen für gewisse Stunden mit den Frauen. Ist ein einfaches Geschäft. Gab es etwas Derartiges bei den Comanche?"

„Nicht, dass ich wüsste, aber da hatten viele Männer mehrere Frauen. Wenn eine Ehefrau einem Krieger missfiel, dann wandte er sich einfach der nächsten zu."

„Wie praktisch. Zumindest für die Männer. Was war mit den Frauen?"

„Die hatten nichts zu entscheiden."

„Überall dasselbe, nicht wahr?" Claire zog ihren Zopf nach vorn und spielte daran herum. „Möchtest du denn, dass Matt auf dich aufmerksam wird?"

„Ich bin mir nicht sicher."

„Es gilt auch, eine mögliche Schwangerschaft zu bedenken."

„Wie bitte?"

„Du weißt aber, was zwischen Mann und Frau passiert, oder?"

Molly erinnerte sich daran, wie sich die Hunde im Lager der Kwahadi gepaart hatten. In kalten Wintern wurden sie allerdings gegessen. „Ich habe eine ungefähre Vorstellung."

„Wenn du mit Matt schläfst, dann kannst du schwanger werden. Glaubst du, er würde dich heiraten?"

Molly zuckte mit den Schultern. Der Gedanke war ihr nie gekommen.

„Es gibt Mittel und Wege, eine Schwangerschaft zu verhindern. Aber Männer sind sehr eigen hinsichtlich der Tugendhaftigkeit ihrer auserwählten Ehefrau. Wenn du mit Matt schläfst und ihn dann verlässt, wird ein anderer Mann dich wahrscheinlich nicht mehr heiraten wollen. Oder noch schlimmer, du bekommst ein uneheliches Kind."

Das war alles viel komplizierter, als Molly es sich vorgestellt hatte. Aber womöglich hatte Matt das alles bedacht. Er war ohne Frage viel erfahrener in diesen Dingen.

„Aber wenn du der Ansicht bist, das ist es alles wert, dann solltest du vielleicht einen Köder auswerfen."

„Was meinst du damit?", fragte Molly neugierig.

„Sorge dafür, dass er dich mehr will, als der Verstand erlaubt."

„Wie denn?"

Claire seufzte. „Also, eine Liebesnacht ist sicher das, was die Männer am meisten begehren, aber das solltest du dir aufsparen. Das kann er im Grunde überall bekommen."

Der Gedanke war verstörend. Molly wurde von Eifersucht erfasst, auf jede namenlose und gesichtslose Frau, der er je begegnet war oder noch begegnen würde.

„Du könntest ihn eifersüchtig machen", erklärte Claire, als hätte sie ihre Gedanken gelesen.

Molly schüttelte den Kopf. „Ich weiß nicht allzu viel darüber, wie man Männer in den Bann schlägt, erst recht nicht, wie man sie eifersüchtig macht. Glaubst du wirklich, ich könnte damit erfolgreich sein?"

Claire überdachte das. „Wahrscheinlich nicht. Du könntest dich rarmachen und so tun, als wärst du schwer zu kriegen."

„Er geht mir schon so weit wie möglich aus dem Weg. Wenn ich das mache, sehe ich ihn ja überhaupt nicht mehr."

Claire lachte.

Molly lächelte ebenfalls. An ihrer Situation hatte sich zwar nichts geändert, aber es tat gut, mit jemandem darüber zu reden.

„Vielleicht solltest du dich mit ihm auf einem Ritt in der Wildnis verirren, nur ihr zwei", schlug Claire vor. „Wenn er den Rückweg nicht findet, ist er auf dich angewiesen. Wenn du ihm nichts zu essen gibst, dann merkt er in seinem geschwächten Zustand vielleicht, dass er nicht ohne dich leben kann." Claire schien diese Idee zu gefallen.

Molly kicherte. Das hatte sie schon sehr lange nicht mehr getan, eigentlich nicht mehr, seit sie von ihren Schwestern getrennt worden war. „Er ist ein Ranger, Claire. Es ist ziemlich unwahrscheinlich, dass er sich verirrt."

„Er könnte sich ja den Kopf an einem Felsen stoßen."

Sie lachte laut.

„Versprichst du mir etwas?", bat Claire.

Molly wischte sich die Lachtränen aus den Augen und nickte.

„Schreibst du mir, wenn du eine Lösung gefunden hast?" Das Gesicht ihrer Freundin war beinahe wehmütig. „Ich würde gern von einem glücklichen Ausgang der Geschichte hören."

Molly wurde wieder ernst. „Ja, ich auch."

Ein glücklicher Ausgang. Solche Dinge gab es in ihrer beider Welt nicht.

Kapitel Fünfzehn

Gleich nach dem Frühstück brachen sie am nächsten Morgen auf. Jonathan und Susanna, Logan und Claire, Cale und Matt. Molly gab die Richtung vor, aber Cale half ihr, wenn ihre Erinnerung sie im Stich ließ. Matt hielt sich dicht bei ihr. Molly bemühte sich, seine Anwesenheit zu ignorieren, doch er blieb immer in ihrer Nähe.

Ihr kam der Gedanke, dass er tatsächlich etwas für sie empfinden könnte. Die Vorstellung wärmte sie. Vielleicht waren Claires Vorschläge gar nicht so lächerlich, wie sie letzte Nacht geklungen hatten. Möglicherweise brauchte Matt einfach einen Schubs in die richtige Richtung. Molly hatte auf ihrem Ritt nach Westen, in das Land, das einst eine Hochburg der Comanche gewesen war, reichlich Zeit, darüber nachzudenken.

Sie erkannte die Gegend, und die Erinnerungen kehrten zurück. Sie trug ein dunkelblaues Baumwollkleid mit einem Tellerrock, darauf hatte Susanna bestanden, obwohl sie sich darin ziemlich eingeengt fühlte. Molly verspürte den Drang, sich bis auf das Unterkleid auszuziehen und ohne Sattel zu reiten. Das hatte sie bei den Kwahadi getan. Wie seltsam, dass sie sich auch nur für einen winzigen Moment wünschte, wieder bei ihnen zu sein. Aber die Sehnsucht war da und zog sie in eine Vergangenheit, die sie längst verdrängt geglaubt hatte.

Als Pecos den Gipfel eines flachen Hügels erreichte, blickte Molly zum Horizont, die Augen beschattet von ihrer Hutkrempe. „Ich glaube, hier haben die Comanche angegriffen."

„Ich habe den Leichnam des Mädchens etwa fünf Meilen nördlich von hier gefunden", erklärte Cale.

Molly musterte Cale Walker. Er war groß und breitschultrig, ebenso muskulös wie Matt. Sein Gesicht war heller, aber in seinen hellblauen Augen spiegelte sich derselbe unnachgiebige Ausdruck. Er war ungefähr so alt wie Matt, siebenundzwanzig oder achtundzwanzig. Aber genau wie Matt wirkte er deutlich älter, vom Leben und vom Kummer gezeichnet. Sie fragte sich, welcher Art von Traurigkeit Cale in sich trug.

„Wir sollten uns aufteilen und die Gegend absuchen", schlug Matt vor.

„Ich werde zu der Stelle reiten, wo ich die Leiche entdeckt habe", sagte Cale. „Wir treffen uns wieder hier."

„Einverstanden", erwiderte Matt. „Logan, schau du dir mit Claire den südlichen Teil des Tals an. Pa, du reitest mit Ma nach Osten. Ich werde dir folgen, Molly."

Alle nickten und machten sich auf den Weg.

Nachdem sie eine Weile geritten waren, gelangten sie unten im Tal in ein Wäldchen aus Wacholderbüschen und Mesquitebäumen. Matt trieb sein Pferd neben ihres. Sie konnte sich eine Bemerkung nicht verkneifen. „Falls du versuchst, mir aus dem Weg zu gehen, stellst du dich nicht sonderlich geschickt dabei an."

Matt blickte sie eindringlich von der Seite an. „Das versuche ich keineswegs."

„Mach dir keine Sorgen. Sobald diese Sache geklärt ist, werde ich wohl zu meiner Tante Catherine nach San Francisco gehen. Da kann ich sicher einen anständigen Ehemann finden und viele Kinder in die Welt setzen. Beruhigt dich das?"

Sie war sich nicht sicher, aber sie glaubte, ihn leise fluchen zu hören. „Das möchtest du doch, nicht wahr?", bedrängte sie ihn.

„Ich möchte einfach nur, dass du glücklich wirst."

„Ich bin mir nicht sicher, ob das noch möglich ist. Kannst du glücklich sein? Was wünschst du dir denn für deine Zukunft?"

Sie ritten schweigend weiter, während er offenbar über ihre Frage nachdachte. Nach einer Weile antwortete er ihr und hörte sich dabei ziemlich irritiert an. „Ich schätze, ich hatte nie langfristige Pläne, wenn ich es recht bedenke."

„Du bist zur Armee gegangen, das könnte man als Plan bezeichnen."

„Gewissermaßen."

„Was ist mit den Rangern?"

„Das diente einem Zweck."

„Der da lautete?"

„Denen zu helfen, die es nicht selber können."

„Das ist doch sehr lobenswert."

Er schüttelte den Kopf. Sie nutzte die Gelegenheit, um ihn ausgiebig zu betrachten. Unerschütterlich und kraftvoll, man durfte ihn nicht unterschätzen. Und er sah so gut aus, dass ihr das Herz schwer wurde. Die harten Kanten seines Profils, die Lässigkeit, mit der er im Sattel saß, der Anblick brannte sich in ihr Hirn und in ihr Herz. Er erschien ihr wie ein Traum von männlicher Kraft und Schönheit, ein Mann und die Vision eines Mannes. So nahe, aber dennoch vollkommen unerreichbar für sie.

Ihre Blicke trafen sich. „Ich habe die letzten zehn Jahre damit zugebracht, vor dir wegzulaufen, Molly."

„Das verstehe ich nicht."

„Als ich dachte, du seist tot, ist auch etwas in mir gestorben. Wir waren Freunde, du weißt, wie viel du mir bedeutet hast. Du hast keine Vorstellung davon, wie verzweifelt ich war, als Cale deine Leiche zu uns brachte und wir alle dachten, du seist auf so qualvolle Weise gestorben. Es hat etwas in mir getötet. Zehn Jahre bin ich davor weggelaufen, wollte es verdrängen, damit es mich nicht mehr quält. Ich war zerrissen von Schuldgefühlen", gab er schwer atmend zu.

Molly hörte ihm zu und begann zu verstehen. Es tat ihr gut, zu hören, wie viel sie ihm bedeutet hatte, aber die Leere folgte auf dem Fuße. Denn nun verstand sie auch, warum er sie nie anrühren würde.

„Ich darf dich nicht benutzen, um meine Wunden zu heilen. Du hast genug gelitten. Aber ich werde alles in meiner Macht Stehende tun, um dir zu deinem Glück zu verhelfen." Seine Worte und sein Blick gingen ihr bis ins Mark.

Was war mit ihm geschehen? Er schien jeglichen Glauben und jede Hoffnung verloren zu haben.

„Du irrst dich", sagte sie wütend. So leicht wollte sie es ihm nicht machen. „Mag sein, dass ich gelitten habe, aber nicht so sehr wie du. Trotz allem glaube ich immer noch an die Kraft des menschlichen Geistes. Aber du anscheinend nicht mehr. Und wenn das so ist, dann bist du nicht mehr der Matt, den ich kannte, denn der hätte nie aufgegeben. Er hätte sein Leben gelebt, es willkommen geheißen. Die Welt kann grausam sein und ich nehme an, du hast weitaus mehr Grausamkeit erlebt als ich, aber wozu lebt man denn, wenn man sich davon niederringen lässt? Du hast mich gefragt, wie ich all die Jahre überlebt habe. Im Grunde lässt es sich mit einem Wort zusammenfassen: Hoffnung. Ohne die hätte ich mich hingelegt und wäre gestorben, schon in den ersten Tagen bei den Comanche. Aber ich habe mich geweigert, das einfach hinzunehmen. Und ich bin wieder zurückgekommen."

„Aber es ist nicht mehr so, wie du gedacht hattest", erwiderte er niedergeschlagen.

„Ja, das stimmt. Doch ich habe etwas von den Kwahadi gelernt. Die Welt ist ständig im Wandel. Das Land, die Jahreszeiten, sie bringen immer etwas Neues mit sich. Wenn man sich nicht anpasst, stirbt man. So einfach ist das. Vor der Veränderung darf man sich nicht fürchten."

In seinen Augen erkannte sie jedoch Furcht. „Was ist mit dir geschehen?" Sie war von ihrer eigenen Feindseligkeit ihm gegenüber verblüfft. „Warum hast du solche Angst?"

„Wenn du es unbedingt wissen willst, das ist keine Angst, sondern Bedauern. Du kommst zurück und stellst mein ganzes Leben auf den Kopf. Du schaust mich an mit dem unschuldigen Blick eines Kindes."

„Ich bin kein Kind mehr", erklärte sie knapp.

„Genau darin liegt das Problem. Ich bemühe mich wirklich, das Richtige zu tun. Aber du hörst nicht auf, mir deswegen Vorwürfe zu machen."

„Also bin ich dir einfach nur lästig?"

„Das meinte ich damit nicht."

Es war kindisch, aber Molly gab Pecos die Sporen und ritt davon. Sie konnten sich offenbar nicht einmal mehr unterhalten, ohne gleich zu streiten.

Als Pecos durch das Gestrüpp brach, stieg sie unerwartet auf die Hinterbeine, und Molly wäre fast abgeworfen worden. Sie hielt sich fest und erkannte vage ein Gewusel von Tieren, während Pecos in Panik durch das Unterholz galoppierte.

Molly glaubte erst, einen Bären gesehen zu haben, der die Tiere aufgeschreckt hatte. Jaulen und Bellen erfüllten die Luft. Sie warf einen Blick über die Schulter und stellte fest, dass es keineswegs ein Bär war, sondern eine Herde Rinder, die von Kojoten oder Wölfen gehetzt wurde. Pecos raste zwischen den Büschen und Kakteen hindurch, Molly flog der Hut vom Kopf. Die verängstigten Tiere rannten in ihre Richtung.

Schüsse fielen, aber Molly wusste nicht, aus welcher Richtung. Pecos galoppierte in halsbrecherischem Tempo nach Süden. Auf einer kleinen Anhöhe vor sich entdeckte Molly Logan und Claire auf ihren Pferden, die sie beobachteten. Claire, im braunen Reitkleid, bemühte sich, ihr kastanienbraunes Pferd zu zügeln, während Logan mit dem Gewehr in Mollys Richtung zielte.

„Runter!", schrie er. „Aus dem Weg!"

Molly hätte es gern getan, aber sie hatte keine Kontrolle

darüber, welchen Weg Pecos nahm. Das Pferd folgte seinem eigenen Instinkt. Abrupt brach die Stute nach links aus und warf Molly ab. Ihr blieb beim Aufprall die Luft weg, aber sie bemühte sich, schnell auf die Beine zu kommen, da sie zu Fuß erst recht in Gefahr war.

Zehn oder fünfzehn Rinder preschten auf sie zu. Wie aus dem Nichts tauchte Matt vor ihnen auf. Er beugte sich zur Seite und Molly verstand, dass er sie auf sein Pferd ziehen wollte. Sie machte sich bereit, seinen Arm zu packen, aber sie rutschte aus und fiel wieder hin, wobei sie ihn losließ. Matt zügelte sein Pferd, sprang ab und rief ihr etwas zu, aber sie konnte es nicht verstehen. Ihr Blick richtete sich auf die Tiere, die sie beinahe erreicht hatten.

Panisch versuchte sie, den Hügel zu erklimmen, aber sie rutschte immer wieder weg. Dann waren die schnaubenden Tiere und Matt gleichzeitig über ihr. Im nächsten Moment war alles vorbei. Ihr wurde bewusst, dass Matt sie mit seinem Körper geschützt hatte. Ihr Gesicht lag im Dreck.

Die schweren Tiere waren über ihn getrampelt, nicht über sie.

Sie wand sich unter ihm und rollte auf den Rücken, er lag noch immer auf ihr. „Matt? Matt?" Sein Gesicht lag auf ihrem Oberkörper. Sie nahm es in beide Hände und hob seinen Kopf an. „Geht es dir gut?"

Er blickte zu ihr auf, sichtlich benommen, und rang nach Atem. „Ging mir nie besser", keuchte er, aber ihr entging das leise Stöhnen nicht, das er von sich gab, als er sich bewegte.

Logan und Claire kamen den Hügel herunter zu ihnen gerannt. „Nicht bewegen, Matt", sagte sein Bruder.

„Hatte ich auch nicht vor", erwiderte er angestrengt.

Sein Hut war weg, Molly berührte sein Gesicht und vergrub ihre Finger in seinem Haar. Sie legte ihm eine Hand auf die Stirn und versuchte, ihm ein wenig den Schmerz zu nehmen.

„Ich glaube, dein Fuß ist gebrochen", meinte Logan.

„Verfluchter Mist", murmelte Matt.

„Wie ist es mit den Rippen?"

„Meine Beine haben das meiste abgekriegt."

„Claire, hilf mir mal." Logan versuchte, Matts Bein zu richten.

Molly sah, wie Matt der Schweiß ausbrach und die Adern am Hals hervortraten, während er sich bemühte, den Schmerz stumm auszuhalten. Instinktiv legte sie ihre Arme um seine Schultern, als könnte sie ihm ein wenig von dem Leid abnehmen. Ohne darüber nachzudenken, drückte sie ihr Gesicht in sein Haar, küsste ihn und murmelte beruhigende Worte. Seine Arme umklammerten sie fester. Tränen brannten ihr in den Augen.

„Ich drehe dich jetzt zur Seite", warnte Logan.

Zögernd ließ Molly Matt los. Claire kam zu ihr. „Bist du verletzt?"

Molly setzte sich auf, sie hatte nur ein paar Schrammen. „Nein, es geht mir gut."

Jonathan und Susanna kamen bei ihnen an und stiegen eilig von ihren Pferden. „Was in aller Welt ist passiert?", fragte Susanna und beugte sich zu ihnen herab.

„Die verdammten Kojoten haben die Rinderherde erschreckt." Logan blickte sich um. Am Himmel hatten sich dunkle Wolken gebildet und der Wind hatte zugenommen.

„Wir sollten Matt zur Ranch zurückbringen", schlug Molly vor.

„Ich kann reiten, holt mir einfach mein Pferd."

Jonathan gab Susanna sein Gewehr, dann half er Matt in den Sattel, während Claire Molly zur Seite sprang.

Cale traf schließlich auch wieder bei ihnen ein. „Was ist passiert?"

„Stampede", erklärte Logan. „Matts Fuß ist wahrscheinlich gebrochen."

„Soll ich es mir einmal anschauen?", fragte Cale.

„Wusste ja gar nicht, dass du ein verfluchter Doktor bist", meinte Matt und verzog schmerzhaft das Gesicht, als er in den Sattel rutschte.

„Ich habe einige Zeit mit einem Medizinmann der Apachen verbracht. Aber ich kann dich auch einfach leiden lassen."

Matt fluchte leise.

„Vielleicht kann Claire dir helfen", sagte Molly und schaute ihre Freundin ernst an.

Claire zögerte, bevor sie antwortete: „Ich habe ein wenig Erfahrung mit gebrochenen Knochen."

Cale nickte. „Vier helfende Hände sind besser als zwei. Aber wir reiten doch besser erst zurück zur Ranch, denn das muss auf jeden Fall geschient und verbunden werden. Außerdem zieht ein Sturm auf, wir sollten hier keine Zeit vertrödeln. Aber ich habe auch etwas entdeckt."

„Was denn?", fragte Jonathan und band sich den Hut auf dem Kopf fest.

„Einen Haufen Knochen, unter einer Felskante vergraben. Sah nach mehreren Männern aus. Ist natürlich schwer zu beurteilen, aber es könnten diejenigen sein, die von den Comanche getötet wurden. Jemand hat sich viel Mühe gegeben, ihre Leichen zu verbergen." Cale blickte besorgt zu den sich auftürmenden Wolken. „Deshalb haben wir sie nie gefunden."

„Lass mich mit ihm reden, mein Junge", meinte Jonathan zu Cale. „Wir wissen nicht, ob dein Vater etwas damit zu tun hatte." Er schaute Molly an. „Ich ignoriere keineswegs, was du vermutest, Molly, aber das ist eine ernste Sache. Solange wir nicht sicher sein können, sollten wir uns mit Anschuldigungen zurückhalten."

Sie nickte, denn er hatte recht.

„Wir sollten aufbrechen", mahnte Susanna laut, als der Wind immer stärker wurde. „Wir müssen uns um Matthews Fuß kümmern."

Logan fing Pecos ein und sammelte Matts und Mollys Hüte wieder auf. Dann ritten sie zurück zur Ranch. Molly hielt sich nahe bei Matt, es war ihr egal, was die anderen dachten. Es war ihr auch egal, was er darüber dachte.

Heftiger Regen setzte ein. Aber da das Wetter in der Gegend oft sehr rasch wechselte, hatten sie alle ihre langen Mäntel dabei. Das Wasser lief ihnen über die breiten Hutkrempen und sie ritten vollkommen durchnässt langsam über die weite Ebene. Molly machte sich Sorgen um Matt. Susanna sah sich oft nach ihm um, aber er versicherte ihr stets, es gehe ihm gut.

Molly bewunderte Matt für sein Durchhaltevermögen, denn es war offensichtlich, dass er Schmerzen hatte. Sein Fuß baumelte schlaff herab.

„Warum überlässt du mir nicht die Zügel deines Pferdes?", schrie sie über den Lärm des Sturms hinweg. „Dann kannst du dich etwas ausruhen."

Er schaute sie an. „Es geht schon", erklärte er mit Nachdruck.

„Es ist kein Verbrechen, sich mal helfen zu lassen."

„Das sagt ja die Richtige."

„Was soll das denn heißen?"

„Ich wollte doch nie etwas anderes, als dir zu helfen. Dir passt es ebenso wenig, auf Hilfe angewiesen zu sein, wie mir."

Unvermittelt musste sie lachen. Was blieb ihr auch anderes übrig? Ihr war kalt, sie war nass bis auf die Haut, und sie war müde. Ihre Eltern waren tot, sie hatte kein Zuhause mehr und Matthew Ryan war ihretwegen aufgebracht. Er ist verletzt, ermahnte sie sich, da konnte man schon mal schlechte Laune bekommen. Wenn sie doch nur hätte vergessen können, wie gut es sich angefühlt hatte, von ihm gehalten zu werden und ihn zu berühren. Sie wollte das gern wieder tun. Sie wollte diese Wärme, die Verbundenheit. Sie wollte ihn, sonst niemanden.

„Was ist so lustig?" Er schaute sie finster an.

„Wann bist du so ein verflucht grantiger Kauz geworden?"

Er verzog das Gesicht. „Rede nicht so. Du bist jetzt eine Lady, kein Kind mehr."

„Gott sei Dank, es ist dir endlich aufgefallen", sagte sie und grinste ihn an.

„Natürlich ist es mir aufgefallen. Es war ja nicht zu übersehen", murmelte er und wandte sich ab, aber sie hatte es gehört.

Und das gab ihr Hoffnung.

Kapitel Sechzehn

Es war schon recht spät, als sie auf der Ranch eintrafen. Die dunklen Wolken hingen noch immer drohend über ihnen, aber es hatte endlich aufgehört zu regnen. Molly ging hinauf in ihr Zimmer, um die nassen Sachen auszuziehen, während Susanna, Claire und Cale sich um Matt kümmerten, den Logan und sein Vater auf sein Bett gelegt hatten.

Susanna war so großzügig gewesen, Molly einige Kleider und Unterbekleidung zu geben, ebenso wie Nachthemden und zwei Paar neue Schuhe. Sie legte die durchnässten Sachen über einen Stuhl und zog sich schnell das blassgelbe Kleid über, das vorn eine Knopfleiste hatte. Als sie die Treppe wieder hinunterlief, war ihr sehr wohl bewusst, warum sie es so eilig hatte. Sie wollte sichergehen, dass Matts Fuß wieder in Ordnung kam.

Sie hörte Jonathans und Claires Stimmen im Wohnzimmer und warf einen Blick ins Zimmer. Claire hatte sich das noch nasse Haar neu geflochten und sich ebenfalls umgezogen. Nun trug sie ein blau-weiß gestreiftes Kleid. Zu Mollys Verwunderung befand sich noch eine Person im Zimmer. Auf einem der gepolsterten Stühle saß eine ältere Dame mit einer Decke auf dem Schoß.

„Molly." Jonathan winkte sie zu sich. „Bitte komm herein. Darf ich dir Mrs McAllister vorstellen?"

Molly trat ein und die Frau ergriff ihre Hand. Ihre Finger waren gekrümmt und die Knöchel sahen geschwollen aus. Molly fragte sich, ob das wohl schmerzhaft war, und drückte weniger fest zu. Mrs McAllisters Gesicht zeichneten tiefe Furchen, und ihre dünnen Lippen verzogen sich zu einem aufgesetzten Lächeln. Ihr graues Haar war zu einem Knoten aufgesteckt, und trotz ihrer zerbrechlichen Erscheinung musterte sie Molly sehr genau von Kopf bis Fuß, was Molly zu der Annahme verleitete, dass diese Frau nicht so gebrechlich war, wie ihre Erscheinung vermuten ließ.

„Nennen Sie mich doch Elizabeth", sagte sie mit einem eindeutig südlichen Dialekt.

„Freut mich, Sie kennenzulernen." Molly machte einen Schritt zurück, nachdem die Frau endlich ihre Hand losgelassen hatte.

„Mrs McAllister ist in den Sturm geraten", erklärte Jonathan. „Sie wird die Nacht hier verbringen."

„Vielen Dank, Jonathan", säuselte Elizabeth. „Ich weiß deine Gastfreundschaft immer sehr zu schätzen und ich freue mich, Susanna endlich einmal wiederzusehen. Seit Charles' Tod ist es in meinem Haus sehr einsam geworden. Der Sturm hat mich einfach überrascht. Der kam praktisch wie aus dem Nichts."

„Ich schaue nur schnell einmal nach Matthew", sagte Jonathan. „Molly, würdest du mit Claire bitte Mrs McAllister ein wenig Gesellschaft leisten?"

„Selbstverständlich", erwiderte Molly.

„Claire, wir haben alles für deine Abreise morgen früh vorbereitet", fügte Jonathan noch hinzu, bevor er das Zimmer verließ und im Flur verschwand.

„Du verlässt uns schon morgen?", fragte Molly erstaunt.

„Ich denke, es wird Zeit. Mr Ryan hat arrangiert, dass Lester Williams mich begleitet."

Molly nickte. Sie freute sich, dass Claire heimkehren konnte, aber sie fand es auch schade, sich von ihr verabschieden zu müssen.

Fröstelnd trat sie näher zum Feuer im Kamin.

„Eine junge Frau sollte sich nicht allein draußen in der Wildnis aufhalten", sagte Elizabeth. „Zu viele Indianer."

„Aber ich dachte, die meisten Indianer wurden in die Reservate umgesiedelt?", erwiderte Molly.

„Das behauptet man. Aber glauben würde ich es nicht. Ich würde das feinste Porzellan meiner Mutter darauf verwetten, dass sich noch einige in der Gegend herumtreiben."

Molly war sich nicht sicher, wie sie darauf antworten sollte. Etwas in Elizabeths Ton sagte ihr, dass sie das Thema besser nicht weiter verfolgen sollte.

„Ist eine von euch mit einem der Ryan-Jungs verlobt?", fragte Elizabeth.

Molly runzelte die Stirn. „Nein, Ma'am. Die Ryans waren bloß so freundlich, uns beide für eine Weile zu beherbergen."

Elizabeth nickte. „Die Gastfreundschaft der Ryans ist in der Gegend weithin bekannt. Es sind gute Leute. Woher kommt ihr Mädchen?"

Molly wusste nicht, was sie sagen sollte, aber sie hatte auf einmal das Bedürfnis, ihre Vergangenheit zu verschweigen. Claire ersparte ihr das Lügen.

„Aus New Mexico."

„Oh, das ist noch immer kein Staat der Union, nicht wahr? Ich hörte, es gibt da keinerlei Gesetze, nur Banditen und Verbrecher und noch mehr von diesen verdammten Rothäuten. Die sind wie Ungeziefer, sie verpesten das ganze Land. Ich kann sie einfach nicht ertragen." Sie wedelte angewidert mit ihrer knotigen Hand.

Claire blickte fragend zu Molly.

Molly schwieg.

„Matthews Verletzung ist ein Jammer", fuhr Elizabeth fort. „Ist er vom Pferd gefallen?"

„Nein, Ma'am", antwortete Molly und räusperte sich. „Eine Rinderherde ist in Panik geraten und hat ihn niedergetrampelt." Dann wandte sie sich an Claire. „Wie geht es seinem Fuß?"

139

„Er ist nicht gebrochen, aber stark verstaucht und angeschwollen. Cale kümmert sich darum. Er kommt schon wieder in Ordnung."

Elizabeth nickte mit selbstgefälliger Miene. „Mir glaubt ja keiner, aber ich habe schon immer gesagt, dass Rinder gefährliche Tiere sind. Aber Matthew ist jung und stark, er wird schon bald wieder auf die Beine kommen. Ich hatte immer die Hoffnung, meine Lizzie würde eines Tages einen der Ryan-Jungs heiraten."

„Lizzie?" Molly wurde von Eifersucht erfasst, die ihr wie ein Blitz in den Magen fuhr. Oder vielleicht musste sie einfach nur etwas essen.

„Meine wunderbare, liebe Tochter." Elizabeth lächelte. „Sie befindet sich derzeit in einem Pensionat in Richmond. Sie ist mein einziges Kind, und sie fehlt mir sehr. Bald wird sie heimkehren und ich bin mir sicher, es gibt eine Menge junger Männer, die um sie werben werden. Sie ist bezaubernd. Es ist bedauerlich, dass Matthew die Ranger verlassen musste, aber vielleicht war es Gottes Wille." Flüsternd, als teilte sie ein Geheimnis, fuhr sie fort. „Ich bin mir sicher, dass Lizzie seine Aufmerksamkeit erregen wird. Und ich hätte nichts dagegen, wenn aus ihr eine Ryan würde."

Molly hatte genug gehört. Sie zwang sich zu einem Lächeln. „Sie müssen doch sicher Hunger haben, Mrs McAllister." Molly wollte sich keinen Augenblick länger das Gerede über Mrs McAllisters Tochter und Matt anhören. „Ich schaue mal nach, wie weit Rosita mit dem Essen ist." Sie drehte sich um und verließ eilig das Zimmer.

Auf dem Weg zur Küche entschuldigte sie sich im Geiste bei Claire dafür, sie im Wohnzimmer allein zurückgelassen zu haben.

⸻

MATT SASS IM BETT, mit einigen Kissen im Rücken. Cale hatte seinen Fuß verbunden, aber die Schwellung schmerzte und er atmete angestrengt. Immerhin war es nicht das Bein, das Cerillo verstümmelt hatte. Nun waren beide Beine kaputt, aber das machte ihm nichts aus. Er wollte lieber gar nicht daran denken, was hätte passieren können, wenn er sich nicht rechtzeitig vor die heranstürmenden Rinder geworfen hätte, um Molly abzuschirmen.

Logan betrat mit Feuerholz im Arm das Zimmer und stocherte im Kamin herum. Bald loderten die Flammen wieder.

„Ma möchte nicht, dass du dich erkältest", sagte sein Bruder und richtete sich auf.

Matt fiel auf, dass Logan noch immer seine nasse Kleidung trug. „Du bist derjenige, der sich erkälten wird. Geh und zieh dich um."

„Du hast es noch immer nicht kapiert, was?" Logan grinste. „Du bist Mamas Liebling. Ich könnte bewusstlos mit einer Lungenentzündung in der Speisekammer herumliegen und sie würde immer noch darauf bestehen, dass ich dir ein paar Pfirsiche bringe."

Matt unterdrückte ein Stöhnen, als er sich ein wenig drehte. „Wo zur Hölle bleiben denn dann meine Pfirsiche?"

Logan lachte. „Hol dir dein Essen gefälligst selber. Pa hat Dawson damit beauftragt, dir eine Krücke zu bauen. Sollte morgen fertig sein." Dann fügte er ziemlich unerwartet hinzu: „Claire verlässt uns morgen."

Sofort war Matt alarmiert. „Wird Molly mitgehen?"

Logan schüttelte langsam den Kopf. „Pa hat Lester beauftragt, sie zu begleiten." Mehr sagte er nicht.

Als die aufkommende Angst langsam nachließ, Molly könnte abreisen, fühlte sich Matt sehr erleichtert. In seiner derzeitigen Verfassung hätte er ihr nicht einmal nacheilen können. Verdammt. Wie sollte es mit ihr und ihm nur weitergehen?

„Ich hätte sie gern begleitet, aber Pa verlässt sich darauf, dass ich beim Viehtrieb helfe, erst recht jetzt, da du nutzlos herumliegst."

„Lester ist ein anständiger Kerl. Ich bin sicher, er passt gut auf

Claire auf." Er war einfach nur froh, dass Molly nicht ebenfalls abreiste.

„Ja." Logan drehte sich zum Feuer um und stocherte wieder mit dem Schürhaken darin herum. „Mrs McAllister ist da."

„Dann hat es doch wenigstens etwas Gutes, dass ich bettlägerig bin." Wieder drehte sich Matt ein wenig. Der verletzte Fuß war auf ein Kissen gebettet, aber der Schmerz breitete sich in seinem gesamten Körper aus, sobald er sich bewegte.

Logan erhob sich und stemmte die Hände in die Hüften. „Ja, du bist ein echter Glückspilz. Hast du Hunger?"

„Weiß nicht." Er lehnte den Kopf zurück und schloss die Augen. Es passte ihm nicht, hier herumzuliegen. Er hatte sich gerade erst dank langer Bettruhe von der anderen Beinverletzung erholt, weshalb er nicht gerade versessen darauf war, wieder ewig ans Bett gefesselt zu sein.

„Ich schicke Molly her, damit sie dir Gesellschaft leistet."

Matt öffnete seine Augen einen winzigen Spalt. Was führte sein Bruder im Schilde? Natürlich hatte er nichts dagegen, sie zu sehen, auch wenn er es eigentlich nicht sollte. Aber er hatte zu starke Schmerzen und war zu müde, um vernünftig zu sein. Es wäre verdammt nett, sich mit ihr zu unterhalten.

„Sie hat in den letzten zwei Stunden alle fünf Minuten nach dir gefragt", fügte Logan hinzu und ging zur Tür. „Ich schätze, Ma hätte nichts dagegen, euch beide miteinander einzusperren, aber ich würde es Mrs McAllister gegenüber nicht erwähnen. Sie hat ein Auge auf dich geworfen, für ihre Lizzie."

Matt stöhnte laut auf und rieb sich das Gesicht. „Ich bin als Ehemann ungeeignet."

„Wem sagst du das! Du bist ein viel zu großes Muttersöhnchen dafür."

Matt warf mit einem Kissen nach seinem Bruder, traf aber nur noch die geschlossene Tür.

MOLLY KLOPFTE AN MATTS TÜR, ein Tablett in den Händen. Ein erstickter Laut drang an ihre Ohren – vielleicht war es auch ein Bellen –, und sie betrachtete das als Aufforderung, einzutreten. Sie schloss die Tür hinter sich und bemerkte ein Kissen am Boden. Als sie den Kopf wieder hob, hätte sie vor Schreck beinahe das Tablett fallen lassen.

Matt saß aufrecht im Bett, der verletzte Fuß lag auf einem Kissen. Er trug kein Hemd und offensichtlich auch keine Hose. Die Bettdecke bündelte sich um seine Hüften, seine breite Brust war entblößt. Molly fühlte sich bei seinem Anblick an wilde Tiere erinnert, die ums Überleben kämpften, eine Mischung aus kaum gezähmter Kraft und einer wachsamen Aufmerksamkeit, sobald sich mögliche Beute in der Nähe aufhielt. Er beobachtete sie mit glänzenden Augen, sein Blick war intensiv, und ein begehrliches Funkeln glitzerte darin.

„Hast du eigentlich immer schlechte Laune?", fragte sie, als er kein Wort von sich gab, wurde sich dann aber ihrer schlechten Manieren bewusst. „Entschuldige, sicher hast du Schmerzen." Sie trat ans Bett und reichte ihm das Tablett. „Ich habe dir etwas zu essen mitgebracht."

Als er ihr das Tablett abnahm, fiel ihr Blick auf das Spiel seiner Muskeln, die sich kraftvoll wölbten. Es kostete sie einige Mühe, ihre Gedanken zu zügeln.

„Danke." Er stellte das Tablett auf seinen Schoß.

„Logan meinte, du könntest ein wenig Gesellschaft gebrauchen, aber wenn ich lieber wieder gehen soll …" Ihr wurde bewusst, dass es vielleicht keine gute Idee war, mit ihm allein zu sein. Wenn Mrs McAllister wüsste, wie wenig er gerade anhatte, würde sie bestimmt in Ohnmacht fallen. Die Vorstellung entlockte ihr ein Schmunzeln.

„Was ist so lustig?"

„Ich sollte es wohl besser nicht sagen." Sie warf einen Blick zur Tür. „Aber Mrs McAllister würde wohl Zeter und Mordio über die Unschicklichkeit dessen schreien, dass ich mich bei dir in deinem

Schlafzimmer aufhalte. Noch dazu, wo du unbekleidet bist", fügte sie hinzu, um zu verdeutlichen, was sie meinte.

Matt lachte.

Molly gefiel das, sie hatte sein Lachen seit ihrer Rückkehr viel zu selten gehört.

„Dann solltest du auf jeden Fall hierbleiben. Die Frau steckt ihre Nase immer in anderer Leute Angelegenheiten."

„Den Eindruck habe ich auch." Sie zog sich einen Stuhl heran und setzte sich. „Was hat Cale zu deinem Fuß gesagt?"

„Er meinte, es wäre nicht so schlimm." Matt aß ein Stück Brot und trank ein halbes Glas Milch. „Aber es könnte eine Woche dauern, bis die Schwellung abklingt."

„Ich sollte mich bedanken, dass du versucht hast, mich zu beschützen. Die Rinder kamen wie aus dem Nichts."

„Sie sind eben leicht zu erschrecken. Der Sturm und die Kojoten waren eine schlechte Kombination."

„Denkst du, die Knochen, die Cale entdeckt hat, sind die Überreste der Männer, die uns überfallen haben?"

„Keine Ahnung." Matt aß die Kartoffeln und die Möhren mit den Fingern anstatt mit der Gabel. „Er hat sonst nichts gefunden, was uns helfen könnte, sie zu identifizieren. Aber wenn es dieselben Männer waren, dann hat sich jemand viel Mühe damit gegeben, ihre Leichen zu verstecken. Das bedeutet, dass jemand, der bei der Suche nach dir geholfen hat, sich sehr früh darangemacht haben muss, sie zu verbergen, damit wir anderen sie nicht entdecken."

„Erinnerst du dich, wer damals an der Suche beteiligt war?"

Matt schüttelte den Kopf. „Es hätte jeder sein können."

Sie schwieg.

„Logan hat erwähnt, dass Claire morgen abreisen will." Matt stopfte sich ein Stück Hähnchenfleisch in den Mund.

„Ja."

„Willst du dich ihr anschließen?"

„Nein, ich dachte, ich bleibe noch ein wenig länger hier.

Schließlich will ich immer noch herausfinden, warum meine Eltern sterben mussten."

„Vielleicht finden wir es niemals heraus." Matt wischte sich die fettigen Finger an der Serviette ab und schob das Tablett beiseite. Er hatte das Essen ziemlich schnell heruntergeschlungen.

„Das ist mir bewusst." Sie betrachtete stirnrunzelnd seinen leeren Teller. „Hast du noch Hunger?"

„Nein." Sein Blick, der fest auf ihr haftete, bereitete ihr Unbehagen.

„Dann sollte ich besser gehen." Sie stand auf.

„Das musst du nicht", erwiderte er leise. „Es sei denn, du willst."

Sie zögerte. „Ich weiß ehrlich gesagt nicht, was ich will."

Sie trat näher ans Bett, dann schüttelte sie den Kopf und drehte sich um, aber Matt streckte die Hand nach ihr aus. Seine langen, rauen Finger umschlossen ihr Handgelenk und schienen sich in ihre Haut zu brennen. Ihr Herz raste und ihr wurde ein wenig schwindelig.

„Molly." Seine tiefe Stimme war wie eine Liebkosung. Ihr Name auf seinen Lippen entfachte eine Sehnsucht in ihr, die sie beinahe laut aufstöhnen ließ. „Ich habe auch keine Antwort darauf."

„Ich wüsste nicht, dass ich eine Frage gestellt hätte." Ihre eigene Stimme, heiser und voller Verlangen, klang fremd in ihren Ohren.

„Du bist noch jung, aber ich habe genug Erfahrung, um zu wissen, was du empfindest."

Sie konnte ihn nicht anschauen. „Dann bevorzugst du also Frauen mit Erfahrung?" Claire hatte ihr erzählt, die Männer kämen ins Bordell, um für eine Liebesnacht zu bezahlen, vorzugsweise mit Frauen, die wussten, wie man einen Mann befriedigte. Ging Matt in solche Etablissements? Und falls er das tat, wie sollte sie je damit konkurrieren?

„Molly." Er drehte sie zu sich herum. „Was ich bevorzuge, steht gar nicht zur Debatte. Du bist eine wunderschöne junge Frau, die Schlimmes durchgemacht hat. Es ist meine Aufgabe, auf dich aufzupassen."

„Seit wann?" Himmel, sie hörte sich an wie ein bockiges Kind.

„Seit damals", erwiderte er ungeduldig. Er atmete tief durch. Seine große, gebräunte Hand hielt sie noch immer fest. Sie wollte sich ihm entziehen, aber sein Daumen strich über ihre Knöchel, eine Geste, die mehr als nur freundschaftlich war. Ihr kam der Gedanke, dass Matt auch nicht wusste, was zwischen ihnen sein oder nicht sein sollte. Vielleicht war er ebenso durcheinander wie sie und fühlte sich ebenso stark zu ihr hingezogen wie sie sich zu ihm. Es war dieser Gedanke, der sie kühn genug sein ließ, beinahe verwegen, sodass sie die Gelegenheit beim Schopfe packte, bevor ihr Verstand wieder einsetzte. Sie beugte sich vor und küsste ihn.

Ihre Lippen verschmolzen, doch nur kurz, dann hob sie leicht den Kopf. Matt rührte sich nicht. Enttäuschung breitete sich in ihr aus. Sie war zu forsch gewesen und hatte sich lächerlich gemacht. Unschlüssig verharrte sie.

„Tut mir leid."

Wortlos zog Matt sie zu sich und bedeckte ihren Mund mit seinem, hart und fordernd. Die Hände in ihrem Haar vergraben, hielt er sie fest und küsste sie stürmisch. Sie schmiegte sich an ihn und umklammerte seine Schultern, während er ihre Lippen voller Begierde eroberte. Sie konnte nicht atmen, konnte nicht denken, sie konnte sich nur an ihm festhalten, während zwischen ihnen ein Sturm losbrach.

Molly erbebte, überwältigt von Matts Leidenschaft. Ihr Herz raste, Hitze stieg in ihr auf. Tief in ihr erwachte ein Verlangen, eine Sehnsucht, die jeden vernünftigen Gedanken verdrängte.

Doch dann löste er sich plötzlich von ihr.

Verwundert öffnete Molly die Augen.

„Das ist zu gefährlich", sagte er, ebenso schwer atmend wie sie. „Ich bin kein Heiliger, Molly. Ich vergesse bei dir, was richtig und was falsch ist."

Widerstrebend richtete Molly sich auf. Sie fühlte sich beschwingt, aber auch besorgt wegen dem, was gerade vorgefallen war. Sie war sich ihrer Unerfahrenheit unangenehm bewusst. Matts Lust war die eines Mannes und sie küsste ungeschickt wie ein naives Mädchen. Denn nichts anderes war sie. Vielleicht hatte Matt recht damit, dass sie dieser Anziehungskraft und den leidenschaftlichen Gefühlen zwischen ihnen besser nicht nachgeben sollten. Sein Kuss verlangte nach mehr, erfüllte sie mit Begehren, aber auch mit Verunsicherung.

Es war offensichtlich, dass sie noch nicht bereit dafür war, sich den sinnlichen Begierden zwischen Mann und Frau hinzugeben.

Als sie aufstand, wunderte sie sich, dass ihre Beine sie trugen. Sie nahm das Tablett mit dem leeren Geschirr und verließ eilig das Zimmer.

Kapitel Siebzehn

Matt hatte es ganz allein sich selbst zuzuschreiben, dass er in der Nacht keine Ruhe fand. Er hätte nicht sagen können, was mehr schmerzte, sein Fuß oder seine andauernde Erregung. Er hätte Molly niemals küssen dürfen, aber nachdem es nun einmal geschehen war, konnte er an nichts anderes mehr denken.

Sie hatte ihn mit einem keuschen Kuss in ihren Bann geschlagen, seine Selbstbeherrschung hatte sich in Luft aufgelöst und er hatte vergessen, warum er sie besser nicht anrühren sollte. Natürlich war ihm schmerzlich bewusst, dass er sich nach mehr als nur unschuldigen Küssen und Berührungen sehnte. Und das bedeutete, dass ihm ein langer Kampf bevorstand, bei dem er seine Selbstbeherrschung beweisen und den eisernen Willen aufbringen musste, ihr zu widerstehen.

Falls es etwas Tröstliches an der Sache gab, so war es sicherlich die Tatsache, dass es nicht schwer werden dürfte, sie auf Distanz zu halten, denn am vergangenen Abend war sehr deutlich erkennbar geworden, dass Molly mit der Situation vollkommen überfordert war und ihm in der Zeit, die sie noch auf der Ranch verbrachte, sicherlich aus dem Weg gehen würde.

Verdammt. Genau das war doch schließlich der Grund

gewesen, warum er ihr nicht zu nahe kommen wollte. Seine Begierde hatte ihn im Nu jeden Anschein von Anstand vergessen lassen. Er hätte sie zu gern ausgezogen und jede Stelle ihres jungfräulichen Körpers erkundet. *Jungfräulich.* Deshalb durfte er sie nicht anrühren. Sie verdiente etwas Besseres als eine lustvolle Begegnung, bei der er womöglich erneut die Kontrolle über sich verlor.

Er könnte sie heiraten.

Der Gedanke ließ ihn abrupt innehalten.

Bisher hatte er nie sesshaft werden wollen. War das jetzt anders? Oder war dieses ungewohnte Bedürfnis nach einem Zuhause nur der Ausdruck flüchtiger Begierde? Er hatte durchaus Wurzeln hier auf der Ranch.

Matt handelte normalerweise nicht impulsiv, das war gegen seine Natur. Warten, beobachten, zuhören. Dazu hatte er auch seine Männer immer wieder ermahnt, ob auf dem Schlachtfeld oder außerhalb. Und Geduld. Die konnte einem Mann das Leben retten.

Molly hatte letzte Nacht vollkommen fassungslos das Zimmer verlassen. Sie hatte eindeutig die Anziehung zwischen ihnen gespürt, aber es war ebenso eindeutig zu erkennen gewesen, dass sie noch nicht bereit war, sich seinem lodernden Verlangen zu stellen. Er konnte es ihr nicht verübeln.

Er sollte sich wohl besser an seinen eigenen Ratschlag halten und sich in Geduld üben. Molly brauchte Zeit, um sich an ihn zu gewöhnen. Er wiederum brauchte Zeit, um zu überlegen, ob er sich ernsthaft an sie binden wollte, alles andere wäre in ihrem Fall inakzeptabel. Sie mussten sich erst einmal wieder neu kennenlernen.

Mit dem Erwachen am Morgen kam er zu dem Schluss, dass es keine gute Idee wäre, sie auf Distanz zu halten.

MOLLY UMARMTE CLAIRE ZUM ABSCHIED. Sie standen draußen, im frühen Morgenlicht, während Jonathan und Lester Williams, ein älterer Mann mit entschlossenem Gesichtsausdruck, die Pferde sattelten. Logan und Susanna waren ebenfalls in der Nähe.

„Lass mich wissen, wie es dir ergeht", bat Molly, „und wie ich dich erreichen kann."

Claire nickte.

„Wir sehen uns wieder", versprach Molly.

„Das hoffe ich." Claire lächelte verlegen und fuhr leise fort: „Matt hat sich den Kopf zwar nicht an einem Felsen angeschlagen, aber der verletzte Fuß hält ihn im Haus fest. Ich hoffe, alles kommt so, wie du es dir wünschst."

Molly schüttelte den Kopf. „Ich bin mir nicht mehr sicher, ob das so gut ist." Sie hatte die ganze Nacht darüber gegrübelt, wohin der Kuss hätte führen können.

Claire schaute sie erstaunt an. „Dann kannst du ihm aus dem Weg gehen und er kann dir nicht nachstellen?", fragte sie verunsichert.

„Das auch, ja." Unerwartet traten Molly Tränen in die Augen. „Du wirst mir fehlen."

Claire drückte ihre Hand und stieg schließlich auf ihr Pferd. Logan half ihr dabei. Susanna trat neben Molly. „Gute Reise, Claire."

„Vielen Dank, Mrs Ryan. Sie waren sehr freundlich zu mir. Mr Ryan, ich bin Ihnen sehr dankbar für alles, was Sie für mich getan haben."

„Du kannst uns jederzeit besuchen kommen, hörst du?", sagte Jonathan.

Logan trat zurück, damit sie und Lester losreiten konnten.

Er klatschte ihrem Pferd auf das Hinterteil und lief zum Haus, während er ihnen nachblickte, als sie gen Westen davonritten.

Schon bald würde sie ebenfalls fortreiten. Der Gedanke brachte Molly ganz durcheinander. Sie und Matt passten offenbar nicht zusammen. Wieso machte ihr dann der Gedanke, ihn zu verlassen, das Herz schwer?

Es war die ungewisse Zukunft, redete sie sich ein. Das musste der Grund sein. Denn der Gedanke an einen anderen Grund erfüllte sie mit Beklommenheit … und Erregung. Es würde bedeuten, dass sie sich Matt hingab, etwas mit ihm teilte, das sie sich bisher nur vorgestellt hatte. Wenn das wirklich geschah, was dann?

Es würde ihr das Herz brechen, von hier fortzugehen.

Blieb ihr also nur die Wahl, sich von Matt fernzuhalten, bis sie bereit war, nach vorn zu schauen?

Liebend gern hätte sie Susanna um Rat gefragt. Sie konnte einen guten Rat gebrauchen, aber die Worte wollten nicht heraus.

„Molly, Liebes", sagte Susanna. „Claire wird schon nichts passieren. Lester arbeitet seit Jahren für uns. Er ist ehrlich und vertrauenswürdig, ein anständiger Mann. Er wird sie sicher nach Hause geleiten."

„Gewiss haben Sie recht."

Matts Mutter musterte sie genauer. „Ist etwas nicht in Ordnung?"

Molly zwang sich, zu antworten. „Mrs Ryan, was macht eine Frau, wenn ein Mann an ihr Interesse zeigt?"

Susanna wirkte überrascht. „Stellt einer der Cowboys dir nach?"

Molly schüttelte den Kopf. „Nicht direkt."

„Nun, wenn er etwas taugt, dann wirbt er um dich und macht dir dann einen Antrag." Susanna zögerte. „Hier in der Gegend mag es auch mal Ausnahmen geben. Aber eine Frau sollte sich immer ihrer Situation bewusst sein, bevor sie einem Mann gestattet, sich gewisse Freiheiten herauszunehmen."

„Freiheiten?"

Susanna runzelte die Stirn. „Wer ist es, Molly? Dieser Junge, Howie, von der Callahan-Ranch? Ich könnte Jonathan bitten, mit ihm zu reden."

„Oh, nein. Das ist nicht nötig."

Die ältere Frau ergriff Mollys Hand. „Du warst lange ein ganz anderes Leben gewohnt. Es dauert eine Weile, bis du dich wieder eingewöhnt hast. Aber du bist auch eine liebenswerte, hübsche junge Frau. Ohne Frage bekommst du viel Aufmerksamkeit. Von Männern, meine ich."

Molly nickte.

„Denk einfach immer daran, dass du dir bei deiner Wahl Zeit lassen kannst. Die Männer sind nicht alle gleich."

Logan gesellte sich zu ihnen. „Warum sagst du das, Ma?"

„Die Entscheidungen, die man als Frau trifft, können einen das ganze Leben lang verfolgen."

Logan grinste. „Richtig. Aber gilt das nicht auch für die Entscheidungen, die ein Mann trifft?"

„Selbstverständlich. Lass dir einfach Zeit, Molly. Kein Grund zur Eile. Du bist uns willkommen, solange du bleiben möchtest. Und wenn ich Howie zum Essen einladen soll, dann mache ich das sehr gern."

Logan zog eine Augenbraue hoch.

„Nein", erwiderte Molly, „das ist nicht nötig."

„Lass es mich wissen, falls du es dir anders überlegst." Susanna ließ ihre Hand los und kehrte ins Haus zurück.

„Möchtest du einen guten Rat von einem ungleichen Mann?", fragte Logan.

Molly lachte. „Ich bin mir nicht sicher."

„Was auch immer du tust, lass Matt nicht glauben, es wäre seine Idee gewesen."

„Warum?"

„Ich sollte es wahrscheinlich nicht sagen." Logans Gesicht sah dem Matts so ähnlich – kantige Züge, dunkles Haar, dieselben blaugrünen Augen –, aber er war viel offener und unbeschwerter. „Er ist der Ansicht, er müsste dein Leben für dich planen, um wiedergutzumachen, was dir all die Jahre vorenthalten blieb."

„Ich nehme an, er will nur helfen."

Logan legte ihr einen Arm um die Schultern und ging mit ihr zum Haus zurück. „Matt würde es nie zugeben, aber er ist so glücklich darüber, dass du wieder da bist, wie eine Beutelratte, die ein ganzes Wespennest verspeist."

„Matt? Glücklich? Den Eindruck hatte ich eigentlich nicht."

„Genau das meine ich doch."

„Ich weiß deinen Rat zu schätzen, aber ich bin mir nicht sicher, ob ich ihn verstehe."

„Sorge dafür, dass er sich anstrengt. Er muss es sich verdienen."

Sie schüttelte verwirrt den Kopf.

Logan schaute sie direkt an. „Er ist fest entschlossen, dich zu verheiraten, um sein schlechtes Gewissen zu beschwichtigen. Er will beweisen, dass er ein anständiger Kerl ist, der auf dich aufpasst und dafür sorgt, dass du einen Ehemann findest, mit dem du glücklich wirst und der dich beschützt. Aber ich glaube nicht, dass du das möchtest. Und ich glaube auch nicht, dass er das wirklich möchte." Er drückte ihr freundschaftlich die Faust gegen die Schulter.

Sie geriet ein wenig aus dem Gleichgewicht.

„Genau diese Reaktion habe ich bei dir auch immer schon erzielt, als du noch ein Kind warst." Logan ließ sie auf der Veranda stehen und lief zur Pferdekoppel.

Sie war sich noch immer nicht ganz im Klaren darüber, was Logan ihr eigentlich hatte sagen wollen, aber sie wusste, sie würde Matt nicht ausweichen können. In Wahrheit wollte sie das auch gar nicht. Sie betrat das Haus und ging geradewegs zu seinem Schlafzimmer.

MATT HATTE GERADE ERST das umfangreiche Frühstück aus Eiern, Speck, Kartoffeln und Gebäck verdrückt, das Rosita ihm gebracht hatte, als es an der Tür klopfte. Er nahm an, dass sie nun das Geschirr wieder abholen wollte. Umso erstaunter war er, als auf sein „Herein!" Molly eintrat.

Er wusste nicht, was er sagen sollte. Sicher wollte sie nach letzter Nacht nichts mehr mit ihm zu tun haben. Es konnte doch nicht so schwierig sein, ihm aus dem Weg zu gehen, angesichts seines verletzten Fußes.

Sie sah hübsch aus. Er konnte nicht aufhören, sie anzustarren. Das Baumwollkleid umspielte wunderbar ihre Rundungen. Ihr dunkles, kastanienbraunes Haar umrahmte ihr Gesicht, und ihre blauen Augen funkelten voller Entschlossenheit.

„Claire und Mr Williams sind eben aufgebrochen", erklärte sie hastig. „Ich habe Rosita gesagt, dass ich das Geschirr abhole." Sie ging zum Bett und stellte sich neben ihn. Als sie sich vorbeugte, stieg ihm ihr Duft in die Nase, ein Hauch von Rosen und frischer Luft. Leicht benebelt reichte er ihr das Geschirr.

„Ich bringe das nur schnell in die Küche, dann bin ich gleich wieder da." Und schon war sie weg.

Matt hatte kaum ausreichend Zeit, um seine Gedanken zu sortieren, da war sie schon wieder zurück. Sie hatte eine Krücke mitgebracht. „Dawson hat sie eben fertig gekriegt. Steh auf und zieh dich an", befahl sie. „Du solltest ein wenig frische Luft schnappen."

Sie ging zur Kommode und holte ein dunkelblaues Hemd und eine braune Hose heraus.

„Ich kann mich alleine anziehen", sagte er rau, noch immer erstaunt, dass sie überhaupt mit ihm redete.

Sie kam zu ihm herüber, mit leicht geröteten Wangen und voller Energie, dann runzelte sie die Stirn. „Das bezweifle ich. Wäre es in Ordnung, wenn ich das Hosenbein aufschlitze, damit wir es über das verbundene Bein ziehen können?"

„Ich denke schon." Er bemühte sich, mit ihrem raschen Tempo mitzuhalten.

Sie verschwand erneut, dieses Mal auf der Suche nach einer

Schere. Als sie zurückkehrte, legte sie ihre Hände auf seine Oberschenkel, um seine Beine aus dem Bett zu drehen.

„Molly." Er zuckte zusammen und versuchte, sich ihren Fingern zu entziehen, ohne sich zu sehr der Wärme ihrer Hände bewusst zu werden.

„Du brauchst Hilfe." Sie schob seine Hände weg.

Er stöhnte auf, als er das verletzte Bein vom Kissen hob.

Sobald er aufrecht saß, zog Molly ihm schnell das Hemd über und rollte die Ärmel bis zum Ellbogen auf. Als sie es zuknöpfen wollte, hielt er sie auf.

„Das kann ich selber." Wenn er sich nicht selbst darum kümmerte, dann würde er sie gleich packen und nicht nur küssen. Um sich von diesem Drang abzulenken, konzentrierte er sich auf den Schmerz im Fuß.

Sie hielt die Hose hoch und bückte sich, damit er hineinsteigen konnte.

„Molly." Er nahm ihr die Hose ab. „Wie wäre es mit ein wenig Privatsphäre?"

„Ich will doch nur nicht, dass du dir wehtust", erwiderte sie ruhig.

„Ich denke, ich komme zurecht."

„Ich versichere dir, ich werde nichts sehen, was ich nicht schon vorher gesehen habe. Die Männer der Comanche tragen nicht viel, erst recht nicht auf dem Kriegspfad."

Matt starrte sie an. Sie erwiderte seinen Blick. Was hatte sie bloß vor? Sie trieb ihn geradezu in die Enge. Die Vorstellung, wie sie von knapp bekleideten Männern umringt war, behagte ihm gar nicht.

„Ich frage mich, wie sie es mit dir ausgehalten haben", murmelte er und beugte sich vor, um in die Hose zu schlüpfen.

Sie lachte. „Manchmal denke ich, das haben sich die Kwahadi auch gefragt. Sie wollten keine Schlangen im Lager und ich war gut darin, sie einzufangen."

Er hatte Probleme mit seinem verletzten Fuß, und Molly kniete sich hin, um ihm zu helfen, was er widerstrebend zuließ. Ihre Hände berührten sich dabei.

„Wenn du weiter mit Schlangen herumspielst, wird es dich eines Tages das Leben kosten."

„Die meisten sind doch harmlos. Ob du es glaubst oder nicht, ich kenne den Unterschied." Sie stand auf. „Kannst du sie hochziehen?"

Er schaute sie finster an. Sie hob abwehrend die Hände. „Ich schaue auch nicht hin." Sie drehte sich um und stemmte die Hände in die Hüften.

Er betrachtete ihren Rücken und den Schwung ihrer Taille. Auf dem gesunden Fuß balancierend zerrte er die Hose hoch.

„Ich wurde von einer Klapperschlange gebissen, als ich zwölf oder dreizehn war", erzählte sie beiläufig.

Matt setzte sich auf das Bett, nachdem er sich fertig angezogen hatte. „Was?"

„Da war diese Höhle. Running Water und ich haben miteinander gespielt, und sie lief hinein. Als ich ihr nachlief, war da die größte Klapperschlange, die ich je zu Gesicht bekommen habe, bereit zum Angriff. Die sah wirklich fies aus."

Matt wurde kalt. „Du kannst dich wieder umdrehen."

„Oh." Sie wandte sich zu ihm um und lächelte. „Alles zugeknöpft und eingesteckt?"

„Ja. Was wurde aus der Schlange?"

„Ich habe versucht, Running Water zu retten. Als ich sie aus der Höhle schubste, hat mich die Schlange in die Ferse gebissen. Ich habe noch immer die Narbe. Willst du sie sehen?" Sie hob ihren rechten Fuß.

„Ist schon gut. Offenbar hat es dich nicht umgebracht."

„Offenbar." Sie lachte und der Raum schien heller zu werden. „Aber ich war ziemlich krank danach. Der Heilige des Stammes, Esa-tai, hat mich mit seiner großartigen Medizin gerettet. Aber ich schätze, ich habe auch nicht viel Gift abbekommen. Die Schlange hat durch meinen dicken Mokassin gebissen. Als ich mich von dem

Biss erholt hatte, war die Rede davon, meinen Namen zu ändern, zu Schlangenbeschwörerin statt Kaktus-Vogel."

„Ich glaube, mir wird schlecht." Matt wollte nichts mehr von ihrer lebensbedrohlichen Erfahrung hören.

„Im Ernst?", fragte sie besorgt und reichte ihm die Krücke. „Komm, wir gehen raus, damit du dich nicht in deinem Zimmer noch übergibst. Deine Mutter hat auch so schon genug zu tun." Mit einem schalkhaften Funkeln in den Augen fügte sie hinzu: „Wenn es dir besser geht, kann ich ja ein paar Schlangen aufscheuchen, um dich zu unterhalten."

MOLLY VERBRACHTE den ganzen Vormittag mit Matt, während er auf der Ranch herumhumpelte, nach den Pferden schaute und den Cowboys auf die Finger sah. Außerdem besprach er mit Dawson den bevorstehenden Viehtrieb. Molly erfuhr, dass sich die Ranches in der Nachbarschaft dafür zusammentaten. Die Männer würden zusammenkommen, um die Tiere auf eine umzäunte Weide zu treiben, wo man sie mit dem Brandzeichen versah und eine Auswahl für den Transport zu den Viehmärkten in Kansas traf.

„Es klingt, als wärst du enttäuscht, weil du beim Viehtrieb nicht dabei sein kannst", meinte Molly, als sie zum Mittagessen ins Haus zurückkehrten.

„Ich habe bisher nicht darüber nachgedacht, aber mag sein, dass du recht hast."

„Wieso überrascht dich das?" Mit einem Hüftschwung wich sie einigen Pferdeäpfeln aus.

„Ich habe mich selber nie als Rancher gesehen." Er konnte sich gut mit der Krücke bewegen, aber sein blasses Gesicht war ein deutliches Anzeichen dafür, dass es ihn Kraft kostete und er sehr erschöpft war. Nach dem Essen würde sie darauf bestehen, dass er sich ausruhte.

„Warum? Dein Vater kommt mit dem umfangreichen Besitz doch gut zurecht."

„Das stimmt. Aber ich war in den letzten zehn Jahren nie lange an einem Ort. Ich bin mir nicht sicher, ob ich das könnte."

„Ist mir ähnlich ergangen." Die plötzliche Sehnsucht nach einem Zuhause traf sie schwer und schnürte ihr die Kehle zu. Sie ließ ihren Blick über das Tal jenseits des Hauses schweifen. Das hohe, gelbe Gras und die bunten Wildblumen bewegten sich sanft im Wind. Sie atmete tief durch. Auf die beruhigende Wirkung der Landschaft war immer Verlass.

Schweigend stiegen sie die Stufen zur Veranda hinauf, Matt hüpfte auf einem Bein, dann betraten sie das Haus.

Das Mittagessen bestand aus kaltem Braten, frischem Brot und Kartoffelsalat. Außerdem gab es eingelegte Chilischoten, die Matt in großer Zahl verdrückte. Molly beobachtete ihn besorgt.

„Meinst du, das ist eine gute Idee, so viele davon zu essen?", fragte sie. Susanna saß an einem Ende des Tisches und Mrs McAllister ihr gegenüber. Jonathan und Logan waren noch draußen unterwegs und würden erst bei Sonnenuntergang zurückkehren.

„Es ist ja nicht so, als würde ich heute noch jemanden küssen", sagte er beiläufig, grinste sie an und zwinkerte.

Ihr wurde warm und sie vermutete, dass ihr Gesicht so rot war wie die Chilischoten.

„Er hat schon immer scharfes Essen gemocht", erklärte Susanna. „Ich kann die Frau nur bedauern, die dich mal heiratet, Matthew. Viele Gutenachtküsse wirst du so nicht bekommen."

„Auf Gutenachtküsse ist ein Mann nachts im Bett ja auch nicht aus", erwiderte er.

Molly machte große Augen. Warum sagte er so etwas, noch dazu vor seiner Mutter und Mrs McAllister? Ihre Wangen glühten.

„Matthew Ryan, ich erwarte, dass du dich in Gegenwart unserer Gäste benimmst", tadelte Susanna.

Er grinste bloß, spießte ein Stück Braten auf und aß es.

„Ach, Susanna", sagte Mrs McAllister, „so sind die Männer nun einmal, schlicht und unverblümt. Ich fürchte, Lizzie wird sich daran gewöhnen müssen, aber ich bin sicher, das schafft sie. Sie wird einem Rancher eine sehr gute Ehefrau sein."

Als Molly zu ihr hinübersah, entdeckte sie zu ihrem Unmut, dass Mrs McAllister sich direkt an Matt gewandt hatte.

„Hast du vor, dich hier in der Gegend niederzulassen, Matthew?", fragte Mrs McAllister.

Während Matt versuchte, seinen Bissen herunterzuschlucken, kam Molly seiner Antwort zuvor, ohne lange darüber nachzudenken. „Matt ist nicht der Typ, der sich häuslich niederlässt, nicht wahr?" Sie schaute ihn an.

Er zog als Antwort lediglich eine Augenbraue hoch.

„Die meisten Texas Rangers brauchen ihre Freiheit und können sich nicht an einen einzigen Ort binden", fuhr sie fort. „Das ist durchaus verständlich. Die Verbrecher bleiben ja auch nie lange an einem Ort, daher können auch ihre Verfolger sich nicht niederlassen."

„Ach, ich weiß nicht", sagte Matt. „Ich könnte mir schon vorstellen, sesshaft zu werden, wenn mir die richtige Frau begegnet." Er musterte sie eindringlich.

„Genau das hatte ich erwartet", sagte Mrs McAllister. „Lizzie wird in drei Tagen nach Hause kommen. Ich weiß, sie würde sich sehr freuen, dich zu sehen, Matthew. Vielleicht möchtest du mal zum Abendessen zu uns kommen? Natürlich erst, wenn dein Fuß verheilt ist."

Matt trank einen großen Schluck Limonade. „Meinen Sie, Lizzie erinnert sich überhaupt noch an mich?"

Mrs McAllister lachte geziert.

Molly fand, es klang wie der hinterlistige Lockruf eines Vogels.

„Aber sicher doch. Du hast einen gewissen Ruf in dieser Gegend. In ganz Texas, würde ich sogar sagen. Ein schneidiger

Offizier der U.S. Army, ein anständiger Texas Ranger. Susanna, du kannst wirklich sehr stolz auf ihn sein."

„Das bin ich", erwiderte Matts Mutter liebevoll. „Allerdings wünsche ich mir schon, du würdest ein etwas weniger gefährliches Leben führen", sagte sie an ihren Sohn gewandt.

„Natürlich", stimmte Mrs McAllister zu. „Und wenn du erst einmal verheiratet bist, dann möchtest du deiner Frau doch sicher ein schönes Heim bieten, mit reichlich Land drum herum."

„Ich schätze, jede Frau in Nordtexas ist sehr daran interessiert, wie viel Land ihr Gatte besitzt", sagte Matt trocken.

„Aber Elizabeth hat recht, Matthew", sagte Susanna. „Es ist wichtig, sich etwas aufzubauen, von dem nachfolgende Generationen profitieren können. Dein Vater hat hart gearbeitet, um diese Ranch zu dem zu machen, was sie heute ist. Ich weiß, er wünscht sich, dass du und Logan sie eines Tages übernehmen werdet."

Matt wurde nachdenklich.

„Jeder Vater möchte, dass seine Söhne in seine Fußstapfen treten", fügte Mrs McAllister hinzu. „Es war für meinen Charles eine herbe Enttäuschung, dass wir nur ein Kind bekamen, und dann auch noch ein Mädchen. Aber unser Land ist wertvoll, Lizzie wird viel mit in die Ehe bringen."

„Wenn es so viel ist", unterbrach Molly sie, ungehalten darüber, wie offensichtlich Mrs McAllister sich als Kupplerin betätigte, „warum braucht sie dann einen Ehemann? Sie könnte die Ranch doch selber leiten."

„Selber leiten? Das wäre inakzeptabel. Es ist die Aufgabe des Mannes, sich um solche Dinge zu kümmern. Eine Frau nimmt die Position ein, die ein Mann ihr bietet."

Molly war drauf und dran, zu fragen, wie wichtig das denn schon sein konnte, hier in dieser texanischen Ödnis, aber ihr gesunder Menschenverstand setzte gerade noch rechtzeitig ein und ließ sie schweigen.

„Ich bin sicher, Lizzie wird eine Menge Bewerber haben,

Elizabeth. Bestimmt so viele, dass du gar nicht weißt, wo dir der Kopf steht." Susanna lächelte, sichtlich bemüht, die Stimmung ein wenig aufzulockern.

Mrs McAllister nickte ernst. „Meine liebe Molly, woher kommst du denn? Ich habe das immer noch nicht ganz verstanden."

„Molly ist eine alte Freundin der Familie", erklärte Susanna. „Wir haben sie lange nicht gesehen, aber wir sind froh, dass wir sie endlich wieder einmal bei uns haben."

„Dann bist du aus Texas?"

„Nein", erwiderte Molly. „Ich bin in Virginia geboren. Meine Familie zog hierher, als ich sieben war."

„Viele von uns sind nach dem Krieg hergekommen. Es war ein guter Ort für einen Neuanfang, wenn auch nicht so großartig wie jetzt, bevor man die Indianer vertrieben hat. Du und die Armee, ihr habt gute Arbeit geleistet, Matthew."

Molly erstarrte. Die Armee, und damit auch Matt, war verantwortlich dafür, dass die Comanche entwurzelt und in die Reservate gezwungen worden waren. Sie konnte nicht leugnen, dass sie eine gewisse Sympathie für die Kwahadi hegte. Es war ein hartes Leben und nicht alle im Stamm waren nett zu ihr gewesen, aber Bull Runner hatte sich ihr gegenüber immer gerecht gezeigt und sie gut behandelt. Sits On Ground hatte sie als schwesterliche Konkurrenz empfunden, aber Running Water hatte sie sehr gern gemocht. Sie fragte sich, ob das junge Mädchen sich wohl noch an sie erinnerte oder sie gar vermisste.

„Ich habe es nicht gern getan." Matt warf Molly einen Seitenblick zu. „Beide Seiten hatten gute Gründe für ihr Handeln. Es gab nie eine klare Grenze, wer im Recht und wer im Unrecht war."

„Ganz im Gegenteil", sagte Mrs McAllister. „Das sind Wilde, die wie Tiere leben und sich mit den Weißen vermischen und unsere Rasse verseuchen wollten."

„Elizabeth, ich denke, das ist nun genug", mahnte Susanna schroff.

Molly war der Appetit vergangen. „Wenn ihr mich entschuldigen würdet, ich möchte Pecos ein paar Äpfel bringen." Sie stand auf und verließ eilig das Zimmer. Aber als sie im Stall ankam, fiel ihr auf, dass sie die Leckerei für Pecos gar nicht mitgenommen hatte.

Kapitel Achtzehn

Matt fand Molly erneut in Pecos' Stall, aber glücklicherweise war sie dieses Mal wach. Sie hatte ihren Kopf an den Hals des sanftmütigen Tieres gelegt und summte leise eine Melodie. Matt blieb vor ihr stehen.

Molly sah auf. „Du siehst erschöpft aus. Du solltest dich wirklich den Nachmittag über hinlegen."

„Ich sage es nur ungern, aber ich fürchte, du hast recht. Molly, wegen Mrs McAllister …"

„Ist schon gut, wirklich."

„Die Frau hat den Mund immer schon sehr voll genommen und besteht praktisch nur aus Vorurteilen. Das Thema Sklaverei darf man bei ihr besser gar nicht erst anschneiden." Er streckte seine Hand nach Pecos aus und die Stute leckte über seine Handfläche. „Du darfst es dir nicht so zu Herzen nehmen, was sie von sich gibt."

„Sie hat nicht ganz unrecht. Ich habe bisher nie darüber nachgedacht, aber ein Teil von mir wird wohl immer Comanche sein. Das kann ich nicht einfach verdrängen."

„Das verlangt doch auch niemand."

„Aber es bedeutet, dass Menschen wie Mrs McAllister mich

niemals vollständig akzeptieren werden, nicht wahr? Denken hier in der Gegend denn alle so wie sie?"

Matt überlegte kurz. „Ich kann es nicht mit Sicherheit sagen, aber manchmal werfen Erinnerungen lange Schatten, und die Comanche haben die die Menschen in dieser Gegend viele Jahre lang in Angst und Schrecken versetzt. Das vergisst niemand so leicht." Er schob seinen Hut zurück. „Molly, ich habe es bisher nicht erwähnt, aber vielleicht ist jetzt der richtige Zeitpunkt dafür. Wahrscheinlich ist es ratsam, wenn du niemandem erzählst, wo du die letzten zehn Jahre verbracht hast. Ich befürchte, einige Leute werden dafür wohl kein Verständnis aufbringen."

Mollys verletzter Gesichtsausdruck gab ihm das Gefühl, er sei Abschaum.

Sie fasste sich aber schnell wieder und nickte. „Du kannst ruhig ins Haus zurückgehen, ich komme schon zurecht. Ich denke, ich werde ein wenig mit Pecos ausreiten. Sie braucht etwas Bewegung."

„Einer der Cowboys kann mit ihr ausreiten." Er wollte noch nicht weggehen.

Molly schüttelte den Kopf. „Ich brauche auch Bewegung."

„Spielen wir beide heute Abend eine Partie Schach?", fragte er, in der vergeblichen Hoffnung, sie würde ihm später Gesellschaft leisten.

Molly öffnete die Stalltür und zwang Matt dadurch, zur Seite zu treten, während sie Pecos nach draußen führte. „Ich habe mit Wilden zusammengelebt. Wann hätte ich da Schach lernen sollen?" Sie klang verbittert.

„Ich bringe es dir bei."

„Ich werde es mir überlegen." Sie sattelte mit routinierten Bewegungen das Pferd und war fort, ohne ihm eine Chance zu geben, sie einzuholen.

Verdammte Fußverletzung.

MOLLY BLIEB MEHRERE STUNDEN FORT, die Freiheit und die Einsamkeit waren Balsam für ihre Seele. Das Flüstern des Windes, der endlose blaue Himmel und die weiten Ebenen brachten die Erinnerungen an ihre Zeit bei den Kwahadi zurück, an ein Leben, das sie von ihrer Kindheit bis zum Erwachen ihrer Weiblichkeit geführt hatte.

Es war ein entbehrungsreiches Leben gewesen, mit eiskalten Wintern, Nächten voller Hunger, wenn Nahrungsmittel rar gewesen waren, dem ständigen Beisammensein in der Enge des Tipis mit Bull Runners gesamter Familie. Aber es hatte auch wunderbare Sommertage gegeben, die Büffeljagd, bei der die Frauen die Krieger oft begleiteten, Spiele und Streiche, lustige Geschichten und den Tratsch der alten Frauen, wenn sie die Nahrungsmittel zubereiteten, die fast jeden Tag gesammelt oder erlegt wurden. Es gab Freude über Geburten und Trauer über Todesfälle. Es war eine andere Art, zu leben. Und die Kwahadi waren nicht besser oder schlechter als andere Völker. Sie liebten, sie lachten und sie fürchteten sich ebenso wie alle anderen. Sie waren auch nur Menschen, und Molly würde niemals etwas anderes in ihnen sehen.

Die Sonne brannte auf sie hernieder und sie konnte nach einer Weile dem Drang nicht mehr widerstehen, den sie schon seit ihrem Aufbruch verspürte. Sie knöpfte das Kleid auf und schlüpfte aus dem Oberteil, das sie sich um die Hüften schlang. Dann nahm sie Pecos den Sattel ab und ließ ihn zu Boden fallen. Eine Decke würde als Unterlage reichen.

Schließlich streifte sie das Kleid ganz ab. Die Unterwäsche, die sie darunter trug, bedeckte immer noch züchtig ihren Körper. Mit einem Satz sprang sie auf den Rücken des Pferdes. Ein wunderbares Gefühl. Sie hatte das unendlich oft gemacht. Es erinnerte sie daran, dass ihre Vergangenheit allein ihr gehörte. Man konnte sie ihr nicht nehmen. Sie war Molly, aber sie war auch Kaktus-Vogel. Zwei verschiedene Leben, aber ein und dieselbe Person.

Als wären sie miteinander verschmolzen, preschten Molly und Pecos über die Ebene, sie flogen förmlich dahin, wie ein Vogel, der dicht über dem Boden schwebt, wie ein Felsenzaunkönig, der sein Nest sucht.

ERST BEI SONNENUNTERGANG kehrte Molly zur Ranch zurück. Sie hatte ihr Kleid wieder ordentlich angezogen und betrat nun mit leichtem Unbehagen das Esszimmer. Sie wollte nicht noch einmal zusammen mit Mrs McAllister speisen. Zu ihrer Erleichterung erfuhr sie, dass die Frau bereits am Nachmittag wieder abgereist war.

„Ich denke, es war an der Zeit, dass sie auf ihre eigene Ranch zurückkehrt", sagte Susanna. „Du musst ihr verzeihen, Molly. Manche Menschen ändern sich nie, fürchte ich."

Molly setzte sich neben Matt, ihr gegenüber saßen Logan und Dawson, Jonathan nahm gegenüber seiner Frau am Kopfende Platz.

„Wie war dein Ausritt?", fragte Matt.

Molly lächelte. Sie entdeckte silberne Flecken in seinen blaugrünen Augen. „Längst überfällig."

Als sie es ausgesprochen hatte, wurde ihr bewusst, dass man ihre Antwort auch ganz anders interpretieren konnte.

Matt war der Gedanke offenbar auch gekommen, wenn sie seinen durchdringenden Blick richtig deutete.

Rosita trat ein und begann, das Essen aufzutragen – ein köstlich duftender Rindereintopf mit Kartoffeln, Karotten, Zwiebeln und Paprika, außerdem Maisküchlein und Apfelkuchen als Nachspeise. Der bevorstehende Viehtrieb bestimmte das Gespräch bei Tisch. Die Männer besprachen, wie viele Rinder zum Markt sollten, welche Vorräte benötigt wurden und allgemeine Dinge, die Ranch betreffend.

Molly aß schweigend und hörte zu, sie war sich Matts Nähe überdeutlich bewusst. Seine Bewegungen, seine Stimme, alles an ihm berührte sie innerlich, sprach sie an. Er war ihr schmerzlich vertraut und dennoch völlig fremd. Der Mann, zu dem er geworden war, erschien ihr neu und gefährlich, fesselnd und unwiderstehlich. Und beängstigend? Nein, er selbst nicht. Dennoch konnte sie nicht leugnen, dass das, was zwischen ihnen sein könnte, sie mit Beklommenheit erfüllte. Es war für sie gänzlich unbekanntes Terrain.

Nach dem Essen geleitete Matt sie schweigend hinüber ins Wohnzimmer, an einen kleinen Tisch in der Ecke, wo das Schachspiel stand. Im Kamin brannte ein Feuer, draußen heulte der Wind um das Haus. Susanna ging mit Rosita in die Küche, während Jonathan, Logan und Dawson sich ins Arbeitszimmer zurückzogen.

„Du musst mir nicht Gesellschaft leisten", sagte Molly. „Es macht mir nichts aus, falls du lieber bei deinem Vater und den anderen sein möchtest."

Matt setzte sich auf den mit reichen Schnitzereien verzierten Stuhl und seufzte. Molly fiel erst jetzt auf, dass es sich bei den geschnitzten Motiven um Rinder handelte. „Sie rauchen doch nur ihre Zigarren und trinken Whiskey. Dabei reden sie weiter über die Ranch. Da verpasse ich nichts."

Molly blickte auf das Schachbrett und machte es sich auf dem weichen Polster des Stuhls bequem. Ihr Vater hatte gern Schach gespielt, als sie noch klein gewesen war, daher war es ihr vertraut, aber sie hatte die Regeln nie gelernt. „Gefällt dir das Leben auf der Ranch wirklich so wenig?", fragte sie.

„Nein, das ist es nicht. Es scheint mir nur beständig in den gleichen eingefahrenen Bahnen zu verlaufen. So viele Menschen verlassen sich auf Pa."

„Was ist falsch daran? In der Armee und bei den Rangern, haben die Männer sich da nicht auch auf dich verlassen?"

Matt nickte zustimmend. „Natürlich."

„Aber die Beständigkeit stört dich? Ich persönlich fände etwas Beständigkeit zur Abwechslung mal ganz nett."

Matt blickte sie leicht amüsiert an. „Bereit für deine erste Lektion in Schach?"

Molly gab nach, sie war froh über die Ablenkung. Allerdings war sie sich nicht sicher, was sie mehr ablenkte – das Schachspiel oder Matt.

MATT UND MOLLY spielten mehr als zwei Stunden lang. Sie war aufmerksam und lernte schnell. Schon als Kind hatte sie eine schnelle Auffassungsgabe besessen und es war gar nicht so leicht für ihn, sie in den drei Partien zu schlagen. Während sie sich auf das Spiel konzentrierte, genoss er es, sie im sanften Schein des Feuers zu betrachten. Ihre blauen Augen waren auf das Spielbrett gerichtet, die Stirn konzentriert gerunzelt. Ihr offenes Haar glänzte im gedämpften Licht des Zimmers. Während sie ihren nächsten Zug überdachte, nagte sie, das Kinn in eine Handfläche gestützt, an ihrer Unterlippe.

Matt konnte sich nicht erinnern, wann er zuletzt mit einer Frau so vertraut zusammengesessen hatte. Er erfreute sich an ihren klugen Spielzügen, die immer raffinierter wurden, je besser sie das Spiel beherrschte.

„Ich denke, du solltest dich ausruhen", sagte sie nach der dritten Partie.

Er lehnte sich zurück. Er war müde, das war richtig, aber er wollte dennoch nicht gehen.

„Brauchst du Hilfe, um in dein Zimmer zu kommen?"

„Ich komme zurecht. Molly, was hast du langfristig vor? Hast du dir überlegt, wo du leben möchtest?"

„Ich nehme an, bei Mary. Oder bei meiner Tante Catherine und Emma, wenn sie mich aufnehmen würden."

Er hatte mit dieser Antwort gerechnet. Dennoch machte es ihm zu schaffen, dass sie gehen wollte. Aber auch er würde irgendwann wieder aufbrechen. „Was ist mit dem Land deiner Familie?"

Männliche Stimmen unterbrachen sie, als sein Vater und sein Bruder das Zimmer betraten, gefolgt von seiner Mutter.

„Was sagst du da, Matt?"; wollte sein Vater wissen. „Erkundigst du dich etwa nach dem Land der Harts?"

Er nickte. Sein Vater setzte sich auf das Sofa, während sich Logan am Kamin zu schaffen machte. Seine Mutter kuschelte sich an ihren Ehemann. Molly drehte sich zu den beiden um.

„Ach, du liebe Güte, das hätte ich dir schon viel früher erzählen müssen, Molly. Nach dem Tod deiner Eltern wurde das Land treuhänderisch von mir für dich und deine Schwestern verwaltet. Als Mary diesen Simms heiratete, schrieb ich ihr, um zu erfahren, ob sie es haben wollte. Aber ihr Mann bestand darauf, nach Arizona zu ziehen. Daher wollte ich auf Emmas Entscheidung warten. Da du nun wieder da bist, solltest du natürlich erwägen, ob du es haben möchtest. Ich würde euch beiden ein gutes Angebot machen, falls ihr es verkaufen wollt."

„Sie meinen, es gehört mir?"

„Nun, nicht direkt. Nur dein Ehemann kann das Land besitzen. Das gilt auch für Mary und Emma. Sobald du heiratest, kann es sofort überschrieben werden."

„Oh."

„Kann man das irgendwie umgehen?" Matt war voller Hoffnung, dass Molly nun doch bleiben würde.

„Wozu denn?", fragte seine Mutter. „Molly sollte nicht allein dort draußen leben. Wenn es keine andere Lösung gibt, kannst du selbstverständlich bei uns bleiben, Liebes."

„Danke, Mrs Ryan, das ist wirklich nett von Ihnen."

„Das ist doch selbstverständlich."

„Wie viele Morgen Land gehören Molly und ihren Schwestern denn?", wollte Logan wissen, der noch immer vor dem Kamin kniete.

„Lass mich nachdenken", meinte Jonathan. „Ich müsste mir die

Unterlagen noch einmal ansehen, aber ich würde schätzen, so etwa 32.000 Morgen."

Logan pfiff anerkennend. „Du wirst eines Tages einen rüpeligen Rancharbeiter sehr glücklich machen, Molly."

„Kann hier keiner an was anderes denken?", protestierte Matt gereizt. „Geht es immer nur darum, wie viel Land man sich unter den Nagel reißen kann?"

„Die Zeiten ändern sich, Matthew", sagte sein Vater. „Man redet überall von diesen neuen Stacheldrahtzäunen. Das könnte einiges ändern, manche meinen, zum Schlechteren, aber ich denke, eher zum Guten. Land ist wichtig. Das war schon immer so, und daran wird sich auch nichts ändern. Ich würde mich freuen, wenn du hierbleibst, Molly, aber du musst das nicht sofort entscheiden."

„Matthew, du brauchst jetzt wirklich etwas Ruhe", mahnte seine Mutter.

„Ich werde mich auch zurückziehen." Molly stand auf. „Gute Nacht." Sie drehte sich zu Matt um. „Gute Nacht, Matt."

Er suchte nach einem Weg, sie aufzuhalten, aber bevor er etwas sagen konnte, hatte sie das Zimmer schon verlassen.

„Mach dir keine Sorgen, ich helfe dir in dein Zimmer." Logan grinste. „Ich helfe dir sogar, dein Nachthemd anzuziehen."

„So weit kommt es noch, verdammt", murmelte Matt.

Logan lachte und seine Mutter warf ihm einen tadelnden Blick zu, bevor sie sich mit ihrem Mann ebenfalls zur Nachtruhe begab. Dass seine Eltern gemeinsam zu Bett gingen, berührte ihn. Sie waren glücklich miteinander.

„Meine Güte, Logan, schau uns doch nur mal an."

„Was soll das denn heißen?" Sein Bruder setzte sich auf das frei gewordene Sofa.

„Wir sind erwachsene Männer, die noch immer bei Mama und Papa leben. Hast du nie daran gedacht, dich zu verheiraten?"

„Aber sicher. Hätte ich sogar beinahe getan."

„Was? Weiß Ma davon?"

Logan schüttelte den Kopf. „Nein, wurde ja nichts draus. Ist vielleicht besser so."

„Was ist passiert?"

„Sie hat mit einem anderen die Stadt verlassen."

„Dann war sie es auch nicht wert."

Logan atmete geräuschvoll aus. „Ja. Das war ein knappes Entrinnen für mich."

„Hast du darüber nachgedacht, mit einer anderen Frau eine Familie zu gründen?"

„Wenn du damit Lizzie McAllister meinst, dann musst du dir keine Sorgen machen. Sie gehört ganz dir."

„Ich habe kein Interesse an einer feinen Dame der Gesellschaft, aufgetakelt wie ein Dreimaster und durchtrieben wie ein Kerl." Ihm wurde bewusst, dass er Mollys Worte bei ihrer ersten Begegnung zitierte.

„Dann tu uns allen doch bitte einen Gefallen." Logan stand auf und wandte sich zum Gehen. „Mach Molly den Hof, und zwar schnell. Ich habe mitbekommen, dass Ma ihr zuliebe Howie zum Essen einladen will."

„Howie?" Matt war verwirrt.

„Der milchgesichtige Cowboy, dem Molly beigebracht hat, ohne Sattel zu reiten."

Jetzt erinnerte sich Matt. Howie war doch keine ernsthafte Konkurrenz. Oder doch? Matt hatte noch nie in seinem Leben einer Frau den Hof gemacht. Die Frauen, mit denen er sich befasst hatte, legten nicht viel Wert darauf, umworben zu werden, und er war auch nie lange genug geblieben, um es zu tun.

„Ihr den Hof machen, ja? Irgendwelche Vorschläge?"

„Pass auf, dass Ma es nicht mitbekommt." Logans seltsamer Unterton ließ ihn aufhorchen.

„Warum?"

„Sie hat Molly gerade erst einen Vortrag gehalten, dass sie abwarten und sich Zeit lassen sollte, bevor sie sich auf einen Mann festlegt und mit ihm ins Bett geht."

„Ma hat tatsächlich etwas von ‚ins Bett gehen‘ gesagt?" Matt konnte es nicht glauben.

„Heiliger Jesus Christus, Matt", stöhnte Logan übertrieben. „Die Intelligenz habe wohl nur ich geerbt. Natürlich hat Ma das nicht wortwörtlich so gesagt. Aber überleg doch mal. Molly hat jahrelang bei Indianern gelebt. Du weißt, dass die eine sehr lockere Vorstellung von der Ehe haben. Die Männer haben oft mehr als nur eine Frau. Molly ist ein leichtes Ziel, und Ma weiß das. Sie wird jeden Kerl, der nett zu Molly ist, mit Argusaugen beobachten. Dürfte schwierig genug werden, Molly einen Kuss zu rauben, ganz zu schweigen davon, ihr an die Wäsche zu gehen."

Matt schüttelte tadelnd den Kopf angesichts der Andeutungen seines Bruders darüber, was er mit Molly vorhaben könnte. Zwar entsprach es inhaltlich durchaus den Tatsachen, aber es klang vulgär und erschien ihm falsch. Wenn er nichts anderes von ihr wollte, dann war er genau der Typ Mann, vor dem er sie eigentlich beschützen sollte. Hatte er ihr denn nicht sogar schon einen Kuss geraubt?

„Das wirft ein ganz neues Licht auf die Angelegenheit. Danke."

„Gern geschehen. Darf ich euer Trauzeuge sein?"

Matt fluchte, aber Logan hatte bereits das Zimmer verlassen.

Kapitel Neunzehn

Am nächsten Morgen wurde Molly bereits bei Sonnenaufgang von Susanna geweckt.

„Was ist denn?" Sofort war Molly in Sorge, dass Matt etwas zugestoßen sein könnte.

„Tut mir leid, dich so früh zu stören, aber mir ist gerade etwas eingefallen und ich musste es dir einfach sofort sagen." Susanna setzte sich neben sie auf das Bett, sie trug noch ihr Nachthemd, ihr schwarz-graues Haar war zu einem Zopf geflochten und hing ihr über die Schulter. „Erinnerst du dich noch an Sarah Pickett?"

„Ja."

„Sie lebt nicht ganz einen Tagesritt von hier entfernt. Ich verstehe nicht, wieso ich nicht eher daran gedacht habe. Vielleicht weiß sie etwas über deine Eltern, das hilfreich sein könnte. Außerdem wird sie sich bestimmt freuen, wenn sie sieht, dass du noch lebst."

„Können wir heute zu ihr reiten?"

„Ich rede mit Jonathan. Ich denke, wir könnten nach dem Frühstück aufbrechen. Wir treffen uns gleich unten."

Nachdem Susanna gegangen war, dachte Molly an Mrs Pickett. Sie freute sich darauf, sie wiederzusehen. Die Frau war mit ihrer

Mutter befreundet gewesen. War es denkbar, dass sie etwas über eine Affäre ihrer Mutter mit Davis Walker wusste? Der Gedanke trieb sie aus dem Bett.

Es war bereits Nachmittag, als Susanna ihr Pferd vor einem kleinen Holzhaus zügelte. Molly blickte zu den Pappeln ringsum, die sich im Wind bewegten. Die sanfte Brise hatte deutlich aufgefrischt. Sie hoffte, sie schafften es rechtzeitig zurück, bevor der Sturm losbrach.

Eine zierliche ältere Frau öffnete die Tür und trat hinaus auf die Veranda. Sie lächelte, wischte sich die Hände an ihrer Schürze ab und blickte sie fragend an.

Susanna stieg ab, schlang die Zügel um einen Holzpfosten und nahm ihren Hut ab.

„Mrs Pickett? Ich weiß nicht, ob Sie sich noch an mich erinnern. Ich bin Susanna Ryan. Ich war eine Freundin von Rosemary Hart."

„Aber sicher erinnere ich mich. Wie schön, Sie wiederzusehen." Sie ergriff mit beiden Händen Susannas Hand. „Wie nett, dass Sie vorbeischauen. Ich habe nur selten Besuch in letzter Zeit."

Nachdem sie ihr Pferd ebenfalls angebunden hatte, blieb Molly abwartend hinter Susanna stehen.

„Mrs Pickett, darf ich Ihnen Molly vorstellen?" Susanna trat einen Schritt zur Seite, um Molly Platz zu machen.

„Bitte, nennen Sie mich doch Sarah. Es ist mir eine Freude, Sie kennenzulernen."

Feine Falten kräuselten sich um Mrs Picketts Mund und Augen. Das weiße Haar war zu einem Knoten aufgesteckt. Dennoch wirkte sie jung und ihre Haut strahlte Wärme aus.

Erinnerungen überkamen Molly, an eine fröhliche Frau, die ihrer Mutter dabei geholfen hatte, sich an ihr neues Leben in Texas zu gewöhnen. Mrs Pickett hatte Stunden damit zugebracht, Marys Haar zu flechten, Emma das Schreiben beizubringen und Molly das Nähen.

„Wir würden gern mit Ihnen reden", sagte Susanna.

„Gerne. Bitte, kommen Sie herein."

Sie betraten das schlicht eingerichtete Haus. Molly fiel sofort auf, wie sauber alles war. Vor dem Kamin bemerkte sie zwei Schaukelstühle, beim Herd stand ein Tisch mit zwei Stühlen und durch eine Tür sah sie ein Bett mit einer bunten Decke.

Sarah drehte die beiden Schaukelstühle um, damit sie einander zugewandt waren, während Susanna einen der Stühle vom Tisch herüberholte.

„Ich habe nicht mit Besuch gerechnet, aber ich kann schnell Tee kochen."

„Das wäre nett", sagte Susanna, „aber wir wollen Ihnen keine Umstände machen."

„Das macht keine Umstände. Bitte, setzen Sie sich." Sarah ging zum Ofen, warf etwas Holz hinein und füllte Wasser in einen Kessel.

Dann kehrte sie zurück und setzte sich in den freien Schaukelstuhl.

„Ich würde mich gern mit Ihnen über Rosemary Hart unterhalten", begann Susanna.

Bedauern huschte über Sarahs Gesicht. „Ich denke sehr oft an sie. Hat die junge Lady sie gekannt?"

„Habe ich. Sie war meine Mutter."

Sarah erstarrte. „Du bist Molly Hart?"

„Ja, Ma'am."

Sarah wirkte verwirrt. „Aber … Molly ist tot."

„Es handelte sich um ein furchtbares Missverständnis", erklärte Susanna behutsam. „Aber nun ist sie zu uns zurückgekehrt und nur darauf kommt es an."

„Ach du meine Güte." Verstört lehnte Sarah sich zurück und starrte sie an.

Molly ergriff ihre Hand. „Es ist schön, Sie wiederzusehen, Mrs Pickett."

„Du warst die ganze Zeit am Leben? Ich kann es nicht glauben." Sarah drückte Mollys Hand. „Ach, Kind, das ist ein Wunder. Ich habe es immer als kleinen Trost empfunden, dass deine Mutter nicht mehr erfahren musste, dass du entführt wurdest."

„Genau deshalb sind wir gekommen. Können Sie mir von ihr erzählen?", bat Molly.

Sarah ließ ihre Hand los und wischte sich die Tränen aus dem Gesicht. „Bei Gott, es hat mir das Herz gebrochen, als sie und dein Vater ermordet wurden. Sie waren so gute Menschen und immer so freundlich zu mir. Sie gab mir Arbeit, sodass ich Lou und mich ernähren konnte, als er krank wurde und nicht mehr arbeiten konnte."

„Ist Ihr Gatte …" Molly wusste nicht, wie sie es formulieren sollte.

„Er ist nicht mehr unter uns, der Herr möge sich seiner Seele erbarmen. Er ist vor einigen Jahren an Schwindsucht gestorben." Sarah atmete einmal tief durch. „Was möchtest du wissen, mein liebes Kind?"

„Eigentlich alles. Vor allem aber möchte ich wissen, ob sie Ihnen jemals etwas über Davis Walker erzählt hat, besonders in dem Sommer, bevor sie getötet wurde."

Sarah zögerte. „Was weißt du denn über Mr Walker?"

„In erster Linie nur Gerüchte. Hat Mama sich Ihnen anvertraut?"

Die ältliche Frau zögerte so lange, dass Molly ihre Frage beinahe wiederholt hätte.

„Ich habe kein gutes Gefühl dabei, denn es ist eigentlich nicht an mir, dir die Wahrheit zu sagen. Aber ich nehme an, du hast wohl ein Recht, es zu erfahren. Und da Rosemary nicht mehr bei uns ist, kann sie es dir nicht selbst erzählen. Deine Mama hatte eine schwere Last zu tragen und ich bin mir sicher, das hatte

Auswirkungen auf ihre Gesundheit. Irgendwann hat sie sich nicht einmal mehr nach draußen in die Sonne gewagt. Man kann eine solche Schuld auf Dauer nicht für sich behalten. Sie eitert wie eine Wunde."

Sarah warf Susanna einen Blick zu. „Vielleicht sollte ich allein mit Molly reden."

„Nein", erwiderte Molly. „Ich vertraue Mrs Ryan."

Sarah nickte und seufzte. Von ihrer Fröhlichkeit war nichts mehr übrig. „Also schön. Deine Mutter hat sich mir nicht sofort anvertraut, aber nach einer Weile wurde es ziemlich offensichtlich, dass etwas sie sehr belastete. Es fiel mir besonders auf, wann immer Davis sie besuchte. Eines Nachts hatte sie einen Zusammenbruch und erzählte mir alles. Dein Vater, nun, er war damals nicht da. Ich habe noch nie ein Wort zu irgendjemandem darüber verloren, auch nicht nach dem Tod deiner Eltern. Ich habe immer mit mir gerungen, ob ich es hätte sagen müssen, aber es hätte sie doch nicht wieder lebendig gemacht. Ich wollte, dass Mary und Emma ihre Mutter als gute Frau in Erinnerung behielten."

„Was hat sie getan?" Molly spürte, wie sie das Grauen packte.

„Nun, du musst wissen, sie und Davis kannten sich bereits aus Virginia. Sie waren miteinander verlobt und wollten heiraten."

„Ja, das habe ich kürzlich erst erfahren."

„Tatsächlich? Nun, dann wird das alles vielleicht gar nicht so überraschend kommen, wie ich befürchtet hatte." Sie atmete noch einmal tief durch und fuhr dann fort. „Molly, deine Mutter war in der beklagenswerten Situation, zwei Männer zu lieben. Bitte bedenke das und urteile nicht zu hart. Als Rosemary damals Robert kennenlernte, fühlte sie sich sofort zu ihm hingezogen, wie sie mir sagte. Also löste sie die Verlobung mit Davis und heiratete Robert. Schon bald darauf wurde deine Schwester Mary geboren. Unterdessen hatte Davis auch geheiratet und seine Frau schenkte ihm drei Söhne. Soweit ich weiß, starb sie im Kindbett, bei der dritten Niederkunft."

„Wir waren alle untröstlich, als Loretta bei der Geburt von TJ starb", fügte Susanna hinzu.

„Rosemary ebenfalls. Sie bemühte sich, Davis ein wenig die Last von den Schultern zu nehmen, indem sie sich um das Baby kümmerte, aber auch um Davis und die beiden anderen Jungs."

„Ich erinnere mich", sagte Susanna. „Sie hat bis zur Erschöpfung gearbeitet. Ich dachte immer, sie hätte es um Lorettas willen getan, aber nun scheint mir, sie hatte vielleicht noch andere Gründe."

„Sie sagte mir, dass sie helfen wollte, wo auch immer es ging. Sie hatte immer noch Schuldgefühle, weil sie die Verlobung mit Davis gelöst hatte. Ihre Absichten waren ehrenvoll, aber letztendlich tat es ihr nicht gut, wieder so oft in seiner Nähe zu sein. Sie hatten noch immer Gefühle füreinander."

„Wollen Sie damit sagen, meine Mutter hatte eine Affäre mit Davis?", fragte Molly.

„Ich fürchte, so war es", erwiderte Sarah leise.

Molly wurde wütend. „Wie lange?"

„Über ein Jahr, vermute ich."

Molly lehnte sich zurück und versuchte zu verstehen, was ihre Mutter sich bloß dabei gedacht haben mochte, sich mit einem anderen Mann einzulassen, während daheim Ehemann und Kinder warteten.

„Aber das ist noch nicht alles, nehme ich an?" Molly schwante Böses und ihr wurde übel.

„Nein, mein Liebes. Und ich vermute, du ahnst es bereits."

„Wovon reden Sie?", fragte Susanna.

Molly schnürte es die Kehle zu, als sie der Wahrheit ins Auge blickte und das volle Ausmaß des schmerzhaften Betrugs ihrer Mutter eingestand.

„Davis Walker ist mein Vater."

Kapitel Zwanzig

Matt wartete auf der Veranda, auf die Krücke gestützt, und beobachtete besorgt, wie sich am Horizont ein Sturm zusammenbraute. Es war schon spät, und seine Mutter und Molly waren noch nicht zurückgekehrt.

Logan lief auf das Haus zu, der Wind presste ihm das Hemd an den Körper. Von der anderen Seite ritt Matts Vater auf sie zu.

Er zügelte sein Pferd und stieg ab. Logan führte den Hengst hinüber in den Stall.

„Hast du Ma und Molly gesehen?", fragte Matt.

„Nein." Sein Vater war sofort beunruhigt. „Sind sie noch nicht zurück?"

Matt schüttelte den Kopf.

„Verdammt." Jonathan blickte zum Himmel. „Deine Mutter kennt sich aus. Sicher sind sie bei Mrs Pickett geblieben. Kein Grund, sich Sorgen zu machen, solange wir nicht mehr wissen."

Sein Vater hatte recht, aber das half Matt überhaupt nicht.

„Wie geht es deinem Fuß, mein Junge?"

„Er ist lästig."

Sein Vater lachte, wurde dann aber sofort wieder ernst. „Ich war bei Davis."

Matt schaute ihn erstaunt an.

„Wieso?", warf Logan ein, der gerade zu ihnen zurückgekehrt war.

„Ich wollte ihn fragen, ob er sich an irgendetwas erinnern kann, was damals mit dem Tod von Robert Hart zu tun hatte."

Als sein Vater nicht weitersprach, drängte Matt ihn: „Und?"

„Er schwafelte etwas von dem Unsinn, dass Robert Vieh vom Land der Walkers gestohlen hätte, was ich mir nicht vorstellen kann. Davis ist ein sehr verbitterter Mensch. Das war mir bisher nie so aufgefallen."

„Hat er zugegeben, dass er Hart tot sehen wollte?", erkundigte sich Logan.

„Nein, und das habe ich ihn natürlich auch nicht gefragt. Aber nach einer Flasche billigen Whiskeys fing er an, auf eine Weise über Loretta zu reden, die mir übel aufgestoßen ist."

„Was hat er gesagt?" Matt bemühte sich um einen neutralen Ton.

„Loretta war eine nette Frau. Sie hatte einen Besseren verdient als Davis. Er hat sie offenbar nie wirklich geliebt. Er bezeichnete sie als anhänglich und erbärmlich. Außerdem gab er ihr die Schuld für die schlechten Angewohnheiten seiner Söhne." Jonathan schüttelte angewidert den Kopf.

„Da war aber noch mehr zwischen Davis und Robert vorgefallen", fuhr er fort. „Einiges wusste ich, aber als ich sehr beiläufig die Ereignisse vor zehn Jahren erwähnte, fing er sofort an zu schimpfen, ich hätte den wahren Robert doch nie gekannt. Er erwähnte den Viehdiebstahl und dass Robert den Rindern über dem Brandzeichen der Walkers sein eigenes aufgedrückt hätte."

„Aber du glaubst das nicht?", wollte Logan wissen.

„Nein, sicher nicht. Robert war ein anständiger und ehrlicher Mann. Wieso sollte er Davis bestehlen? Er brauchte das Geld nicht. Es ist natürlich leichter für Davis, einem Toten die Schuld in die Schuhe zu schieben, anstatt Farbe zu bekennen."

„Und was jetzt?", fragte Matt.

„Wir passen auf Molly auf und halten sie von Davis fern. Er suhlt sich in seinem verbitterten Selbstmitleid, mehr Gerechtigkeit wird es für Molly und den Tod ihrer Eltern vielleicht nie geben. Aber ich möchte nicht, dass er sich jemals wieder einem der Hart-Mädchen nähert. Ich bin es Robert und Rosemary schuldig, ein Auge auf ihre Kinder zu haben. Sie hätten dasselbe auch für mich getan." Jonathan hielt kurz inne, dann fuhr er fort. „Das ist alles sehr hässlich, umso mehr danke ich dem Herrn für eure Mutter." Matt war überrascht angesichts dieses untypischen Gefühlsausbruchs seines Vaters. „Ihr Jungs solltet wirklich sesshaft werden und eigene Familien gründen. Eure Mutter will endlich Enkelkinder sehen. Und ich gebe zu, mir wäre es auch ganz recht. Solche Dinge sind wichtig. Ein Mann sollte nicht allein sein."

„Ist das der kurze oder der lange Vortrag?", fragte Logan trocken.

„Bringt endlich mal eine Frau mit nach Hause. Andernfalls suche ich euch welche aus", erwiderte Jonathan ernst. „Ihr werdet schließlich auch nicht jünger."

„Gott steh uns bei", stöhnte Logan. „Die Frauen, die du auswählen würdest, wären fade, häuslich und kräftig."

„Zum Teufel, ihr Jungs seid viel zu wählerisch."

Matt entdeckte in einiger Entfernung zwei Reiter. „Von wegen ‚Ma bleibt bei Mrs Pickett'." Er nickte in ihre Richtung und war erleichtert, dass es Molly gut ging.

„Diese Frau ist unmöglich", sagte Jonathan leise. „Was denkt sie sich nur dabei?" Wie zur Bestätigung erhellte ein greller Blitz die dunkle Wolkenmasse.

Jonathan und Logan rannten den beiden entgegen, Matt humpelte hinterher. Logan nahm die Pferde, sobald die beiden Frauen abgestiegen waren. Dann eilten sie alle ins Haus.

Sobald sie drinnen waren, rannte Molly die Treppe hinauf und verschwand.

„Was ist denn mit ihr los?", fragte Matt.

Seine Mutter zog ihren Mantel aus und rieb sich die Stirn. „Ich weiß gar nicht, wo ich anfangen soll. Molly braucht jetzt ein wenig Zeit für sich, schätze ich."

„Zeit wofür?", hakte sein Vater nach.

„Wo ist Rosita? Ich brauche erst etwas zu essen, danach reden wir."

Die anderen gingen ins Wohnzimmer, aber Matt wollte nicht auf eine Erklärung warten. Er humpelte die Treppe hinauf und klopfte an Mollys Schlafzimmertür. „Molly? Ich bin es, Matt. Kann ich hereinkommen?"

Die Tür öffnete sich, und als er ihre düstere Miene sah, war er sofort beunruhigt. „Was ist passiert?"

Sie machte einen Schritt zurück und ließ ihn herein. Verwirrt blickte er auf die Decken, die auf dem Boden lagen.

Offenbar hatte sie seinen Blick verstanden, denn sie erklärte: „Manchmal kann ich nicht im Bett schlafen. Es ist zu weich."

„Du schläfst auf dem Fußboden?"

„Nicht immer, nur wenn ich ruhelos bin."

Sie drehte sich zum Fenster und starrte hinaus in den strömenden Regen.

„Hat Sarah Pickett dir weiterhelfen können?"

Sie nickte, ihr Körper war steif und angespannt. Sie hatte die Arme vor der Brust verschränkt, das dunkle Kleid spannte über den Schultern.

„In Nächten wie diesen hat uns Bull Runner im Tipi versammelt. Während er das Feuer schürte, damit es nicht ausging, saßen wir Frauen an den Wänden und versuchten, die Büffelhäute festzuhalten, aber der Wind drang trotzdem hindurch. Manchmal war es ziemlich schlimm. Es gab Zeiten, da wünschte ich mir, ich wäre gestorben."

„Ich bin sehr froh, dass du nicht tot bist." Er wollte sie überzeugen, dass es ihm ernst war.

Sie schaute ihn an. „Hast du dich je nach den Gründen für deine Existenz gefragt, Matt?"

„Molly …"

„Elijah hat mit mir oft über Gott geredet. Er hat sogar die Bibel zitiert, zumindest die Verse, die er sich von seiner Mutter gemerkt hatte. Ein Zitat ist mir besonders im Gedächtnis geblieben. Es ging darum, dass die Steine auf dem Weg zum Herrn beseitigt werden sollten. Ich glaube beinahe, Gott legt mir ganz persönlich so viele Steine wie möglich in den Weg."

„Erzähl mir, was Sarah Pickett gesagt hat."

„Wie es aussieht, ist Davis Walker mein Vater." Sie schluchzte auf.

Matt durchquerte das Zimmer, ließ die Krücke fallen und nahm sie in die Arme. Er hielt sie fest umschlungen; sie war ganz aufgelöst. „Bist du sicher?"

Sie nickte an seiner Brust. „Meine Mutter hat sich ihr anvertraut", sagte sie erstickt.

Er hielt sie fest, obwohl er das Ausmaß dieser Worte kaum zu fassen vermochte. Die Anstößigkeit, die diese Enthüllung barg, entbehrte nicht einer düsteren Ironie. Aber in diesem Augenblick dachte er an nichts anderes als die Frau in seinen Armen. Er murmelte ihren Namen, wollte ihr Schutz bieten und ihr die Kraft verleihen, die er ihr all die Jahre über nicht hatte geben können.

Zärtlich strich er mit den Händen über ihren Rücken nach oben und vergrub sie in ihrem Haar. Er atmete ihren Duft nach Wildblumen, Regen und Sonnenschein ein. Sie fügte sich so perfekt in seine Arme. Wie zu erwarten, erwachte sein Verlangen, aber er achtete darauf, dass sie es nicht bemerkte. Er wollte unter allen Umständen verhindern, dass sie vor ihm die Flucht ergriff.

Wortlos führte er sie zum Bett, zog sie mit sich auf die Matratze und umfing sie tröstend. Sie schmiegte sich an ihn und er streichelte ihr den Kopf, bis sie vor Erschöpfung einschlief. Der gleichmäßige Rhythmus ihres Atems löste auch seine Anspannung. Vorsichtig löschte er die Lampe auf dem Nachttisch.

Dann schlief er ebenfalls ein.

MOLLY ERWACHTE SEHR PLÖTZLICH, allein, in den zerwühlten Laken ihres Bettes. Helles Sonnenlicht schien durch das Fenster ins Zimmer. Sie trug noch das Kleid vom Vortag.

Matt war bei mir.

Er hatte sie im Arm gehalten und sie waren aneinandergeschmiegt eingeschlafen. Trotz der schmerzhaften Enthüllung von Mrs Pickett fühlte Molly sich gut ausgeruht. Sie würde in Zukunft vielleicht sogar das Bett dem Boden vorziehen, wenn Matt es mit ihr teilte. Der Gedanke beschleunigte ihren Herzschlag.

Aber das Gefühl der Einsamkeit lauerte stets in der Nähe.

Nichts in ihrem Leben war je von Dauer gewesen. Und nun musste sie sich auch noch der Tatsache stellen, dass der Mann, den sie immer für ihren Vater gehalten hatte, Robert Hart, nicht ihr Vater gewesen war. Sie war die Tochter von Davis Walker, einem Mann, den sie kaum kannte und den sie verdächtigte, ihre Eltern ermordet zu haben.

Was sollte sie nun tun? Susanna hatte ihr gesagt, die Ryans würden ihr Obdach gewähren, solange sie es wollte. Tränen stiegen ihr in die Augen. Sie fühlte sich verloren, wie Treibgut. Emma, Mary und ihre Tante Catherine würden sie wahrscheinlich nicht einmal mehr erkennen. Sie waren Fremde füreinander. Elijah war tot, ihre Mutter und der Mann, der ihr ein Vater gewesen war, ebenfalls. Und was war mit den Kwahadi? Ihre Ersatzfamilie hatte sie in dem Moment verloren, als Bull Runner sie eingetauscht hatte.

Ein Teil von ihr hatte sich gewünscht, er würde es nicht tun. Aber sie hatte diese Sehnsucht tief in sich vergraben, wie viele andere Dinge im Lauf der Jahre.

Die Tränen liefen ihr über das Gesicht, trübten ihren Blick und schlossen damit die Welt um sie herum aus.

„MATTHEW?"

Matt blieb in der Tür zum Speisezimmer stehen. Seine Mutter saß allein am Tisch und frühstückte.

„Kann ich kurz mit dir reden?"

Er nickte.

Ihrer Miene nach zu urteilen, erwartete ihn ein unangenehmes Gespräch. „Letzte Nacht wollte ich Molly etwas zu essen bringen. Und da habe ich dich bei ihr gesehen."

Matt senkte verlegen den Blick. Es war schon eine Weile her, dass er das letzte Mal von seiner Mutter auf frischer Tat bei etwas Verbotenem ertappt worden war. Er hatte das Gefühl, wieder der kleine Junge zu sein, der dabei erwischt wurde, wie er die Hand in die Keksdose steckte.

„Ich will nicht neugierig erscheinen, aber ich möchte sichergehen, dass du behutsam mit ihr bist."

„Mach dir keine Sorgen, Ma. Ihr Wohlergehen war mir schon immer sehr wichtig."

„Das weiß ich. Ich erinnere mich noch sehr genau, wie arg es dich mitgenommen hat, als sie verschwand und wir dachten, sie sei tot. Aber nun ist sie eine Frau, und ich weiß, wie rar Frauen hier in der Gegend sind."

Matt zog eine Augenbraue hoch. „Ich denke, ich habe mich unter Kontrolle."

„Nun, daran zweifle ich gar nicht. Es ist nur so, dass ich Molly praktisch als meine eigene Tochter betrachte, und ich möchte nicht, dass ihr wehgetan wird."

„Was ist mit mir?", fragte Matt spöttisch. „Was, wenn mir jemand wehtut?"

„Du bist mein Sohn, und ich liebe dich von Herzen. Natürlich möchte ich dich glücklich sehen. Wenn Molly das bewirkt, dann stehe ich hinter euch. Aber seit du mit achtzehn fortgegangen bist, erscheinst du mir sehr verschlossen, wie ein Buch mit sieben Siegeln. Du bist ein anständiger Mann, verantwortungsbewusst und verlässlich. Dein Vater und ich sind stolz auf deine Karriere in der Armee und bei den Rangern, aber du hast in dieser Zeit eine Mauer um dein Herz errichtet. Glaube mir, ich hoffe, du kannst diese Mauer einreißen, aber bis es so weit ist, sei bitte vorsichtig mit Molly. Nur wenn du dir deiner Absichten sicher bist, solltest du dich mit ihr einlassen."

Matt starrte seine Mutter an. Sie hatte die Tatsachen schon immer recht unverblümt ausgesprochen, und wie gewöhnlich hatte sie recht.

„Du benutzt deine Krücke ja gar nicht. Wie geht es deinem Fuß?"

„Besser." Er war noch immer ein wenig benommen davon, wie mühelos sie ihn durchschaut hatte. „Ich kann ihn schon etwas belasten."

Susanna stand auf und trat zu ihm. Sie zog ihn zu sich herab und küsste ihn auf die Wange. „Ich liebe dich."

Er grinste sie an. „Jetzt weißt du, warum ich all die Jahre nicht hier war. Ich wollte meiner Mutter aus dem Weg gehen, die sich immer in mein Leben einmischt."

Sie lachte und schob ihn weg. „Sieh zu, dass du mir aus den Augen kommst. Sonst mische ich mich womöglich noch mehr ein."

Er küsste sie auf die Wange und ging in die Küche.

Kapitel Einundzwanzig

Matt musste all seine Überredungskunst einsetzen, aber schließlich brachte er Molly dazu, am späten Vormittag mit ihm auszureiten. Er wusste genau, wohin er mit ihr wollte. Als sie das verlassene Gebäude im Schatten der Pappeln erreichten, dachte er an die Vergangenheit, aber auch an die Zukunft. Die Frau auf dem Pferd vor ihm verkörperte beides gleichermaßen.

„Hat deine Familie hier gelebt, bevor die Ranch gebaut wurde?" Sie blickte ihn über die Schulter hinweg an. Ein Hut beschattete ihr Gesicht, aber Matt wusste, wenn er jetzt ins tiefe Blau ihrer Augen schauen würde, könnte er darin wieder ein Lächeln erkennen.

Er nickte, erleichtert, dass sie trotz der Ereignisse des Vortages noch immer ganz sie selbst war. Sie trug ein dunkelblaues Kleid, der schlichte Unterrock bauschte sich beim Reiten um ihre Beine, aber heute brachte ihn der Anblick ihrer entblößten Waden nicht aus der Fassung. Da niemand sonst in der Nähe war, bekam nur er allein diese unbeabsichtigte Freizügigkeit zu sehen. Er schwor, sich wie ein Gentleman zu benehmen, das hätte er auch ohne die Predigt seiner Mutter getan, aber das hieß ja nicht, dass er sich an dem Anblick nicht erfreuen durfte. Vermutlich würde er Molly noch sehr lange anschauen können, ohne ihrer je müde zu werden.

Sie schwang sich aus dem Sattel und band die Zügel an einen Ast. „Brauchst du Hilfe?" Sie blinzelte zu ihm auf. Der nächtliche Sturm war abgezogen und nun strahlte wieder die Sonne.

„Ich komme zurecht." Er stieg ab und landete auf seinem unverletzten Fuß, aber auch der schmerzte. Eine bleibende Erinnerung an seine Zeit bei Cerillo. Er schob die düsteren Schatten beiseite. Heute wollte er nach vorn blicken.

„Wirst du morgen beim Viehtrieb dabei sein?" Sie half ihm mit der Picknicktasche, die er mitgenommen hatte. Ihre Finger berührten sich und er genoss den Kontakt.

„Ich habe es vor", antwortete er und löste eine Decke vom Sattel. Er konnte schon wieder ganz gut reiten und wollte seinen Beitrag auf der Ranch leisten. Das war er seinen Eltern schuldig, aber es würde bedeuten, dass er Molly eine Weile nicht sehen würde.

„Du bist dann einige Wochen weg?" Sie nahm ihm die Decke ab, bevor er Einwände erheben konnte.

„Mehr oder weniger."

Sie breitete die Decke im Schatten eines Baumes aus, stellte die Picknicktasche in die Mitte, setzte sich auf eine Ecke und nahm den Hut ab. Er setzte sich ihr gegenüber.

„Du solltest es nicht übertreiben. Aber ich nehme an, das hat deine Mutter dir auch schon gesagt." Molly schlug die Beine unter ihr Kleid.

„Ja, sie hat mir schon den einen oder anderen Vortrag über verschiedene Dinge gehalten." Er hatte seiner Mutter nichts von diesem Ausflug erzählt, denn er hatte angenommen, sie würde sonst die Anstandsdame spielen wollen.

„Du hast so ein Glück. Deine Eltern sind wundervoll."

„Molly, du wirst darüber hinwegkommen." Er streckte seine Hand aus und strich ihr eine Strähne hinter das Ohr. Ihr Blick wurde sanfter.

Zögernd ließ er seine Hand sinken.

„Danke, dass du letzte Nacht bei mir geblieben bist."

„Du bist jetzt nicht mehr alleine. Ich hoffe, du weißt das."

Sie antwortete nicht, sondern blickte zum Horizont.

„Ich fürchte, wir wurden entdeckt", fuhr er fort.

Molly schaute ihn erwartungsvoll an.

„Meine Mutter hat mich gestern in deinem Zimmer gesehen."

„Wirklich?" Molly klang beunruhigt. „Du hast ihr doch aber hoffentlich gesagt, dass nichts passiert ist?"

Matt runzelte die Stirn, als ihm bewusst wurde, dass er das nicht getan hatte. Denn eigentlich wollte er, dass etwas zwischen ihnen passierte. Und wenn es um das Wollen ging, war er so schuldig, als hätten sie tatsächlich miteinander geschlafen.

„Keine Sorge. Meine Mutter hat wie immer dein Wohlergehen im Sinn."

„Oh." Molly wurde rot.

Matt genoss ihre Verlegenheit, war erfreut über ihre Reaktion auf ihr Zusammensein. Er mochte einfach alles an ihr.

Um sich von noch intimeren Gedanken abzulenken, widmete er sich der Tasche und packte nacheinander gebratenes Huhn, Brot, Käse und zwei rote Äpfel aus. Außerdem hatte er eine Flasche und zwei Blechtassen mitgebracht.

„Was ist in der Flasche?"

„Wein. Selbst hier draußen im Nirgendwo sind wir nicht so rückständig, wie mancher behauptet."

Um Mollys Mundwinkel zuckte ein Lächeln. „Ich habe keine Ahnung davon, was fortschrittlich, rückständig oder sonst etwas ist."

Er entkorkte die Flasche, füllte eine Tasse mit der dunklen Flüssigkeit und reichte sie Molly. Dann füllte er die zweite Tasse und stieß mit ihr an. „Auf dass es nur noch vorwärtsgehen möge."

Molly nahm einen Schluck. „Der schmeckt gut." Sie leckte sich über die Lippen.

„Iss doch etwas." Er wollte sich von seiner Mutter nicht

vorwerfen lassen, er hätte sie betrunken gemacht, um ihr einen Kuss zu rauben, obwohl der Gedanke natürlich verlockend war.

In angenehmem Schweigen aßen sie, tranken mehr Wein und betrachteten die vorüberziehenden Wolken am Himmel. Nach einer Weile legte Molly sich hin.

„Der Wein macht mich schläfrig." Sie rieb sich die Stirn.

Matt räumte die restlichen Speisen zusammen, stellte die Tasche beiseite und legte sich neben Molly. „Ein Nickerchen ist eine gute Idee." Er bedeckte sein Gesicht mit dem Hut, dann ergriff er Mollys Hand. Sie verschränkten ihre Finger ineinander und dösten eine Weile, bis das sanfte Säuseln des Windes sie einschlafen ließ.

MOLLY ERWACHTE ABRUPT. Sie setzte sich auf und stellte fest, dass es bereits später Nachmittag war. Neben ihr schlief Matt noch immer, wie sein leises Schnarchen verriet. Sie nahm ihm den Hut vom Gesicht, legte ihn beiseite und betrachtete den Mann, der ihr seit ihrer Rückkehr nach Texas zur Seite gestanden hatte. Wenn sie nicht aufpasste, dann würde sie sich zu sehr auf seine Anwesenheit verlassen.

Aber es war schwer, nicht mehr von ihm zu wollen, nicht alles von ihm zu wollen. Sie betrachtete das energische Kinn und die eingefallenen Wangen. Im Schlaf waren seine Züge entspannt, aber sie strahlten dennoch eine sehr natürliche Männlichkeit aus. Seine breite Brust hob und senkte sich mit jedem Atemzug. Eine Hand ruhte auf seinem Bauch, seine Finger waren lang und braun gebrannt, ein starker Kontrast zu dem weißen Hemd, das er trug. Er hatte seine langen Beine ausgestreckt und die abgewetzten Stiefel an den Knöcheln verschränkt.

Molly konnte einfach nicht widerstehen. Sie beugte sich vor und küsste ihn zärtlich auf den Mund. Er schmeckte nach Huhn und Wein, seine Lippen waren warm und seine Bartstoppeln kitzelten sie am Kinn. Er regte sich, legte seine große Hand auf ihren Hinterkopf, und sie küsste ihn erneut.

Er erwiderte den Kuss dieses Mal, vergrub beide Hände in ihrem Haar und zog sie zu sich herab. Ihre Lippen verschmolzen miteinander, als wären sie füreinander geschaffen, und Molly ließ sich gegen ihn sinken. Sein Mund eroberte ihren, trank von ihren Lippen, und sie folgte seiner Führung, gab zurück, was er ihr zeigte, schwelgte in seiner Reaktion auf sie. Sie strich durch sein Haar, genoss das Gefühl der dichten Strähnen, wollte ihn auf eine Weise berühren, die sie sich bisher nur ausgemalt hatte. Sie gab sich ganz den Empfindungen hin, die seine Nähe in ihr auslöste, ließ ihre Lippen zu seinen Wangen wandern, trotz des kratzigen Bartschattens, und zeigte ihm, wie sehr sie ihn begehrte.

Mit einer raschen Bewegung hatte er sie auf den Rücken gedreht und bedeckte sie mit seinem Körper. Seine Zunge eroberte ihren Mund mit einer Intensität, die ihre Fähigkeit, klar zu denken, zunichtemachte. Sie klammerte sich an seine Schultern, hielt sich an ihm fest, während die Lust sich zwischen ihnen entfesselte. Sie spürte seine Erregung, als er sich an sie drängte, aber es machte ihr keine Angst. Sie verlangte nach mehr Liebkosungen, nach mehr von ihm.

Abrupt hörte er auf und lehnte sich schwer atmend gegen ihre Schulter. „Molly", flüsterte er. „Das geht nicht."

„Wieso nicht?" Sie versuchte, seinen Mund wieder auf ihren zu ziehen.

„Nicht hier, nicht so." Er hob seinen Kopf und schaute sie an. Dann lachte er. „Wenn ich gewusst hätte, dass der Wein dich so lüstern macht, hätte ich ihn nicht mitgebracht. Andererseits, mit dir auf mir zu erwachen ist der schönste Traum, den ich mir vorstellen kann."

Er küsste sie erneut, zärtlich, abwartend.

„Ich verstehe es nicht", sagte sie an seinem Mund und hob den Kopf an, in dem Verlangen nach einem weiteren Kuss. „Willst du mich denn nicht?"

Er lehnte seine Stirn an ihre und unterband so ihre Versuche, ihn zu küssen. „Seit dem Moment, als ich dich wiedersah." Ihrer beider Atem vermischte sich.

Er löste sich von ihr, stand auf und reichte ihr eine Hand. Voller Enttäuschung ließ sie sich von ihm auf die Füße ziehen.

„Es ist das Beste für dich, Molly." Er ließ ihre Hand los, und sofort vermisste sie seine Wärme und das Feuer, das nur er in ihr entfachen konnte.

„Woher willst du wissen, was für mich das Beste ist?" Sie konnte ihren Ärger nicht verbergen.

„Eine junge Frau muss an ihre Zukunft denken. Schäferstündchen und Schabernack im Gras sollten nicht dazugehören."

„Findest du das etwa amüsant?" Empört stemmte sie die Hände in die Hüften und blickte über die Prärie.

Er grinste, hob einen kleinen Stein auf und warf ihn weit weg. „Ich finde es süß, dass du dich so wenig verändert hast und immer noch gern Schabernack im Gras treibst."

Meinte er das ernst? Er behauptete, sie zu begehren, aber dann verglich er sie doch mit dem kleinen Mädchen, das sie einmal gewesen war. Jenes kleine Mädchen war schon so lange aus ihrem Leben verschwunden, dass sie sich kaum noch daran erinnerte, wie es sich angefühlt hatte, jeden Tag voller Vorfreude zu beginnen. Bis jetzt. Dank Matt. Er ließ sie sich so viel mehr wünschen, als sie je für erreichbar gehalten hatte.

Entmutigt von der Wendung, die der Tag bisher genommen hatte, ging sie hinüber zu der Hütte, die früher von den Ryans bewohnt worden war. Sie trat ein und blinzelte einige Male, bis sich ihre Augen an die Dunkelheit gewöhnt hatten. Es gab vier Fenster ohne Scheiben und Fensterläden, durch die das Licht direkt in den einzigen Wohnraum drang. An einer Seite befand sich ein kleiner, gusseiserner Ofen, sonst gab es nichts außer Dreck und jeder Menge Spinnweben.

Molly schlenderte durch den großen Raum. Sie fuhr mit dem

Finger über den Ofen und war überrascht davon, wie kühl er sich anfühlte. Ein Schatten fiel durch die Tür und sie entdeckte Matts große Gestalt. Den Hut auf dem Kopf lehnte er im Türrahmen.

„Sie haben alles mitgenommen, als sie die Ranch aufgebaut haben." Sie konnte sein Gesicht nicht sehen, hörte nur seine tiefe Stimme, die sie gefangen hielt, so wie er ihr Herz gefangen gehalten und es dann einfach von sich gestoßen hatte. „Mein Vater hatte immer vor, das Haus wieder in Schuss zu bringen, damit er einen Rückzugsort für sich und Ma hätte."

„Warum hat er es nie getan?" Ihre Stimme hallte von den Wänden wider.

Matt zuckte mit den Schultern. „Ist einfach nie dazu gekommen, schätze ich."

„Zeit ist kostbar", sagte sie leise. „Man sollte sie nicht vergeuden." Wer wüsste das besser als sie?

Matt beobachtete sie, aber er behielt seine Gedanken für sich. „Wo wir schon von Zeit reden", sagte er schließlich. „Ich sollte dich besser zurückbringen, sonst denkt Ma noch, wir tun weitaus mehr, als uns zu küssen."

Wieso fühlten sich seine Worte immer wie ein Streicheln auf ihrer Haut an? Ihr Herz raste und Wärme breitete sich in ihrem ganzen Körper aus, vor allem in ihrem Bauch, und weckte dieses Verlangen nach ihm.

Sie sehnte sich danach, wieder mit ihm auf der Decke zu liegen, die Wolken am Himmel zu betrachten und zu wissen, dass er ihr gehörte.

Kapitel Zweiundzwanzig

Am nächsten Vormittag brachen beinahe alle Männer, die auf der Ranch arbeiteten, zum Viehtrieb auf. Unter ihnen war auch Matt. Susanna erklärte, sie würden mindestens für zehn Tage fort sein und sich mit den Cowboys der anderen Ranches zusammentun, um die Tausende von Rindern auf den Ländereien ringsum zusammenzutreiben.

Da sie nicht schlafen konnte, stand Molly noch vor Anbruch des Tages auf der Veranda und sah ihnen nach. Matts Zwinkern verursachte ihr ein aufgeregtes Kribbeln im Bauch, dann verschwand er mit all den anderen Männern. Sein Verhalten erregte und irritierte sie gleichermaßen. Wenn er sie nicht wollte, wieso neckte er sie dann ständig?

Ihr wurde außerdem klar, dass zehn Tage ohne ihn eine viel zu lange Zeit waren. Schon am ersten Tag fühlte sie sich, als hingen ständig dunkle Wolken über ihr.

Ein zweiter trüber Tag kam und ging.

Ihre Gefühle für Matt waren offenbar stärker, als ihr selbst bewusst gewesen war. Und was hatte er doch gleich zu ihr gesagt? Dass sie ihm schon immer viel bedeutet hatte und sie seit ihrem Wiedersehen begehrte. War das nicht romantisch?

194

Und wann genau hatte sie entschieden, dass sie Romantik in ihrem Leben brauchte?

Am dritten Tag, nachdem sie Rosita in der Küche geholfen und mit Susanna das Haus geputzt hatte, ging Molly hinaus in den Stall, um etwas Zeit mit Pecos zu verbringen. Sie hatte nicht erwartet, dass ihre Stimmung noch schlechter werden könnte, aber ein einziger Blick auf einen herannahenden Reiter belehrte sie eines Besseren.

Der Horizont hatte sich bereits zu einem strahlenden Orange verfärbt und die Luft war kühl, als er näher herankam und sein Pferd schließlich zügelte.

Molly erkannte sofort, dass es sich um Davis Walker handelte. Sie stand wie angewurzelt da, auf seltsame Art fasziniert davon, ihren leiblichen Vater vor sich zu haben.

Davis stieg ab und führte das Pferd am Zügel hinter sich her. Als er nur noch wenige Schritte von ihr entfernt war, nahm er seinen Hut ab. Aus seinem kantigen, wettergegerbten Gesicht blickten ihr blaue Augen entgegen. Graue Stoppeln bedeckten Wangen und Kinn. Molly fragte sich, ob sie ihm ähnlich sah.

„Molly, nicht wahr?", fragte er zögernd.

Da sie nicht wusste, was sie hätte sagen sollen, nickte sie einfach. Sie war sich nicht einmal sicher, ob sie überhaupt mit ihm reden wollte.

„Seit Jonathan vor einigen Tagen bei mir war, musste ich die ganze Zeit darüber nachdenken, dass ich dich mit Matthew getroffen habe. Ich hatte gehofft, dich hier zu finden."

Molly blieb stumm.

„Du kennst mich, oder?"

Endlich fand sie ihre Stimme wieder. „Was wollen Sie von mir?"

„Du gehörst zu den Harts?" Sein Blick war besorgt, beinahe ängstlich. „Du bist das mittlere Mädchen, Molly Hart."

Es war unsinnig, es zu leugnen, aber bestätigen wollte sie es auch nicht. Sie sah ihn an und versuchte, hinter einer gleichgültigen Maske den Schmerz zu verstecken, der an die Oberfläche drängen wollte.

„Heiliger Jesus Christus", murmelte Davis. „Du bist es wirklich. Ich konnte es nicht glauben, aber dann kam Jonathan vorbei und fing wieder mit der alten Geschichte an, wie damals die Ranch der Harts überfallen wurde. Und dann fiel mir die Begegnung mit dir und Matt ein. Da kamst du mir schon bekannt vor. Und jetzt weiß ich auch warum. Wo zum Teufel hast du all die Jahre gesteckt?"

„Ich wüsste nicht, was Sie das angeht." Mollys tonlose Stimme verbarg sorgfältig ihre Gefühle.

„Ich denke, es geht mich sehr wohl etwas an." Er wirkte enttäuscht, beinahe traurig.

Aber das konnte nicht sein, dachte Molly. Dieser Mann war doch verantwortlich für den Überfall auf ihre Familie. Er war ein rücksichtsloser, bösartiger und sittenloser Mann. Aber er war auch ihr Vater. Bei Gott, ihr wurde übel.

„Deine Mutter hat mir sehr viel bedeutet und du auch. Ich bin wirklich froh, dass du noch am Leben bist." Er wirkte beinahe aufrichtig. „Du kannst dir nicht vorstellen, wie entsetzt ich war, als Rosemary ermordet wurde. Und dann noch der Gedanke, dass du auch tot warst. Ich nahm an, das sei die Strafe für meine Sünden, vielleicht ist das tatsächlich so. Aber nun bin ich ein alter Mann und es ist an der Zeit, Buße zu tun."

„Ich will Ihre Beichte nicht hören."

„Das solltest du aber." Er drehte nervös seinen Hut in den Händen. Ihm war nicht wohl bei der Sache, das war offensichtlich. Molly wollte seine Verletzlichkeit nicht sehen. Das machte es schwieriger für sie, ihn zu hassen.

„Ich habe deine Mutter geliebt", sagte er schroff. „Wir kannten einander, lange bevor sie Robert Hart heiratete. Es ist eine lange Geschichte." Er räusperte sich und fuhr fort. „Sie hat mir das Herz gebrochen, Tausende Male, aber ich brachte es dennoch nicht über mich, sie dafür zu hassen. Eine Weile blieb sie bei mir, ich nehme an, aus Mitleid, aber es machte für mich keinen Unterschied."

„Sie müssen mir das nicht erzählen." Wieso in aller Welt wollte er sich ihr jetzt anvertrauen? Wieso sollte es ihm wichtig sein, dass sie seine Version der Geschichte hörte?

„Doch, ich muss. Du lebst, du bist nicht ohne Grund hier. Es vergeht kein einziger Tag, an dem ich nicht an Rosemary denke. An dem ich nicht an dich denke."

Endlich verstand Molly. Davis wusste, dass er ihr Vater war.

„Was genau wollen Sie denn jetzt von mir?" Sie konnte ihren Zorn nicht länger aus ihrer Stimme verbannen. „Soll ich Sie etwa Pa nennen und mit offenen Armen empfangen?"

„Du weißt Bescheid?"

„Glauben Sie mir, ich wünschte, es wäre anders."

„Hat Rosemary es dir erzählt? Sie hat geschworen, du wärst Roberts Tochter, aber ich wusste, dass das nicht stimmte. Sie hat mir verboten, mich dir zu nähern."

„Haben Sie ihn deshalb getötet?" Ihre Wut war nicht mehr zu zügeln. „Haben Sie deshalb Robert Hart und meine Mutter ermordet? Glauben Sie wirklich, Sie kommen damit durch? Auch wenn es schon so lange her ist?"

Davis stand da und bewegte sich nicht, vollkommen fassungslos. „Ich habe Robert nicht ermordet und Rosemary erst recht nicht. Denkst du das etwa?" Seine Hände zitterten. Auch das hätte sie lieber ignoriert.

„Es geht nicht darum, was ich denke. Allein die Wahrheit zählt. Sie werden sich für alles, was Sie getan haben, verantworten müssen. Aber bis dahin will ich Sie nicht sehen oder mich in Ihrer Nähe aufhalten müssen oder auch nur daran erinnert werden, wer Sie sind."

„Molly, ich habe deine Mutter nicht umgebracht. Zugegeben, ich hatte meine Probleme mit Robert, aber ich hätte ihm doch niemals den Tod gewünscht. Ja, ich habe oft gehofft, er würde verschwinden, aber doch nicht so. Ich war vielleicht nicht immer der Mann, der ich gern geworden wäre, und ich weiß, ich habe anderen Menschen wehgetan, aber ich bin kein Mörder."

„Wenn Sie Vergebung suchen, die finden Sie bei mir sicher nicht." Molly kämpfte gegen die aufsteigenden Tränen an. „Ich schäme mich, mit Ihnen verwandt zu sein!"

„Wie dem auch sei, ich schäme mich nicht. Du bist ein Teil von Rosemary und mir. Das werde ich niemals als Fehler ansehen."

Er stieg auf sein Pferd und musterte sie noch einmal. Dann wendete er das Tier und ritt hinaus in die Nacht. Als Molly sicher war, dass er weg war, zwang sie ihre zitternden Beine, sie bis zu Pecos' Stall zu tragen. Es dauerte eine ganze Weile, bis sie ins Haus zurückkehrte.

AM NÄCHSTEN MORGEN traf Nathan Blackmore ein und leistete Molly und Susanna beim Frühstück Gesellschaft.

„Ich bin mir sicher, Matt wird es bedauern, dich verpasst zu haben", sagte Susanna und schmierte Butter auf ihr Brot. „Du bist uns natürlich willkommen, bis er wieder da ist."

Nathan lächelte, was die Narbe auf seiner Wange noch vertiefte. Er saß Molly gegenüber und sie fand, er war ein sehr gut aussehender Mann, trotz der Narbe. Dunkles Haar, warme braune Augen, eine kräftige Statur. Aber so attraktiv er auch war, sie hatte dennoch eine tiefe Enttäuschung empfunden, als er am Morgen auf das Haus zugeritten war. Einen Moment lang hatte sie geglaubt, es wäre Matt.

„Ich bleibe ein paar Tage, vielleicht kommen die Männer ja zeitig zurück. Dann sollte ich mich aber wieder auf den Weg machen."

„Nach Kalifornien?", fragte Susanna.

Er nickte und trank seinen Kaffee aus. Molly fiel auf, dass er seinen Teller binnen weniger Minuten komplett leer gegessen hatte. Die Männer hier in der Gegend verschlangen ihr Essen geradezu. Sie hingegen schob mit der Gabel ihr Rührei auf dem Teller hin und her.

„Meine Schwester hat kürzlich ein Kind bekommen. Ich dachte, es ist an der Zeit, ihr und ihrem Mann einen Besuch abzustatten."

„Meine Schwester Emma lebt in San Francisco", sagte Molly. „Vielleicht sollte ich mit dir reisen."

Nathan blickte sie erstaunt an.

„Molly, ich denke, wir sollten abwarten, bis wir Nachricht von deiner Tante Catherine haben, bevor du eine so lange Reise antrittst", meinte Susanna.

„Und ich bezweifle, dass Matt es gern sähe, wenn du mit mir nach Kalifornien reitest", meinte Nathan.

„Wieso sollte es ihn kümmern?" Molly zuckte zusammen, als sie die Bitterkeit in ihrer Stimme hörte. Sie musste sich besser zusammenreißen in Gegenwart seiner Mutter.

„Ja, wieso sollte es?", murmelte Susanna.

Nathan stand auf. „Ich halte wohl besser den Mund, bis Matt wieder da ist und für sich selbst sprechen kann. Wenn ihr mich bitte entschuldigt, Ladys? Ich werde schauen, ob ich mich derweil ein wenig auf der Ranch nützlich machen kann, um euch unter die Arme zu greifen."

„Das ist wirklich nett von dir, Nathan, aber das musst du nicht", erwiderte Susanna.

„Kein Problem. Ich beschäftige die Hände und halte den Mund." Er verließ das Zimmer, und kurz darauf hörte man in der Stille die Haustür auf- und zugehen.

Susanna lehnte sich auf ihrem Stuhl zurück. „Nathan ist ein anständiger Kerl. Ich kann verstehen, warum Matt mit ihm befreundet ist."

„Wenn Sie mich entschuldigen würden …" Molly stand auf.

„Warte." Susanna legte ihr eine Hand auf den Arm. „Hast du es eilig, von hier fortzukommen?"

Molly setzte sich wieder hin. „Ich weiß nicht, womit ich es eilig habe."

„Davis war gestern Abend hier. Was hat er gewollt?"

Sie zuckte mit den Schultern. „Ich bin nicht sicher, was ich von alldem halten soll. Er weiß, wer ich bin, er weiß, dass er mein Vater ist, und er behauptet, er hätte mit dem Tod meiner Eltern nichts zu tun."

„Verstehe. Willst du deshalb aus Texas fort?"

„Wo gehöre ich denn hin?" Die Sehnsucht in ihrer Stimme erstaunte sie selbst. „Ich kann nicht ewig hier bleiben, auch wenn ich Ihre Gastfreundschaft sehr zu schätzen weiß."

„Aber natürlich kannst du das. Ich wüsste nicht, was mir lieber wäre." Susanna zögerte. „Ist es wegen Matthew?"

Unsicher, wie viel sie preisgeben durfte, meinte Molly: „Ich bin wegen ihm ganz durcheinander."

Susanna lachte. „Ach herrje. Das bringt mich ein wenig in Schwierigkeiten. Wäre er irgendein anderer Mann, dann würde ich dir raten, mir alles zu erzählen, was vorgefallen ist, damit ich dir helfen kann. Aber da es sich um meinen eigenen Sohn handelt, würde es wohl eher wie Einmischung meinerseits aussehen. Daher will ich dir nur folgenden Rat geben: Hab Geduld. Die Männer brauchen manchmal etwas länger, bis sie merken, was ihr Herz ihnen sagen will. Bei gewissen anderen Dingen geht das schneller. Aber vor allem solltest du deinem eigenen Herzen folgen, Molly. Und wenn dich das nach Kalifornien führt, dann werden wir dich dabei unterstützen."

„Danke."

Susanna beugte sich vor und küsste sie auf die Wange. „Wir sollten raus in den Stall und Nathan helfen. Ein Mann sollte nie den Eindruck haben, er könnte Frauen so leicht entkommen."

Zum ersten Mal, seit Matt fort war, musste Molly herzlich lachen.

IN DER NACHT zog ein Sturm auf und Molly erwachte von dem Lärm, auf dem Fußboden, wo sie mal wieder geschlafen hatte. Da sie nicht wieder einschlafen konnte, lauschte sie auf die Kräfte der Natur, voller Sorge, wie es Matt da draußen erging. Sie ermahnte sich, dass alle Cowboys der Ranch da draußen waren, aber wie üblich beschäftigten sich ihre Gedanken ausschließlich mit Matt.

Das Gewitter erinnerte sie an die erste Nacht, die sie mit Matt verbracht hatte, in dem verlassenen Haus ihrer Eltern, wo sie nur für wenige Jahre gelebt hatte. Dennoch betrachtete sie es als den Ort, an dem ihr Herz hing und an dem das Zuhause war, an das sie sich erinnerte. Das Zuhause, mit dem sie alle anderen verglich.

Sie schob die Decken beiseite, stand auf und ging zum Fenster. Sie zitterte in der kühlen Nachtluft und wünschte sich, sie hätte das längere Nachthemd angezogen, das sie von Susanna bekommen hatte. Wie in den vergangenen Nächten trug sie wieder eines von Matts Hemden, natürlich ausschließlich aus Gründen der Bequemlichkeit. Sicher hatte es nichts mit dem Mann zu tun, dessen breite Schultern das Hemd normalerweise ausfüllten.

Sie glaubte, ein leises Klopfen zu vernehmen, doch das hatte sie sich wohl nur eingebildet. Frierend verschränkte sie die Arme vor der Brust.

Nein, da war es wieder.

Stirnrunzelnd blickte sie zur Tür. Tatsächlich, das Klopfen kam von dort. Sie nahm an, es sei Susanna, daher ging sie zur Tür und öffnete.

Ihr blieb die Luft weg, als sie den nassen Mann vor sich erkannte.

Matt.

Ihr schlug das Herz bis zur Kehle. Sie war so benommen, dass sie gar nicht wusste, was sie tun sollte. Das Bedürfnis, ihm um den Hals zu fallen, rang mit der Frage, warum er hier war.

„Ich habe von Davis gehört", sagte er. „Und habe mir Sorgen um dich gemacht. Ich bin so schnell wie möglich hergekommen."

Unfähig, auch nur ein Wort herauszubringen, starrte Molly ihn an. Sie standen ganz allein mitten in der Nacht in der Tür zu ihrem Schlafzimmer. Sicher deutete sie seine Körpersprache nicht falsch.

„Ich kann mich nicht länger von dir fernhalten, ich will es auch gar nicht."

Sie konnte nicht fassen, dass er hier war, sie hatte ihn in den letzten Tagen so sehr vermisst.

„Dann versuch das doch gar nicht erst." Die Intimität der Dunkelheit verbarg ihre Erleichterung. Sie packte mit einer Hand seine Gürtelschnalle, zog ihn ins Zimmer und schloss die Tür.

Kapitel Dreiundzwanzig

Matt zog Mollys nur spärlich verhüllten Körper an sich und küsste sie voller aufgestauter Leidenschaft, die er seit Wochen unterdrückt hatte. Er begehrte sie, er brauchte sie, und er konnte es nicht länger verleugnen.

Auch sie hielt nichts zurück. Da er wusste, wie unerfahren sie war, erregte und erfreute ihn ihre Reaktion umso mehr. Entschlossen schob er jedes Argument beiseite, warum er sie besser nicht küssen sollte, und fragte sich, wie er es überhaupt geschafft hatte, sich so lange von ihr fernzuhalten. Schon jetzt war er von Begierde schier überwältigt, dabei hatte er sie doch kaum angerührt.

Er würde sie heute Nacht bekommen, ohne jegliche Zurückhaltung. Der Gedanke an ihre Vereinigung ließ ihn erschauern, aber er zwang sich, langsam vorzugehen.

Er nahm ihr Gesicht zwischen beide Hände und flüsterte: „Bitte sag mir, dass du das hier willst."

„Ja." In ihrer Stimme lag kein Zögern, keine Angst. Ihre Offenheit und ihr Vertrauen erstaunten ihn.

„Wir haben die ganze Nacht für uns, kein Grund zur Eile." Er wusste jedoch nicht, ob er sie oder eher sich selbst davon überzeugen wollte.

„Ich habe zehn Jahre gebraucht, um dich zu finden. Ich will nicht länger warten."

Ihr Mund senkte sich auf seinen und er kostete ihre Lippen und bewahrte das Gefühl in seiner Erinnerung, prägte sich jeden Zentimeter ihres zarten Gesichts und den eleganten Schwung ihres Halses ein. Sie erschien ihm wie ein Traum, wunderschön und perfekt.

Sie machte sich an den Knöpfen seines Hemdes zu schaffen. Er zog es aus, fuhr mit den Händen unter den Saum ihres Hemdes und packte ihren Po. Dann schob er ihr die lange Unterhose herunter, streichelte über ihre Brüste und lächelte, als sie nach Luft schnappte. Mit geschickten Fingern entfernte er ihre Kleidung, bis sie vollkommen entblößt vor ihm stand.

Ein Blitz erhellte ihre samtweiche Haut, ihre festen, vollen Brüste reagierten auf seine Berührung. Er ging auf die Knie, umfasste ihre Hüften und ließ seinen Mund über ihre Brust bis hinunter zur verlockenden Wölbung ihres Bauches wandern. Er lehnte seine Stirn dagegen und genoss den Anblick des dunklen Haars zwischen ihren Schenkeln.

„Du bist wunderschön", raunte er.

Tief durchatmend stand er wieder auf und küsste sie stürmisch. Ihre Brüste pressten sich an ihn und er konnte nur mit Mühe sein Verlangen im Zaum halten. Rasch hob er sie hoch und trug sie zum Bett, ganz gefangen von der Begierde, die er auf ihrem Gesicht erkannte. Sie hatte keine Angst vor ihm und dafür war er sehr dankbar.

Er zog seine Stiefel aus, wobei er darauf achtete, seinen verletzten Fuß zu schonen, dann folgten der Revolvergürtel und die Hose. Er musterte Molly, um zu sehen, ob sie angesichts seiner Nacktheit nervös wurde, aber sie fuhr mit einer Hand über seine Brust, während sie mit der anderen zögernd seinen linken Schenkel streichelte. Mehr brauchte er nicht als Ansporn. Er küsste sie, ließ seine Zunge mit ihrer tanzen, spreizte ihre Beine und schob sich zwischen sie.

Er war erregt und bereit, aber er zwang sich noch immer zur Behutsamkeit. Mit einer Hand stützte er sich auf der Matratze ab, dann drang er mit einem Finger in sie ein. Ihre Augen weiteten sich überrascht, aber sie wölbte ihm ihre Hüften entgegen. Sie war erregt und feucht, absolut bereit für ihn. Er ließ einen zweiten Finger folgen.

„Ich möchte sicher sein, dass ich dir nicht wehtue", erklärte er angestrengt.

Schließlich konnte er nicht länger warten. Mit einem raschen Stoß versank er in ihr und sie keuchte auf. Er zog ihre Hüfte bis an die Bettkante, um sie noch tiefer zu erkunden. Reglos verharrte er so und zog eine Spur Küsse über ihren Hals und ihre Schultern. Ihre Hände krallten sich in seinen Rücken, als sie unter ihm erbebte.

Leidenschaftlich ließ er seine Zunge mit der ihren spielen, aber noch immer bewegte er sich nicht in ihr. Er hätte diese süße Qual der Zurückhaltung gerne noch länger ausgekostet, aber Molly verlor schnell die Geduld mit seinem langsamen Tempo.

„Matt", keuchte sie, „bitte."

Er legte ihre Beine um seine Hüften, dann schob er seine Hände unter ihren Po. Erst jetzt fing er an, sich in ihr zu bewegen. Schon nach wenigen Augenblicken erreichte er den Gipfel der Lust, wurde davon verschlungen und verlor jegliches Gefühl für Raum und Zeit, jegliches Gefühl für sich selbst.

Als er sich in ihr ergoss, spürte er, wie auch sie von den Wogen der Ekstase davongetragen wurde. Fest umklammerte sie ihn und er hielt sie eng an sich gepresst, als sie von ihrer gemeinsamen, berauschenden Leidenschaft überwältigt wurden. Nur langsam kehrte er ins Hier und Jetzt zurück.

„Verdammt", murmelte er an ihrem Hals. „Nun werde ich mich erst recht nicht mehr von dir fernhalten können."

„Ich glaube nicht, dass ich genug Kraft habe, um mich zu rühren", flüsterte sie.

„Gib mir ein paar Minuten, dann können wir es noch einmal tun."

„Wirklich?", fragte sie atemlos.

Er lachte leise. „Um genau zu sein, wäre ich schon wieder so weit." Er prüfte diese Behauptung und bewegte sich kurz. Ja, er war bereit. Er stützte sich auf die Arme und blickte auf sie herab. „Es gibt noch andere Arten, wie wir uns lieben können. Falls du wund bist, meine ich."

„Da ich keine Ahnung habe, wovon du redest, bist du entscheidend im Vorteil."

Er wollte ihr sagen, dass sie die ganze Zeit im Vorteil war und es wahrscheinlich immer bleiben würde, aber auf diese intime Weise hier mit ihr vereint zu sein, raubte ihm buchstäblich die Worte. Er beugte sich herab und küsste sie zärtlich. „Wir lassen es langsam angehen." Und das war der letzte vernünftige Gedanke, den er in dieser Nacht hatte.

KURZ VOR SONNENAUFGANG ERWACHTE MOLLY. Sie lag auf dem Bauch, und Matt fuhr mit den Fingerspitzen sanft über ihren Rücken. Seine Lippen gesellten sich dazu und er glitt hinunter bis zu ihren Beinen. Tief in ihr regte sich Verlangen, verblüffend drängend und heftig. Sie hatte nicht erwartet, dass sie das Liebesspiel so sehr genießen und sich ihm so gern hingeben würde. Matt gab ihr das Gefühl, sie sei die wundervollste Frau, mit der er je zusammen gewesen war. Sie würde sich später darüber Gedanken machen, ob das stimmte.

Mit einem zufriedenen Stöhnen rollte sie sich auf den Rücken, und Matt machte sich eifrig daran, ihre Vorderseite mit den Lippen zu erkunden. Sie hatte keine Ahnung gehabt, dass ihre Brüste so empfindsam waren, geschweige denn, dass seine Berührung zwischen ihren Schenkeln eine derartige Sehnsucht in ihr wecken würde, dass sie erzitterte und sich an ihn klammerte, um Befriedigung zu finden.

Sie vereinigten sich erneut, ebenso leidenschaftlich wie Stunden zuvor, bis sie schwitzend und schwer atmend auf dem Bett lagen.

Matt schmiegte sich an sie, seine Wange fühlte sich auf ihrer Haut kratzig an. Molly ignorierte es und spielte mit seinen Haaren.

„Die Sonne wird gleich aufgehen", sagte er in die Stille hinein. Sein Atem wärmte ihre nackte Haut. Der Sturm hatte endlich nachgelassen. „Ich muss wieder los."

Sie wusste, dass es sein musste, aber insgeheim wollte sie nicht, dass diese Nacht je endete.

„Wieso bist du zurückgekommen?", fragte sie und fuhr mit der Hand über seine muskulöse Schulter. Sie betrachtete ihre beiden Körper und erfreute sich an den Unterschieden: seinem festen, flachen Leib im Kontrast zu ihren weichen Rundungen. Sie hatte ihren Körper nie so wahrgenommen. Sie fühlte sich weiblich, beinahe zerbrechlich. Diese Erkenntnis war so neu, als würde sie sich selbst zum ersten Mal wirklich wahrnehmen.

„Ich hatte gehört, dass Davis hier war. Ich wollte nicht, dass du allein mit dir ausmachen musst, was auch immer zwischen euch vorgefallen ist." Er drehte den Kopf und küsste sie auf die Brust.

„Er weiß alles", sagte sie. „Aber er leugnet, für den Überfall verantwortlich zu sein."

„Du musst dich ihm nicht allein stellen. Ich werde bei dir sein, wenn du das möchtest."

„Was ich möchte", hauchte sie, „ist, dass diese Nacht niemals endet."

Er zupfte sanft an ihrer Brustknospe. „Ich denke, ich habe das Beste aus der wenigen Zeit gemacht." Er rutschte nach oben, bis sie auf Augenhöhe waren. „Es gab noch einen anderen Grund, warum ich hergekommen bin. Ich hatte erfahren, dass Nathan da ist, und war eifersüchtig."

„Wirklich?" Sie war erstaunt. „Er ist nett, auf seine eigene raue

207

Art, aber ich hatte nie irgendein Interesse an ihm oder an irgendjemandem sonst, wo wir schon dabei sind. Nach dieser Nacht solltest du daran keine Zweifel mehr haben."

„Diese Nacht hat alles verändert."

Molly wusste, dass er recht hatte, und der Gedanke stimmte sie ein wenig traurig. Sobald Matt das Zimmer verließ, würden sie vielleicht nie wieder diese Intimität erleben dürfen.

„Ich muss gehen." Er küsste sie und schon bald beließen sie es nicht mehr dabei, sanft und zärtlich zu sein. Bevor er erneut die Beherrschung verlieren konnte, zog Matt sich zurück. „Ich hätte nie gedacht, dass es mir so schwerfallen könnte, mich von dir zu verabschieden." Er stieg aus dem Bett und suchte seine Kleidung zusammen.

Bekleidet mit seiner Hose und mit offenem Hemd beugte er sich schließlich über sie und küsste sie zwischen die Brüste. „Wir sehen uns beim Frühstück."

„Falls ich laufen kann", entgegnete sie scherzend und streichelte ein letztes Mal sein Gesicht.

Grinsend verließ er, die Stiefel in einer Hand und mit kaum merklichem Humpeln, ihr Zimmer.

DIE ERSTEN SONNENSTRAHLEN drangen durch die Vorhänge vor dem Fenster, als Matt auf den Flur trat. Nebenan wurde eine Tür geöffnet und Nathan erschien, bereit für den Tag. Er lachte, als er Matt entdeckte.

„Nathan." Matt schüttelte ihm die Hand. „Schön, dich zu sehen." Er wusste, dass sein Anflug von Eifersucht unbegründet gewesen war, aber er hatte nun einmal so empfunden.

Als seine Mutter einen Boten mit der Nachricht zu seinem Vater geschickt hatte, dass Davis ihnen einen Besuch abgestattet hatte und Nathan auf der Ranch eingetroffen war, hatte das gereicht, um Matt sein unerträgliches Verlangen, Molly wiederzusehen, in die Tat umsetzen zu lassen. Selbst ein langer Ritt durch den Regen hatte ihn nicht abschrecken können.

„Dein Zeitgefühl war schon immer hervorragend", meinte Matt.

„Du hast dich darüber noch nie beklagt." Nathan lehnte lässig im Türrahmen und verschränkte die Arme vor der Brust. „Ich bezweifle allerdings, dass dein plötzliches Auftauchen mitten in der Nacht allzu viel mit mir zu tun hatte."

Matt warf einen Blick auf Mollys Tür. „Sag noch nichts", bat er leise. „Ich muss erst noch einige Dinge klären."

„Der Teufel soll mich holen", murmelte Nathan. „Du willst ihr also einen Antrag machen, was?"

„Schau nicht so überrascht." Aber Matt war selbst erstaunt. Die letzte Nacht hatte ihn vollkommen überwältigt. Natürlich war er mit den besten Absichten zu Molly gegangen, aber nun konnte er sich ein Leben ohne sie gar nicht mehr vorstellen. „Ein Mann muss schließlich irgendwann sesshaft werden, selbst du."

Nathan schüttelte grinsend den Kopf. „Ich bin noch keiner Frau begegnet, die mich in Versuchung geführt hätte. Hat Molly vielleicht eine Schwester?"

Matt ignorierte die Frage und lief zur Treppe. „Ich muss mich erst noch umziehen. Wir sehen uns beim Frühstück."

„Falls du nicht vorher einschläfst."

Kapitel Vierundzwanzig

Molly betrat das Speisezimmer und erstarrte, als Matt und Nathan plötzlich aufhörten zu reden und sie anblickten.

„Guten Morgen", sagte Matt lächelnd. Sie fand es ungerecht, dass er so wach wirkte, nach ihrer gemeinsamen schlaflosen Nacht. Und natürlich sah er außerdem umwerfend gut aus. Sie gab sich betont unbeeindruckt, was sich als beinahe unmöglich herausstellte. Ihr Herz raste bereits wieder wie eine in Panik geratene Rinderherde.

Ein wenig verlegen setzte sie sich. „Guten Morgen. Wo ist Susanna?"

„Sie schaut auf der Ranch nach dem Rechten, wenn der alte Herr nicht da ist", erwiderte Matt. „Sie war hier und ist schon wieder weg."

„Oh." Molly legte ihre Hände in den Schoß. Ihr Blick wanderte kurz vom Tisch zur Decke hinauf. Als Nathan ihr zuzwinkerte, hatte Molly genug. „Tja, ich gehe dann mal in die Küche und hole mir etwas zu essen. Ich will Rosita nicht bemühen." Rasch verließ sie das Zimmer.

In ihrer Hast hätte sie die mexikanische Hausangestellte in der Tür zur Küche beinahe umgerannt. „Rosita! Entschuldige bitte." Sie hielt die Frau fest, damit sie das Gleichgewicht nicht verlor.

„Wieso hast du es so eilig?", fragte Rosita und schnappte nach Luft.

„Ich wollte mir nur schnell etwas zu essen machen."

Die Mexikanerin hielt ihr einen Teller hin. „Da, bitte. Ich wollte dir gerade etwas bringen."

Sie nahm den Teller, zögerte dann aber. „Danke." Nachdenklich blickte sie auf den langen Tisch in der Küche, der für die Cowboys gedacht war. „Vielleicht sollte ich einfach hier essen." Sie setzte sich hin und stocherte in ihrem Rührei.

„Ich bringe dir Kaffee." Rosita kam mit der Kanne und füllte das heiße Getränk in eine Tasse mit zartem Blumenmuster. Gedankenverloren betrachtete Molly die Blumen.

„Wieso bist du hier?", fragte die ältere Frau schließlich.

„Ich bin gern in deiner Gesellschaft, Rosita."

Sie winkte lächelnd ab. „Du lügst gar nicht gut."

„Ich lüge nicht", erwiderte Molly ein wenig pikiert.

„Señor Matt ist gestern zurückgekommen." Rosita musterte sie und nickte. „Das ist es. Sí, das ist es."

„Das ist was?"

„Er sagt, sein Fuß macht Schmerzen, aber er ist gekommen wegen dir."

Molly steckte sich ein Stück Brot in den Mund. „Mag sein", nuschelte sie.

Rosita lachte und machte sich an den Abwasch. „Ich mag dich." Sie zeigte mit einem nassen Finger auf sie. „Du bist gut für ihn."

Seufzend schob Molly den Teller von sich. Sie hatte keinen Appetit mehr. Wusste denn jeder hier im Haus über sie und Matt Bescheid? Dass Susanna es auch wissen könnte, trieb ihr die Schamesröte ins Gesicht. Grundgütiger, wenn sie an all die Dinge dachte, die Matt mit ihr getan hatte! Ihre Wangen brannten und ihr Körper fing an zu kribbeln. Sie fragte sich, ob sie je wieder in einem Raum mit ihm sein könnte, ohne sich seinen nackten, muskulösen Körper vorzustellen. Sie bezweifelte, dass Susanna das gemeint haben könnte, als sie Molly geraten hatte, ihrem Herzen zu folgen.

„Wir haben Besuch." Susannas Stimme war bis in die Küche zu hören.

Rosita blickte den Flur hinunter und zog sich sofort wieder in die Küche zurück. „Es ist Señora McAllister", sagte sie leise. „Sie hat eine hübsche junge Frau dabei. Du siehst besser zu, dass du deine Krallen in Señor Matt schlägst, bevor die Frau sich in ein gemachtes Nest setzt, in das sie nicht gehört."

Molly wurde das Herz schwer. Der Tag verlor sehr schnell seinen Zauber, dachte sie betrübt. Sehnsuchtsvoll blickte sie zur Hintertür und stellte sich vor, wie sie mit Pecos über die Prärie galoppierte. Aber das hieße, Matt mit der hübschen jungen Frau allein zu lassen, bei der es sich fraglos um Mrs McAllisters Tochter handelte. Die Frau, die dazu auserkoren war, Matts Gattin zu werden.

Ohne große Begeisterung betrat Molly das Wohnzimmer. Matt und Nathan standen links von ihr, der eine hatte lässig eine Hand auf eine Stuhllehne gelegt, der andere lehnte mit der Hüfte am Tisch. Sie machten beide nicht den Eindruck, als wollten sie sich länger mit den beiden Damen unterhalten, was Molly wiederum Hoffnung gab, dass dieser Besuch nicht lange dauern würde.

Mrs McAllister hatte mit ihrer Tochter auf dem Sofa Platz genommen. Die junge, hübsche Frau hatte blondes Haar, das in kleinen Locken hochgesteckt war. Ihr dunkelgrünes Seidenkleid sah teuer aus. Susanna saß den beiden gegenüber, mit dem Rücken zu Nathan und Matt.

„Molly." Susanna streckte eine Hand nach ihr aus. „Komm und leiste uns Gesellschaft."

Molly setzte sich in den Stuhl neben Matts Mutter.

„Molly Hart, ich hatte keine Ahnung, dass du noch immer hier sein würdest", meinte Mrs McAllister. Ihr Tonfall war ein wenig abfällig.

Molly kam endgültig zu dem Schluss, dass sie diese Frau nicht leiden konnte.

„Darf ich dir meine Tochter Lizzie vorstellen?"

Molly nickte und zwang sich zu einem halben Lächeln.

„Sehr erfreut, dich kennenzulernen", sagte Lizzie. Ihre ebenmäßige Haut war frei von Sommersprossen. Sie saß sehr steif und hielt den Rücken so gerade, dass Molly dachte, sie würde bei der geringsten Berührung umfallen. Sie war ohne Frage sehr hübsch, aber sie wirkte in diesem staubigen, öden Land vollkommen fehl am Platze.

Ungebeten tauchte ein Bild vor Mollys Augen auf: Lizzie bei den Comanche. Sie musste lächeln. Allein der Gestank hätte sie umgebracht.

„Du warst ja eine Weile fort, Lizzie", meinte Susanna. „Es muss schwierig sein, sich wieder einzugewöhnen. Ich kann mir vorstellen, dass das Leben hier eintöniger ist und in langsameren Bahnen verläuft als in Richmond."

„Ja, die Umstellung war nicht ganz leicht. Mama konnte es jedoch kaum erwarten, Sie mit mir zu besuchen. Ich hoffe, Sie haben nichts dagegen, dass wir bei Ihnen hereinschauen?"

„Aber ganz und gar nicht", erwiderte Susanna warmherzig.

„Ich freue mich zu sehen, dass dein Fuß gut verheilt, Matthew", bemerkte Mrs McAllister.

„Er ist fast so gut wie neu."

„Und Mr Blackmore, sind Sie auch Ranger?"

„Ja, Ma'am. Allerdings habe ich mir einige Zeit freigenommen, um meine Schwester in Kalifornien zu besuchen."

„Das ist weit weg von hier. Woher stammt Ihre Familie?"

„Aus Missouri."

„Wie schön."

„Wenn die Damen uns entschuldigen würden", sagte Matt. „Es gibt einiges zu tun für uns."

„Selbstverständlich", erwiderte Mrs McAllister.

Aus dem Augenwinkel sah Molly, wie Matt und Nathan das Zimmer verließen. Nur mit Mühe widerstand sie dem Drang, den beiden zu folgen.

„Nun, Molly, wir haben einiges über dich gehört." Mrs McAllister trank einen Schluck Kaffee. „Wie schrecklich, was deiner Familie damals widerfahren ist."

„Danke." Molly fragte sich, wer wohl mit Mrs McAllister über sie geredet hatte.

„Du hast wirklich Glück, noch am Leben zu sein. Wie lange willst du bei den Ryans bleiben?"

„Molly gehört für uns zur Familie", mischte sich Susanna ein. „Wir haben ihren Schwestern geschrieben und warten auf eine Antwort. Dann kann sie sich überlegen, was sie tun möchte."

„Ja, es ist wichtig, bei seiner Familie zu sein, nicht wahr? Ich bin so froh, meine Lizzie wieder bei mir zu haben." Sie lächelte ihre Tochter an. „Vielleicht möchtest du den Männern bei der Arbeit zusehen, Liebes? Es wird dir das Leben auf einer Ranch wieder in Erinnerung bringen."

„Ein wenig frische Luft wäre sicher gut", sagte Susanna. „Elizabeth, wollen wir beide unseren Kaffee auf der Veranda trinken? Ich bin sicher, Molly führt Lizzie gern herum."

„Ausgezeichnet", antwortete die ältere Frau.

Mollys Stimmung sank noch tiefer. Ihr Tag war soeben den Geiern zum Opfer gefallen. Sie konnte nur hoffen, dass sie Lizzie McAllister nicht allzu lange am Hals hatte.

„Es ist so still hier draussen", bemerkte Lizzie und öffnete auf dem Weg zum Stall ihren Schirm, der farblich zu ihrem Kleid passte.

Molly blickte zum Himmel. Kein Regen in Sicht, aber Lizzie war offenbar anderer Ansicht. Molly band ihr dickes Haar mit einem Lederband im Nacken zusammen und setzte sich dann ihren Hut auf. „Reitest du?"

„Selbstverständlich. Allerdings ist es schon eine Weile her, dass ich ein wildes, räudiges Pferd aus dieser Gegend geritten habe. Im Osten reiten die Frauen im Seitsitz in einem Damensattel."

„Hmm." Molly konnte sich nicht vorstellen, welchen praktischen Grund es dafür geben könnte. „Möchtest du eines der wilden, räudigen Pferde der Ryans reiten?"

„Später vielleicht." Sie verzog angewidert das Gesicht, als sie um ein paar Pferdeäpfel herumging. „Ich nehme an, es ist ohnehin offensichtlich, aber Mama hat diesen widersinnigen Plan, mich mit Matthew Ryan zu verheiraten. Daher sollte ich ihn wohl mit meinen weiblichen Reizen bezirzen. Das verstehst du doch sicher, nicht wahr?"

Kein bisschen. In Molly brodelte es.

Lizzie streckte einen Arm aus, damit sie stehen blieb. „Meine Mutter meinte, du kennst die Familie Ryan schon sehr lange. Wie ist Matthew denn so? Was für eine Art Mann ist er?"

Molly starrte die aufgetakelte Dame der Gesellschaft an und wusste nicht, was sie erwidern sollte. Sie hätte lügen und erzählen können, dass Matt ein fauler, gewissenloser Schurke sei, aber er verdiente es nicht, dass man so schlecht über ihn redete, egal, welche Gründe sie dafür haben mochte. Wenn sie allerdings verriet, wie sanft und fürsorglich er war, wie verantwortungsbewusst und gerecht, und dass er hart arbeitete und so zärtlich sein konnte, dass es ihr den Atem raubte, dann würde sich Lizzie sicher umgehend in ihn verlieben.

Genauso war es Molly schließlich auch ergangen.

Sie liebte ihn.

Natürlich liebte sie ihn. Wie hätte es nach der vergangenen Nacht auch anders sein können?

„Er ist ein guter Mensch", antwortete sie schließlich. „Einen besseren wirst du nicht finden."

„Das ist eine Erleichterung." Lizzie kicherte albern. „Und was ist mit Logan?"

„Was soll mit ihm sein?" Molly war verwirrt.

„Wie ist er so?"

„Genauso. Willst du sie etwa beide bezirzen?"

„Ob der eine oder der andere mein Gatte wird, ist meiner Mutter egal."

„Und dir auch?"

„Nun ja. Hier draußen könnte ich allein nie überleben. Mama kann sich nicht länger um unsere Ranch kümmern und ich habe keine Ahnung davon. Je eher ich heirate, desto besser."

Je eher, desto besser. Würde Matt wirklich eine solche Frau heiraten? Oder Logan?

Matt war in der vergangenen Nacht zu ihr gekommen und hatte sie voller Leidenschaft bis zum Morgengrauen geliebt. Aber sie wusste nicht, was sie davon halten sollte. Sie wollte keineswegs „ihre Krallen in ihn schlagen", wie Rosita es ausgedrückt hatte, und ihn zwingen, bei ihr zu bleiben. Sonst wäre sie schließlich keinen Deut besser als Miss McAllister.

Sie gingen hinüber zu einem Paddock neben dem Stall. Matt saß lässig auf dem Zaun, während Nathan mit einer wunderschönen, weißen Stute arbeitete, die er an einem Seil herumführte.

Sofort war Molly vom Anblick des Pferdes abgelenkt und stieg auf die unterste Latte des Zauns, um mit Matt auf einer Höhe zu sein. „Sie ist wundervoll", sagte sie, verzaubert von der Stute.

Matt grinste auf sie herab und nickte grüßend zu Lizzie hinüber. „Sie gehört Nathan. Falls sie je Interesse zeigt, könnte man sie mit Black für die Zucht verwenden."

„Hat er sie schon zusammengeführt?"

„Ja." Matt schob seinen Hut zurück. „Aber bisher spielt sie noch die Unnahbare. Daher versucht Nate erst einmal, sie an den Sattel zu gewöhnen."

„Wie heißt sie?"

„Winter."

„Wurde sie schon einmal geritten?"

Matt schüttelte den Kopf und schaute sie finster an. „Sag bitte nicht, dass du das tun willst."

„Nun ja, ich habe durchaus schon ein paar widerspenstige Tiere geritten, als ich bei den …" Ihr fiel plötzlich wieder ein, dass Lizzie neben ihr stand. „In den letzten Jahren", beendete sie den Satz.

Matt musterte sie aufmerksam, seine Augen glänzten und sie wusste genau, woran er dachte.

Sie lächelte ihn an, ihre Wangen glühten und sie wünschte, sie könnte mit ihm allein sein.

Da sie davon ausging, dass er und Nathan den Rest des Tages bei den Pferden verbringen würden, stieg sie wieder vom Zaun herunter. „Sag Bescheid, wenn er Hilfe braucht." Sie stemmte die Hände in die Hüften und wandte sich an Lizzie. „Möchtest du auch noch zur Scheune?"

„Nein, vielen Dank. Ich würde gern hierbleiben und Mr Blackmore zuschauen."

Molly bemühte sich, nicht mit den Augen zu rollen. Lizzie hatte ganz sicher keine Lust darauf, in der prallen Sonne zu stehen und zuzusehen, wie ein Wildpferd gezähmt wurde. Aber sie war offenbar der Ansicht, sie sollte mehr Zeit mit Matt verbringen.

„Achte auf die Schlangen!", rief Matt. Ihre Blicke trafen sich, als sie wegging, und seine Worte ließen sie schmunzeln.

„Schlangen?", fragte Lizzie.

Matts Lachen verstummte, als Molly den Stall betrat, um nach Pecos zu schauen.

Sie hatte die braune Stute gerade fertig gestriegelt, als sie draußen Matts Rufe hörte. „Aus dem Weg, sie springt gleich über den Zaun!"

Schnell öffnete sie die Stalltür, sprang auf Pecos' Rücken und ritt ohne Sattel aus dem Stall, gerade als Matt und Nathan ihre Pferde holen wollten.

„Was zum Teufel tust du da?", rief Matt.

„Ich kann sie einfangen." Sie trieb Pecos zum Galopp an und war weg, noch bevor Matt einen kräftigen Fluch ausstoßen konnte.

MATT UND NATHAN sattelten rasch ihre Pferde. Matt stieß einen lauten Fluch aus, Molly hatte einen großen Vorsprung.

Lizzie lief ihnen nach. „Kann ich helfen? Was soll ich tun?"

Matt beachtete sie kaum, als er sich in den Sattel schwang.

„Danke, Miss McAllister", sagte Nathan und blickte auf sie herab. „Wir kommen zurecht. Bis zum Essen sind wir bestimmt wieder da."

Nicht, falls Molly sich vorher den Hals bricht, dachte Matt wütend. Er und Nathan folgten eilig der Staubwolke, die Pecos deutlich sichtbar hinterlassen hatte. Nachdem sie eine Weile über die Prärie geritten waren, zügelten sie ihre Pferde am Rande einer flachen Böschung, die in eine vom Wetter geformte Schlucht führte.

Matt sah sich um und fragte sich, wie eine Frau und zwei Pferde so schnell außer Sicht geraten konnten, als Nathan plötzlich nach Südosten deutete. „Da."

Pecos tastete sich seitlich einen Steilhang hinab, wobei Molly sich nach hinten lehnte, um die Balance zu halten. Nathans weiße Stute entdeckte er ein Stück weiter vorn, die Zügel baumelten vor ihren Hufen, während sie in rasantem Tempo durch die Schlucht galoppierte. Der gedrungene Wacholder und die struppigen Mesquitebäume schienen sie kaum zu bremsen.

Matt wendete sein Pferd und trieb es zu dem Abhang, wo Molly sich befand, ohne sie aus den Augen zu lassen. Als sie die Talsohle erreicht hatte, sah er fassungslos zu, wie sie ihren Rock auszog und von sich warf. Danach folgte ihre Bluse. Sie trug nichts weiter als ihr Unterkleid, das sich um die Taille bauschte, und zeigte viel schlankes Bein, das die lange Unterhose nur bis zum Knie bedeckte.

Das allein machte ihn schon wütend, aber erst recht das, was sie als Nächstes vorhatte, wenn er sich nicht irrte.

Diese verdammte Frau.

Den tief hängenden Zweigen ausweichend, überholte Molly die Stute sehr bald. Matt überlegte es sich anders. Anstatt ihr zu folgen, ritt er nach Osten, um ihnen den Weg abzuschneiden. Nathan war direkt hinter ihm.

Nach etwa einer Vierteilmeile zügelten sie die Pferde, um sich das weitere Vorgehen zu überlegen. Matt sah zu, wie Molly sich auf Pecos neben der Stute hielt und die Tiere Kopf an Kopf galoppierten. Dann blieb ihm fast das Herz stehen und er vergaß zu atmen, als Molly von einem Pferd auf das andere sprang.

„Teufel auch", murmelte Nathan. „Sie hat mehr Mut als wir beide zusammen."

„Wir sollten ihr den Weg abschneiden", brachte Matt mühsam hervor. „Wer weiß, wie lange die Stute sie auf ihrem Rücken duldet."

Sie ritten parallel zu Molly, in schnellem Galopp, umgingen Hindernisse und preschten über unwegsames Gelände. Die Sonne kam von Westen, zum Glück in ihrem Rücken, und tauchte das Land in goldenes Licht. Hasen stoben vor ihnen davon und in der Ferne entdeckte Matt ein Paar Habichte.

Als die Uferböschung abflachte und sie auf eine Höhe mit Molly brachte, konnte Matt sie besser sehen. Das dünne Unterkleid war so weiß wie das Fell der Stute, Pferd und Reiterin wirkten wie miteinander verschmolzen. Womöglich kam dieser Eindruck auch daher, dass sie sich ausgezeichnet auf dem Tier hielt. Sie ritt ohne irgendwelche Hilfen und ganz ohne Zügel. Vorgebeugt hielt sie sich an der Mähne des Pferdes fest und passte sich mit Leichtigkeit jeder Bewegung des Tieres an.

Frau und Pferd waren eins.

Sie entdeckte ihn und winkte, ihr dunkles Haar flatterte im Wind.

„Lass nicht los!", schrie er.

Nathan und Matt näherten sich Molly und der Stute von beiden Seiten. Er überholte sie und versuchte, Winter dazu zu bringen, ihr Tempo zu verlangsamen. Er sah, dass Molly den Hals der Stute nach hinten zog und sie dadurch erheblich langsamer wurde. Als sie in einen Trab verfielen, fing Winter an, sich gegen das Gewicht der Reiterin zu sträuben, und schlug mit dem Kopf hin und her. Schließlich buckelte das Tier und Matt lenkte sein Pferd nahe heran, um Molly zu packen, bevor sie herunterfallen konnte.

Er trieb sein Tier ein Stück weg und Molly drehte sich sofort nach der schnaubenden weißen Stute um. Sie grinste breiter, als er es je für möglich gehalten hätte.

„Was zum Teufel hast du dir dabei gedacht?"

Sie lachte. „Was für ein Höllenritt!"

„Du hättest dabei ums Leben kommen können."

Mollys Lächeln fiel in sich zusammen. „Bist du mir etwa böse, weil ich versucht habe, sie einzufangen? Sie wäre sonst weg. Bei so etwas zählte doch jede Sekunde."

Er blickte hinunter auf die Konturen ihrer Brust, die sich dunkel unter dem ärmellosen Unterkleid abzeichneten. Himmel, ihm war gar nicht klar gewesen, wie spärlich bekleidet sie tatsächlich war.

„Wir hätten sie früher oder später schon eingefangen", sagte er ernst und zog sich das Hemd aus.

Besorgt musterte sie ihn.

„Matt, wir können doch nicht … also, du weißt schon." Sie spähte über seine Schulter. „Nathan ist doch da", flüsterte sie.

Er streifte ihr das Hemd über und bedeckte ihre Blöße. Nathan hatte schon viel zu viel von ihr gesehen. „Ich habe nicht vor, dich hier zu lieben. Was du brauchst, ist ein kräftiger Tritt in den Hintern."

„Nur zu", sagte sie spöttisch. „Und nur dass du es weißt, ich habe so etwas schon mal gemacht, ansonsten hätte ich es ja wohl jetzt nicht gewagt."

„Wieso fühle ich mich dadurch keinen Deut besser?" Er klang sarkastischer als beabsichtigt.

Nathan kam zu ihnen und führte die Stute am Zügel hinter sich her. „Seid ihr fertig mit Streiten?"

„Wir streiten uns nicht", erwiderte Matt.

„Natürlich nicht. Molly, danke für deine Hilfe. Ich weiß es sehr wohl zu schätzen. Du reitest, als wärst du auf einem Pferd geboren worden. Die Kwahadi waren sicher beeindruckt von deinem Talent."

„Ich gehörte eher zum Durchschnitt. Die Frauen reiten nicht so viel wie die Männer."

„Soll ich sie zu mir in den Sattel nehmen, Matt?"

„Zum Teufel mit dir", murmelte Matt.

„Dachte ich mir", sagte Nathan lachend. „Na, dann los." Er trieb sein Pferd an.

Molly steckte die Arme durch die Ärmel des Hemdes und kletterte hinter Matt. Er machte sich auf den Rückweg, während Pecos ihnen in einiger Entfernung folgte.

Da Molly keine Anstalten machte, sich an ihm festzuhalten, packte er schließlich ihre Arme und legte sie um seine Taille. „Halt dich fest."

Ihm gefiel der Gedanke nicht, dass sie ihn vielleicht viel weniger brauchte als er sie.

Kapitel Fünfundzwanzig

Matt setzte Molly wortlos hinter dem Haus ab. Als sie die Küche betrat, blickte Rosita erstaunt auf. Sie musterte sie von Kopf bis Fuß, aber Molly war zu erschöpft, um irgendwelche Erklärungen abzugeben. Die Schritte ihrer Stiefel hallten laut durch die Stille, als sie hinauf in ihr Zimmer ging. Niemand begegnete ihr unterwegs.

Sie zog sein Hemd aus, legte es aber nicht beiseite. Stattdessen hielt sie es sich ans Gesicht und atmete seinen Geruch ein, während sie zum Fenster trat und hinausschaute. Die letzten Sonnenstrahlen schienen auf die Stallungen. Sie sah Matt, der sein Pferd und Pecos am Zügel führte. Er wirkte groß, verwegen und sehr verführerisch. Lizzie kam von irgendwoher und gesellte sich zu ihm. Molly konnte es kaum ertragen, wie die Frau dem Mann, den sie liebte, schöne Augen machte.

Sie krabbelte ins Bett und konnte noch immer einen Hauch von ihrer gemeinsamen Liebesnacht wahrnehmen. War das erst letzte Nacht gewesen? In ihrer Erinnerung schien es schon so weit zurückzuliegen. Genau das hatte sie befürchtet.

Vielleicht war es falsch gewesen, dem Pferd nachzujagen. Lizzie hätte das nie getan. Damen verhielten sich nicht so. War das der Grund, warum Matt so wütend auf sie war?

Während sie noch darüber grübelte, ob sie womöglich nicht die Art Frau war, die Matt wollte, fielen ihr schon die Augen zu.

———

ALS MOLLY nicht zum Abendessen erschien, erbot sich Matt, nach ihr zu sehen. Da er auf sein Klopfen keine Antwort erhielt, öffnete er leise die Tür.

Molly lag im Bett und schlief tief und fest. Er betrachtete sie einen Moment, wünschte, er könnte sich zu ihr legen und sich ausruhen, um dann von ihrer verschlafenen, verführerischen Stimme und ihrem verlockenden Körper geweckt zu werden. Sein Zorn auf sie war längst verraucht und er wollte nur noch bei ihr sein. Aber sie war eindeutig zu erschöpft, und seine Mutter und ihre Gäste warteten unten auf ihn. Vielleicht konnte er sich später noch einmal zu ihr schleichen. Allerdings war das leichter gesagt als getan, denn er und Nathan waren ins Schlafhaus der Cowboys verbannt worden, um Platz für Mrs McAllister und Lizzie zu machen.

Bedauernd schloss er die Tür und kehrte nach unten zurück.

———

SPÄTER AM ABEND zogen sich Matt und Nathan ins Schlafhaus zurück. Matt war todmüde, zumal er in der vergangenen Nacht kaum Schlaf bekommen hatte. Mit dem Gedanken kehrte auch das starke Verlangen zurück, sich zu Molly zu schleichen. Er legte sich hin, mit der festen Absicht, nur ein wenig zu dösen und später zu ihr zu gehen.

Der Abend war ziemlich öde verlaufen und er hatte die meiste Zeit damit zugebracht, Lizzie auszuweichen. Das Mädchen hatte es offenbar darauf abgesehen, ihn für sich zu gewinnen. Er sollte ihr besser zu verstehen geben, dass das ein vergebliches Unterfangen war.

Er zog die Stiefel aus und nahm sich vor, so bald wie möglich mit seinem Vater zu reden. Wenn er anfing, eine Heirat mit Molly zu planen, dann würde es für jeden offensichtlich sein, welche Absichten er hegte und wem sein Herz gehörte.

MOLLY ROLLTE sich auf die andere Seite und fragte sich, woher der Lärm kam. Es war noch dunkel draußen, aber sie hörte eindeutig Rufe. Eine entfernte Erinnerung an die Nacht, als ihre Ranch überfallen worden war, überflog sie. Sie sprang aus dem Bett, schnappte sich ihren Morgenmantel und rannte aus dem Zimmer.

Auf der Veranda stieß sie mit Logan zusammen. „Molly, entschuldige."

„Was machst du denn hier?" Besorgt musterte sie ihn. „Was ist passiert?"

Matt tauchte aus der Dunkelheit auf, vollständig bekleidet, den Revolvergurt um die Hüften. Hinter ihm hörte sie das Wiehern von Pferden.

„Wo wollt ihr hin?", fragte sie.

Cowboys drängten sich an ihnen vorbei.

Er schob sie zur Seite und packte ihre Schultern. „Offenbar wurde auf Davis Walker geschossen."

„Was?" Entsetzt starrte sie ihn an.

„Keiner weiß genau, was passiert ist, aber Logan kam vor etwa einer Stunde mit der Nachricht an. Wir werden hinüber zur Walker-Ranch reiten und nachsehen, was da los ist. Ich möchte, dass du hierbleibst, hast du mich verstanden?"

„Glaubst du, das hat etwas mit mir zu tun?"

„Das weiß ich nicht. Aber ich will kein Risiko eingehen. Nathan wird hierbleiben. Tu, was er sagt." Er blickte sie fest an. „Versprich es mir."

Sie nickte, wie betäubt von den überraschenden Ereignissen. Und wenn Davis nun starb? Wenn *ihr Vater* starb?

Matt ging hinüber zu Nathan. Mrs McAllister und Lizzie tauchten in der Eingangstür auf, in ihre Morgenmäntel gehüllt, und unterhielten sich aufgeregt mit Susanna.

„Ich schicke eine Nachricht, sobald wir mehr wissen“, versprach Matt.

„Sei vorsichtig“, mahnte Susanna. „Und sag um Himmels willen auch deinem Vater, dass er auf sich achtgeben soll.“

„Wo ist Jonathan?“ Suchend schaute sich Molly um.

„Er ist schon vorausgeritten“, erklärte Matt.

Logan schob sich an Molly vorbei. „Lass uns aufbrechen.“

Matt sah Molly an und sie erkannte die Entschlossenheit in seinem Blick. Er nahm ihr Gesicht in beide Hände und küsste sie, ohne zu zögern und ohne einen Zweifel an seinen Absichten zu lassen.

„Ich komme so schnell wie möglich zurück. Warte auf mich.“ Dann brach er mit Logan und den anderen Männern auf.

Molly starrte in die Dunkelheit. Das Donnern der Hufe wurde schnell leiser. Sie konnte noch immer seine Lippen auf ihren spüren und berührte mit den Fingern ihren Mund. Erinnerungen an die Vergangenheit stiegen in ihr auf und lenkten sie ab. Ihre Kindheit war voller Liebe gewesen, aber auch voll von Verlusten. So viele Lügen verbargen die Wahrheit. Und die Zukunft? Was war mit ihrer Zukunft?

Lizzie stellte sich neben sie. „Du hättest es mir sagen können.“

„Wie bitte?“

„Dass du mit Matt liiert bist. Meiner Mutter wird das sicher nicht gefallen, aber Logan ist ja auch noch da.“

Molly war nicht in der Stimmung für Lizzies gleichgültiges Gerede über den Mann, mit dem sie den Rest ihres Lebens verbringen wollte.

Mrs McAllister gesellte sich zu ihnen. „Lizzie, meine Liebe, geh bitte ins Haus. Ich würde gern ein paar Worte mit Molly allein reden."

„Ja, Mama." Sie ließ sie allein.

Nun befanden sich nur noch Molly und Mrs McAllister auf der Veranda.

Die hagere Frau musterte Molly. „Schämen solltest du dich."

„Wie bitte?"

„Dich Matthew so an den Hals zu werfen, und das auch noch im Haus seiner Eltern." Sie hatte die Maske der Höflichkeit endgültig fallen gelassen. Molly wurde bewusst, dass es sie die ganze Zeit schon viel Mühe gekostet haben musste, die Fassade der Freundlichkeit aufrechtzuerhalten. „Ich sagte es ja bereits, ich habe einiges über dich gehört."

„Ich denke nicht, dass Sie das irgendetwas angeht."

„Oh, das tut es allerdings, erst recht, wenn du vorhast, den ältesten Sohn von Susanna und Jonathan ins Unglück zu stürzen, indem du ihn verführst. Eine Frau, die bei Indianern aufgewachsen ist, besudelt ihre Familie."

Molly fehlten die Worte. Matt hatte sie gewarnt, dass es solche Leute gab, Menschen, die Indianer hassten und sie so sehr verachteten, dass sie ihnen den Tod wünschten, aber sie hatte sich nicht vorstellen können, dass so jemand einmal sein Gift in ihre Richtung verspritzen würde. Sie hatte mit Klapperschlangen zu tun gehabt, die weniger giftig gewesen waren als Mrs McAllister.

„Du hast bei den Comanche gelebt", fuhr die Frau fort. Ihr faltiges Gesicht verzog sich zu einer widerlichen Fratze. „Willst du das etwa leugnen?"

Molly blieb stumm und starrte hinaus in die Dunkelheit, in der Matt und Logan verschwunden waren.

„Du hast bei ihnen gewohnt, ihre Speisen gegessen und dich wie sie aufgeführt. Und ohne Frage hast du für ihre Männer auch die Beine breitgemacht. Es ist ekelerregend, dass du hier wieder auftauchst und wie eine Weiße leben willst. Du kannst doch nicht ernsthaft glauben, dass Matthew dich heiraten wird. Deine

Anwesenheit schadet der Familie. Vielleicht sind die Ryans zu höflich, um dir die Wahrheit zu sagen, aber ich halte mich damit nicht zurück. Es ist besser, du weißt, wo du hingehörst, Molly Hart."

Mrs McAllister raffte mit ihren knochigen Fingern ihren Morgenmantel und verschwand im Haus. Erst als Molly sicher sein konnte, dass sie fort war, ließ sie ihren Tränen freien Lauf.

MOLLY VERBRACHTE den Rest der Nacht hellwach in ihrem Zimmer, starrte aus dem Fenster und überdachte ihr Leben und ihre Zukunft. Sie wusste zwar, dass Mrs McAllister eine verbitterte alte Frau war, aber das nahm ihren Worten nicht den Stachel, denn ein Körnchen Wahrheit enthielten sie trotz allem.

Sie würde nie die Frau sein, die Matt verdiente, eine Frau mit makelloser Vergangenheit, eine Ehefrau, die wusste, wie man sich richtig benahm. Trotz seines Verlangens nach ihr bereitete ihr Verhalten ihm Kummer. Sie musste nur daran denken, wie verärgert er über ihren Versuch gewesen war, Nathans Stute einzufangen. Was immer zwischen ihnen war, es konnte nicht von Dauer sein. Vielleicht war es klüger, es jetzt zu beenden, besser früher als später, wenn es ihr gewiss noch schwerer fallen würde.

Vielleicht war ein Leben an der Seite von Lizzie McAllister besser für ihn. Sie würden zusammen viel Land besitzen, Reichtum und einen gewissen gesellschaftlichen Status. Sie könnten ihren Kindern von allem nur das Beste bieten.

Der Gedanke stimmte sie traurig. Tief in ihrem Herzen hatte sie gehofft, eines Tages ein Kind mit Matt zu haben. Der Himmel mochte ihr beistehen, wenn sie bereits jetzt guter Hoffnung von ihm war. Sie wusste, dass das möglich war. Sie hatten nichts getan, um es zu verhindern, trotz Claires Warnung und der Erinnerung an das, was die Frauen der Kwahadi darüber gesagt hatten.

Wenn sie ein Kind erwartete, dann konnte sie auf keinen Fall hierbleiben. Sie würde Jonathan und Susanna niemals derart Schande bereiten. Und was würde Matt tun? Würde er sie verstoßen? Würde er sie aus Mitleid heiraten?

Sie wusste nicht mehr, was sie denken sollte, aber sie nahm an, sie hatte die Gastfreundschaft der Ryans schon viel zu lange in Anspruch genommen. Mrs McAllister hatte nicht erwähnt, dass Davis Walker ihr Vater war. Vielleicht wusste sie es noch nicht, aber das würde sich wohl bald ändern. Solches Gerede würde den Ryans noch mehr schaden.

Eilig packte Molly ein paar Sachen zusammen, zog sich eine Hose und ein großes Hemd an, dann stopfte sie ihr Haar unter den Hut. Als die ersten Sonnenstrahlen das Land erhellten, ließ Molly die Ranch und Matt hinter sich.

Kapitel Sechsundzwanzig

Molly ritt mit Pecos nach Nordwesten, über die flache Prärie und durch enge Schluchten. Die Landschaft war ihr zwar vertraut, aber sie fühlte sich davon nicht getröstet. Zu viele Erinnerungen waren damit verbunden, aus ferner Vergangenheit und der Gegenwart. Als die Sonne unterging, kannte sie ihr Ziel: die verfallene Hart-Ranch.

Die Dunkelheit senkte sich bereits über das Land, als Pecos in das geschützte Tal trottete, in dem das seit Langem verlassene Haus stand. Es sah noch so aus wie vor einigen Wochen, als sie wegen des Regens mit Matt dort Zuflucht gesucht hatte. Es erschien ihr wie ein Teil aus einem früheren Leben. So vieles hatte sich in der kurzen Zeit geändert.

Eine Welle der Trauer erfasste sie, ein stechender Schmerz, der sich in ihr Herz bohrte. Sie vermisste ihre Mutter so sehr. So viele Fragen blieben ungeklärt, ihre Zukunft war wieder ungewiss wie eh und je. Wenn sie nur ein einziges Mal noch mit ihrer Mutter reden könnte, was würde sie ihr über Davis Walker sagen? War Walker in diesem Moment überhaupt noch am Leben? Molly würde es wahrscheinlich nie erfahren. Vielleicht war es besser, Texas für immer zu verlassen, die Vergangenheit zu begraben und nie mehr zurückzuschauen.

Sie blickte hinauf zu den Gräbern auf dem Hügel, der letzten Ruhestätte von ihrer Mutter, Robert Hart und einem kleinen Mädchen namens Adelaide. Der Wind blies Molly kräftig ins Gesicht. Die Geister waren unruhig heute Nacht. Schaudernd fragte sie sich, ob ihre Mutter unter ihnen war.

Mit der einsetzenden Dunkelheit wurde ihr die Entscheidung abgenommen, ob sie noch weiterreiten sollte. Sie würde die Nacht hier verbringen und morgen früh wieder aufbrechen.

Sie brachte Pecos in den verfallenen Stall, wo sie zumindest einigermaßen geschützt war vor dem aufziehenden Sturm. Als sie die Stalltür schloss, erschreckte sie das Schnauben eines anderen Pferdes.

Molly hatte keine Ahnung, wo es herkam, aber sie entdeckte fremdes Zaumzeug.

Es war noch jemand hier.

Instinktiv wollte sie Pecos wieder satteln, aber die Stimme eines Mannes ließ sie erstarren.

„Wenn das nicht die Schlangenfrau ist", sagte jemand hinter ihr.

Verblüfft erkannte Molly die Stimme. Das war der Mann, den sie nachts am Fluss bei Walker angetroffen hatte. Wie war doch gleich sein Name? Sawyer? Sie warf einen Blick über die Schulter. Der Mann hatte ein Gewehr auf sie gerichtet und ließ keinen Zweifel daran, dass er gefährlich war.

„Aber du bist nicht nur eine Schlangenfrau, nicht wahr?" Er stank nach Whiskey. „Du bist eine Hart. Bist zu Besuch hier, was?"

Sie ließ den Sattel los und drehte sich zu ihm um. „Was machen Sie hier?"

Er zuckte mit den Schultern. „Bin um der alten Zeiten willen hergekommen. Du erinnerst dich nicht mehr an mich, oder?"

Sie starrte ihn an, hatte das Gefühl, da sei etwas, aber sie konnte den Gedanken nicht festhalten.

„Tja, ich hingegen erinnere mich sehr gut. Du bist Molly, das mittlere Mädchen. Hast damals nur Probleme gemacht. Wer hätte denn ahnen können, dass du von den Toten auferstehst? Ich dachte wirklich, Davis redet Blödsinn, als er mir davon erzählte. Aber dass du hergekommen bist, beweist es wohl."

Plötzlich kam die Erinnerung zurück. George Sawyer hatte damals für ihre Familie gearbeitet, hier auf der Ranch.

Es war Mittag, und alle Männer waren draußen und gingen ihrer Arbeit nach. Worin diese bestand, wusste Molly nicht genau und es interessierte sie auch nicht sonderlich. An diesem Tag reparierten Matt, Cale und Logan den Zaun des Paddocks, was ihr die Gelegenheit bot, sie ein wenig zu ärgern. Gewöhnlich hielten sie sich tagsüber nicht so nahe beim Haus auf.

Molly übte den Umgang mit ihrer Zwille, indem sie mit kleinen Steinen auf das entfernte Ende der Umzäunung schoss, was jedes Mal ein paar Holzsplitter herumfliegen ließ, wenn sie traf. Die drei jungen Männer schimpften mit ihr und drohten, sie in die Pferdetränke zu werfen, wenn sie nicht aufhörte.

Molly lachte nur und drohte ihrerseits, Mama und Papa zu sagen, dass sie immer laut fluchten. Dann hörte man das Geräusch von zerreißendem Stoff, als ein Pfosten Cale entglitt und an Matts Hemd hängen blieb.

„Na, großartig." Matt schüttelte den Kopf.

Cale lachte.

Molly sah ihre Chance gekommen. „Ich hole dir ein neues Hemd, Matt." Sie lächelte und ging zum Schlafhaus der Cowboys hinüber. Cales Stimme schallte ihr nach.

„Um was wollen wir wetten, dass sie darin irgendein Nagetier versteckt?"

Sie blickte grinsend über die Schulter, was auch Logan zum Lachen brachte und bei Matt eine besorgte Miene auslöste. Sie würde es ihnen schon zeigen. Sie musste nur überlegen, wo sie ihr Haustier verstecken sollte. Es war eine harmlose Braunnatter, aber ihr Anblick würde dem einen oder anderen von ihnen zumindest einen Schrecken einjagen. Cales Kissen erschien ihr als geeignetes Versteck, aber das Reptil würde bestimmt nicht an Ort und Stelle bleiben.

Sie stieß die Tür zum Schlafhaus auf und überdachte ihren Plan noch einmal. Cale würde das arme Tier sicher einfach erschießen.

Es dauerte einen Moment, bis Mollys Augen sich an die Dunkelheit in dem großen, leeren Raum gewöhnt hatten. Am anderen Ende standen ein paar Pritschen. Abrupt blieb sie stehen. Sie war nicht allein.

George, ein junger, drahtiger Cowboy, hielt ihre Schwester Emma am anderen Ende des Raums fest. Zuerst verstand Molly gar nicht, was los war. Der junge Mann behandelte ihre kleine Schwester so grob, dass sie weinte. Aber dann wurde ihr bewusst, was hier passierte, und Angst und Übelkeit überkamen sie. Ohne nachzudenken, griff sie in ihre Tasche und holte einen der größeren Steine hervor, die sie früher am Tag gesammelt hatte. Mit ihrer Zwille schoss sie George Sawyer gegen den Hinterkopf.

„Du Hurensohn!", schrie sie. Das Wort hatte sie von Matt und Cale aufgeschnappt. „Lass sie los!"

George fuhr herum und rieb sich den Hinterkopf. „Was zum Teufel?" Seine Hose hing offen auf Hüfthöhe.

Molly konnte nicht fassen, was dieser dreckige Mistkerl mit ihrer achtjährigen Schwester vorgehabt hatte. Sie nahm einen weiteren Stein und schoss ihm damit ins Gesicht.

„Du kleines Miststück!" Er hielt sich eine Hand vors Gesicht, während er mit der anderen versuchte, seine Hose hochzuziehen. Blut quoll ihm zwischen den Fingern hindurch.

„Emma", sagte Molly eindringlich, „komm her, schnell."

Ihre kleine Schwester rannte zu ihr.

„Das werden Sie bereuen, Mister", versprach Molly mit zittriger Stimme. Sie legte einen Arm um Emma und drückte sie an sich.

„Ich werde es bereuen?", spottete George. „Du kleine Hexe! Das wirst du mir büßen."

„Nein", erwiderte Molly ruhig. „Sie werden das büßen. Dafür werde ich sorgen."

George wollte sie packen, aber Matts Stimme, die von draußen zu ihnen drang, ließ ihn innehalten.

„Molly? Du stellst da drin hoffentlich nichts an!"

George zögerte kurz, dann drehte er sich um und verschwand durch die Hintertür.

Als Matt eintrat, hielt Molly ihre Schwester immer noch fest an sich gepresst.

„Was ist hier los?“, fragte er sofort.

Fast hätte sie es ihm gesagt, aber Emmas Schluchzen hielt sie davon ab. Zwar wusste Molly nicht genau, was wirklich passiert war, aber es war mit Sicherheit schlimm genug. Sie würde alles tun, um ihre Schwester zu beschützen.

„Nichts. Aber wir müssen sofort mit meinem Pa reden.“

Matt schien weitere Fragen stellen zu wollen, aber sie ging eilig an ihm vorbei und zog Emma hinter sich her.

Nachdem sie ihre Schwester beruhigt hatte, suchte Molly ihren Vater auf und erfand eine Geschichte, sorgfältig ausgedacht. Instinktiv wusste sie, dass damit Sawyers Schicksal besiegelt sein würde. Sie erzählte ihrem Vater, dass Sawyer sie im Schlafhaus der Cowboys in die Ecke gedrängt und angegriffen hätte. Sie fügte weitere Einzelheiten hinzu, alle unwahr, aber Molly ahnte, dass es für Emma grausame Wirklichkeit gewesen sein mochte.

Sie wollte ihre Schwester um jeden Preis beschützen. Die Schuld und die Schande, die man dem Opfer womöglich aufbürden wollte, würde sie auf sich nehmen. Später in der Nacht einigten sich Emma und Molly darauf, nie wieder mit jemandem über den Vorfall zu reden. Am nächsten Tag war George Sawyer verschwunden.

Kapitel Siebenundzwanzig

„Wo zum Teufel ist sie?"

Matt blickte abwechselnd Nathan und Susanna an. Seit Molly damals mit neun Jahren verschwunden war, hatte er sich nicht mehr in einem solchen Aufruhr befunden.

„Beruhige dich, mein Sohn", sagte sein Vater hinter ihm.

„Vielleicht ist sie losgeritten, um Davis zu besuchen", meinte Nathan.

„Warum in aller Welt sollte sie das tun?", warf Mrs McAllister ein. „Ich denke, es ist doch offensichtlich, dass ihre wilde Natur letztendlich die Oberhand gewonnen hat und sie weitergezogen ist."

Matt starrte die ältliche Frau an. Lizzie und Logan standen in ihrer Nähe. Und er glaubte, Rosita im Flur entdeckt zu haben. Der Tisch war fürs Frühstück gedeckt, aber niemand dachte ans Essen.

„Und was wissen Sie von Mollys wilder Natur?", fragte Matt bedächtig. Er wusste, er musste vorsichtig vorgehen, aber er ahnte, dass die alte Krähe irgendetwas mit Mollys Verschwinden zu tun hatte.

„Nun, ich kann nicht leugnen, dass mir einige Gerüchte über Molly Hart zu Ohren gekommen sind", sagte Mrs McAllister.

234

„Und was für Gerüchte sollen das sein?"

„Sie hat bei den Comanche gelebt. Das sind die garstigsten und verachtungswürdigsten unter den Wilden."

Lizzie schnappte nach Luft. „Ist das wahr?"

„Ja, es ist wahr", erwiderte Mrs McAllister. „Ich hatte gehofft, dir die grässlichen Einzelheiten ersparen zu können, Lizzie, aber es ist sicher besser, darüber nicht länger zu schweigen."

„Besser für wen?" Matt hatte Mühe, seinen Zorn im Zaum zu halten. „Sie haben doch gar keine Ahnung, wovon Sie da reden. Was genau haben Sie zu ihr gesagt?"

Sie spitzte die Lippen und musterte ihn kühl. „Ich habe ihr nur erklärt, was sie ist und dass ihre Anwesenheit der Familie Ryan schadet. Ihr alle seid viel zu nett zu dem Mädchen gewesen. Ihr konntet doch nicht ernsthaft glauben, dass sie wieder eine von uns werden würde."

Matt machte ein paar Schritte auf die alte Frau zu, aber seine Mutter stellte sich ihm in den Weg und packte ihn an den Schultern. „Matthew."

Logan und Nathan bauten sich neben ihm auf.

Susanna drehte sich zu Mrs McAllister um. „Ich fürchte, es handelt sich um ein großes Missverständnis, Elizabeth. Molly ist ein Teil dieser Familie. Und egal, wie gut deine Absichten auch sein mögen, deine Einmischung ist unerwünscht."

„Aber dein Sohn hat sich mit ihr eingelassen", kreischte Elizabeth. „Du lässt diese Unsittlichkeit unter deinem Dach zu? Du würdest einen Bastard hinnehmen, verseucht von solchem Abschaum?"

„Das reicht jetzt!", brüllte Jonathan. Angespannte Stille senkte sich über den Raum. Nach einem kurzen Moment sprach er leiser, aber nicht weniger entschieden weiter. „Susanna und ich haben vollstes Vertrauen in unseren Sohn. Alles andere geht dich nichts an. Ich halte es für das Beste, wenn ihr beide jetzt eure Sachen packt und mein Haus umgehend verlasst."

Elizabeth presste die Lippen aufeinander, ihre Nasenflügel

bebten vor Empörung bei jedem Atemzug. „Nun denn." Mit steifen Schritten ging sie hinaus.

Lizzie blieb zurück, ihr Gesicht war blass und sie wirkte fassungslos. „Mr und Mrs Ryan, ich hatte ja keine Ahnung", stieß sie ein wenig atemlos hervor. „Ich möchte mich von ganzem Herzen entschuldigen. Ich mag Molly und bin nicht derselben Ansicht wie meine Mutter."

„Danke", erwiderte Susanna.

„Geh und hilf deiner Mutter", befahl Jonathan barsch. „Ich sorge dafür, dass ihr sicher nach Hause kommt."

„Ja, Sir." Sie verließ das Zimmer.

„Mir war nicht bewusst, dass Elizabeth so bösartig geworden ist", meinte Susanna.

„Wieso sagst du das?", fragte Logan.

„Vielleicht hättet ihr ein wenig Mitgefühl für sie, wenn ihr wüsstet, wie ihr Mann sie behandelt hat", erklärte sein Vater. „Charles McAllister hat sich mit einer Indianerin eingelassen und Elizabeth hat es irgendwann herausgefunden. Offenbar gibt sie seither lieber den Indianern grundsätzlich die Schuld für alles, anstatt sich der Tatsache zu stellen, dass sie und Charles erhebliche Eheprobleme hatten."

„Das ist doch keine Entschuldigung dafür, zu Molly so gemein zu sein", erwiderte Matt wütend.

„Nein, aber das ist im Augenblick auch nicht von Bedeutung. Wir müssen sie erst einmal finden. Danach werde ich mich mit dir unterhalten, Matt, und dann kannst du mir erklären, welche Absichten du hast. Und sie sollten besser ehrenhaft sein!"

Matt starrte seinen alten Herrn an. „Ja, Sir."

„Wie geht es Davis?", fragte seine Mutter.

„Er wird durchkommen."

„Habt ihr herausgefunden, wer das getan hat?", wollte Nathan wissen.

„George Sawyer. Er hat für Walker gearbeitet", antwortete

Logan. „Wir haben versucht, ihn zu finden, aber seine Spur verlor sich etwa dreißig Meilen nordwestlich von hier."

„Sawyer?", wiederholte Susanna leise. „War das derselbe George Sawyer, der früher für die Harts gearbeitet hat?"

„Ja", sagte Matt. „Erinnerst du dich an ihn?"

„Nein, aber ich erinnere mich, dass Rosemary mir von einem Vorfall zwischen ihm und Molly erzählt hat. Sie war noch ein Kind." Sie hielt inne. „Es war schlimm. Er hat versucht … sich ihr aufzudrängen."

„Was?" Matt konnte seine Wut nicht verbergen.

„Molly vertraute Robert schließlich an, was passiert war. Natürlich hat er den Mann daraufhin sofort entlassen. Damit war die Sache wohl beendet."

Matt fluchte leise. Für ihn war sie noch längst nicht beendet.

„Logan, mach dich mit Matt auf die Suche nach Molly. Sie kann noch nicht weit gekommen sein."

„Ich begleite euch", bot Nathan an.

„Beeilt euch, Jungs." Der alte Mann zögerte, dann klopfte er Matt auf die Schulter. „Ich bin immer stolz auf dich gewesen und ich vertraue deinem Urteil, aber wenn ihr sie findet, dann lass deine verdammten Finger von ihr. Hast du mich verstanden?"

„Wir passen schon auf die beiden auf, Mr Ryan", sagte Nathan und ging mit Logan hinaus, um die Pferde und ihre Ausrüstung vorzubereiten.

„Ich habe keine Ahnung, wie gut der Blackmore-Bursche aufpasst, daher verlasse ich mich darauf, dass du das Richtige tun wirst." Sein Vater nahm seinen Hut und verließ das Haus. Mit einem Knall flog die Tür hinter ihm ins Schloss.

Matt blickte seine Mutter an.

„Liebst du sie?", fragte sie.

So genau hatte er über seine Gefühle für Molly noch nicht nachgedacht, aber seine Antwort kam dennoch sehr schnell. „Ja." Auf einmal ergab alles Sinn. Es fühlte sich so richtig an, dass er sich fragte, warum er sich so lange dagegen gesträubt hatte. Seine

Zukunft war nur von Bedeutung, wenn Molly ein Teil davon war. All die Jahre war sie es gewesen, die gefehlt hatte. All die Jahre hatte er insgeheim auf sie gewartet. Er hatte eine zweite Chance bekommen und er war entschlossen, sie zu nutzen.

„Dann sag es ihr."

MATT, Nathan und Logan verfolgten Mollys Spur bis zu den Überresten der Hart-Ranch. Das war nicht allzu schwierig. Es hatte in der Nacht nicht geregnet und Pecos' unverkennbare Hufabdrücke waren deutlich sichtbar. Aber sie konnten Molly auf dem Gelände nirgendwo entdecken.

Nathan kehrte aus dem Stall zurück. „Da war jemand drin. Ich habe frische Pferdeäpfel gefunden."

Logan trat aus dem Haus, mit düsterer Miene und einer leeren Flasche Whiskey in der Hand. Matt gefiel das alles ganz und gar nicht. Jemand war mit Molly hier gewesen.

„Da ist noch etwas, das ihr euch ansehen solltet", meinte Logan und bedeutete den beiden mit einer Geste, ihm ins Haus zu folgen.

Er führte sie ins große Schlafzimmer, wo Matt vor einigen Wochen mit Molly übernachtet hatte. Die Erinnerung an jene Nacht verursachte ihm ein mulmiges Gefühl. Er durfte sie doch nicht schon wieder verlieren, jetzt, nachdem er sie wiedergefunden hatte. Genau hier hatte er sie gefunden. Dass sich ihre Wege ausgerechnet hier wieder gekreuzt hatten, war wie ein Wink des Schicksals gewesen.

Dieser Ort hatte ihn magisch angezogen und zu ihr geführt. Eine vernünftige Erklärung hatte er nicht dafür, aber für die Liebe gab es auch keine logischen Erklärungen.

Logan deutete auf einen Holzpfosten in der Nähe des Kamins. Ein Seil war daran befestigt, die Enden ausgefranst, als wären sie eilig durchgeschnitten worden.

„Jemand hat sie gefesselt", sagte Nathan knapp.

„Wer zum Teufel würde sie denn gefangen nehmen?", wunderte sich Logan.

Matt musste nicht lange darüber nachdenken, die Antwort lag auf der Hand. „Wir haben Sawyers Spur nicht weit von hier verloren."

„Du meinst, er hat sie sich geschnappt?" Logan schüttelte ungläubig den Kopf. „Warum sollte er sich die Mühe machen, sie mitzuschleppen? Ohne sie wäre er viel schneller."

„Allerdings hat er noch eine Rechnung mit ihr offen." Matt unterdrückte einen Anflug von Panik. Er musste einen kühlen Kopf bewahren, sonst würde er sie niemals finden.

„Du meinst, wegen dem, was er ihr als Kind angetan hat?" Logan machte ein zweifelndes Gesicht. „Woher sollte er denn wissen, dass sie es ist?"

„Keine Ahnung. Vielleicht braucht er sie nur als Druckmittel, falls man ihn anklagen will, weil er auf Davis Walker geschossen hat."

„Warum hat er denn überhaupt auf Walker geschossen?", fragte Nathan.

„Das weiß keiner so genau", erklärte Logan. „Davis war noch nicht wieder bei Bewusstsein, als wir bei ihm waren, daher konnte er es uns nicht sagen. Aber so, wie man Davis kennt, war es wohl ein geschäftlicher Streit, der aus dem Ruder gelaufen ist."

„Logan, erinnerst du dich noch daran, dass Robert Hart diesen Sawyer fortgejagt hat?"

„Nein, eigentlich nicht."

„Ich gebe zu, damals habe ich nicht lange darüber nachgedacht, aber ich weiß noch, dass Hart etwas mitgenommen aussah, als hätte er sich geprügelt. Ich an seiner Stelle hätte Sawyer so lange verdroschen, bis ihm die Luft ausgegangen wäre."

„Grund genug, um später mit ein paar Männern zurückzukommen, den Mann zu töten, der für seine Entlassung verantwortlich war, und das Mädchen zu entführen, das ihn verpfiffen hat." Nathans Worte hingen wie Blei im Zimmer.

Auf einmal ergab für Matt alles einen Sinn. Und er spürte mit jeder Faser seines Körpers, dass Sawyer wusste, wer Molly war. Er musste sie finden.

„Lasst uns weitersuchen."

Im nächsten Moment saßen die drei Männer wieder im Sattel und galoppierten davon.

Kapitel Achtundzwanzig

Molly hatte das Gefühl, sich übergeben zu müssen. Sawyer hatte sie bäuchlings auf Pecos gelegt, ihre Hände waren auf den Rücken gefesselt, die Füße an den Knöcheln. Den ganzen Tag hatte sie das aushalten müssen. Als die Nacht hereinbrach, hielt er endlich an und zog sie vom Pferd. Sofort fiel sie auf die Knie. Es dauerte eine Weile, bis sie sich so weit unter Kontrolle hatte, dass die Welt sich nicht mehr im Kreis drehte.

Sawyer lachte. „Na, ist dir schlecht?" Er packte sie hinten am Kragen und schubste sie von den Pferden fort. Sie stolperte und fiel auf das Gesicht.

Verzweifelt bemühte sie sich, ihre Gedanken zu ordnen. Wenn es ihr nicht gelang, zu fliehen, würde Sawyer sie irgendwann umbringen, aber vorher wollte er sich noch mit ihr vergnügen. Das hatte er ihr unterwegs mehrfach mit drastischen Worten zu verstehen gegeben.

Ekel stieg in ihr auf. Sie dachte an Matt und sofort brannten ihr Tränen in den Augen. Der Gedanke, dass ihr Ende nahte und sie so dumm gewesen war, sich nicht einmal von ihm zu verabschieden, war unerträglich. Wenigstens das war sie ihm doch schuldig. Und bei Susanna und Jonathan hätte sie sich zumindest bedanken müssen für all das, was die beiden für sie getan hatten. Aber sie war einfach weggelaufen und nun würde sie wahrscheinlich niemals mehr die Gelegenheit dazu bekommen, mit ihnen zu reden.

Sawyer band die Pferde an und machte Feuer. Molly lag auf der Erde und beobachtete ihn. Er war nicht besonders umsichtig, das erkannte sie schnell. Den Rauch des Feuers würde man meilenweit sehen können. Allerdings war ihr auch bewusst, dass es nur eine sehr geringe Hoffnung gab, dass jemand nach ihr suchen würde. Niemand wusste, wohin sie verschwunden war, falls es überhaupt jemandem auffiel, dass sie fort war. Sie bedauerte, keine Nachricht hinterlassen zu haben.

Nein, auf Hilfe sollte sie besser nicht warten, selbst mit Sawyers Rauchzeichen nicht. Sie musste es allein schaffen, zu fliehen.

Sawyer kam zu ihr und hob sie in eine sitzende Position, wobei er grob ihre Brüste begrapschte.

„Lass deine Finger von mir!", schrie sie und versuchte, von ihm wegzukommen.

Er musterte sie einen Moment, sein Gesicht war vollkommen ausdruckslos. Dann drehte er sich abrupt um und ließ sie in Ruhe.

Molly blickte sich auf der Lichtung um, wo sie die Nacht verbringen würden. Das leise Rauschen von Wasser drang an ihre Ohren. Sie schaute etwas genauer hin und entdeckte eine Gruppe von Pappeln rechts und eine kleine Anhöhe links von sich. Sie kannte diesen Ort, die Lichtung und erst recht diesen Hügel.

Hatte sie ihn im Traum gesehen? Sie atmete tief durch und versuchte zu verstehen, warum ihr dieser Ort so vertraut vorkam. Die Kwahadi. Sie hatten einen Sommer lang hier gelagert, als sie bei ihnen gewesen war. Die Tipis hatten näher am Wasser gestanden, aber Molly erinnerte sich daran, wie sie mit ihren Comanche-Schwestern oft die Gegend erkundet hatte.

Auf dem Hügel gab es eine Höhle. Genau dort war Running Water beinahe von der Klapperschlange angegriffen worden, die dann stattdessen Molly gebissen hatte. Sie fragte sich, ob sie die

Höhle wiederfinden würde. Sie brauchte nur eine Chance, um wegzulaufen.

„Kannst du mir nicht wenigstens die Füße losbinden?", fragte sie mit heiserer Stimme. „Sie sind schon ganz taub."

„Pech für dich." Sawyer suchte in seiner Satteltasche offenbar nach etwas Essbarem.

„Ich muss mal."

Er musterte sie eindringlich. Der Anblick seiner schmierigen Haare und seines dreckigen Gesichts drehte ihr fast den Magen um. Sie konnte seinem forschenden Blick kaum standhalten.

„Dann kack dich halt ein." Er wedelte mit den Armen und starrte sie lüstern an. „Mir egal."

„Warum machst du dir überhaupt die Mühe, mich mitzuschleppen?" Sie schluckte, um die Trockenheit in ihrer Kehle loszuwerden.

Sawyer hatte in der letzten Nacht nur wenig gesprochen, nachdem er sie an den Pfosten gebunden hatte. Gleich darauf war er umgekippt, offenbar von zu viel Whiskey, was sie aus den leeren Flaschen schloss, die herumgelegen hatten. Molly hatte über Stunden versucht, sich zu befreien, aber vergebens. Obwohl er so betrunken gewesen war, hatte er es geschafft, sie viel zu stramm zu fesseln.

„Wenn ich es mir recht überlege, dann bist du der Ursprung meiner Pechsträhne. Dass ausgerechnet du mir gestern über den Weg gelaufen bist, war das erste Fünkchen Glück, das ich seit langer Zeit hatte. Du und deine verfluchte Zwille."

Molly musterte ihn und fragte sich, worauf er hinauswollte.

„Du hast deinem Vater all diese dreckigen Lügen über mich aufgetischt. Er hat mich nicht nur fortgejagt, er hat mich vorher noch ausgepeitscht. Das hatte ich nicht verdient. Das war alles allein deine Schuld. Und jetzt bezahlst du dafür. Ich dachte, ich wäre dich endgültig los, als Cale damals mit der herrlich verbrannten Leiche zurückkam."

Sie zuckte bei diesen Worten zusammen.

243

„Ich habe deinen Pa erledigt und dich auch, alles in einer einzigen Nacht."

„Was redest du da?" Eisige Kälte erfasste sie.

„Ich habe dir ja gesagt, du würdest es bereuen, dass du dich in meine Angelegenheiten eingemischt hast."

Als ihr bewusst wurde, was er damit meinte, brach ihr Herz ein weiteres Mal. „Du hast in jener Nacht die Ranch überfallen", flüsterte sie. „Du hast meine Eltern ermordet."

„Musste ein paar mehr Leute töten als gedacht, aber man kann das vorher nicht so genau planen. Für dich hatte ich mir ein paar nette Sachen überlegt, aber dann haben dich die verdammten Rothäute geschnappt. Ich musste die Leichen beseitigen, die sie zurückgelassen hatten. Das war gar nicht so leicht. Die Comanche haben wohl Gefallen an dir gefunden, sonst hätten sie dich nicht am Leben gelassen. Aber jetzt bist du hier, zurück in meinen Armen. Muss wohl Schicksal sein." Sawyer grinste und entblößte dabei seine verrotteten Zähne. Angewidert wandte Molly den Blick ab, erfüllt von Entsetzen über seine Worte.

Es war nicht Davis Walker gewesen, der seine Schergen geschickt hatte, um ihre Eltern zu ermorden. George Sawyer war für ihren Tod verantwortlich. Und all das nur, weil sie ihrem Vater erzählt hatte, Sawyer hätte sich ihr aufgedrängt.

Molly bereute es nicht, gelogen zu haben, denn sie hatte damit nur Emma beschützen wollen, aber damit war sie auch für alles verantwortlich, was danach gefolgt war. Wenn sie damals eine andere Lösung gefunden hätte, um Sawyer zur Rechenschaft zu ziehen, dann wären Robert und Rosemary Hart wohl noch am Leben.

Diese Erkenntnis erschütterte sie zutiefst. Zitternd versuchte sie, ihre Gefühle vor dem Mann, der ihr gegenübersaß, zu verbergen. Nein, kein Mann. Ein Tier.

Niedergeschlagen ließ sie den Kopf hängen. Womöglich hatte Sawyer recht. Vielleicht hatte sie tatsächlich das Schicksal wieder zusammengeführt.

MATT, Logan und Nathan ritten unermüdlich bis zum Einbruch der Nacht. Sie wollten so viel Boden wie möglich gutmachen, bevor es zu dunkel wurde, um der Spur von Sawyer und Molly zu folgen. Es war nicht schwer, sich an ihre Fersen zu heften, Sawyer musste sich wohl sehr sicher fühlen, wenn er nicht einmal versuchte, ihre Spuren zu verwischen. Selbst wenn sie einen Fluss überquert hatten, war er keine längere Strecke durch das Flussbett geritten, sondern gleich am anderen Ufer wieder hinauf. Matt hatte die Hoffnung gehegt, sie bis Sonnenuntergang einzuholen.

Nun zwang sie die Dunkelheit jedoch zu einer Rast. Sie durften nicht riskieren, sich zu weit von der Spur zu entfernen. Leise fluchend zügelte Matt sein Pferd und betete, dass Molly die Nacht überlebte.

Schweigend schlugen Nathan und Logan das Lager auf, kümmerten sich um die Pferde und begnügten sich dann mit Trockenfleisch, da sie kein Feuer machen wollten. Das alles war Routine.

Wenn Matt und die anderen Ranger jemanden verfolgten, dann rasteten sie gewöhnlich eine oder zwei Stunden vor Einbruch der Dunkelheit, aßen etwas und entfernten sich dann von dem verräterischen Lagerfeuer, um sich ein Nachtlager zu suchen. Aber dieses Mal war ihnen das nicht möglich, denn dadurch hätten sie zu viel Zeit verloren.

Er zwang sich dazu, etwas zu essen und Wasser zu trinken, auch wenn er nicht hungrig war, denn in geschwächtem Zustand wäre er Molly keine Hilfe. Er wusste, sein Körper brauchte Schlaf, aber er war zu ruhelos dafür. Er fühlte sich hilflos, und das gefiel ihm ganz und gar nicht.

„Du solltest versuchen, ein wenig zu schlafen, Matt." Nathan breitete seine Decke auf dem Boden aus. „Ich übernehme die erste Wache."

„Nein, die übernehme ich", erwiderte Matt. „Ich kann ohnehin nicht schlafen."

„Dann übernehme ich die zweite und du die letzte Wache, Logan."

Logan nickte, schob sich den Hut auf das Gesicht und schlief prompt ein. Nathan legte sich neben ihn.

Matt entfernte sich ein Stück von den beiden und setzte sich auf einen Baumstamm. Er lag wohl schon eine ganze Weile hier, denn er war von einer dicken Schicht Moos bewachsen. Die Geräusche der Nacht erfüllten die kühle Luft, und am wolkenlosen Himmel funkelten Sterne.

Matt fragte sich, wo Molly wohl war, ob sie Angst hatte, Hunger litt oder verletzt war. Er nahm seinen Hut ab und kratzte sich am Kopf. Er war frustriert, wütend und so angsterfüllt, wie noch nie zuvor in seinem Leben. Wie er es ertragen sollte, wenn ihr etwas zustieße, wusste er nicht.

Tatenlos herumzusitzen, war die reinste Folter. Wer konnte schon ahnen, was Sawyer ihr in der Nacht antun würde oder ihr womöglich bereits angetan hatte? Matt wusste, er würde den Mann töten, wenn er ihn in die Finger bekam. Daran gab es keinen Zweifel. Er konnte nur hoffen, dass er noch rechtzeitig kam, um Molly zu retten. Er weigerte sich, auch nur eine Sekunde lang daran zu denken, dass er ein zweites Mal das Mädchen würde begraben müssen, das für ihn so wichtig geworden war wie die Luft zum Atmen.

SAWYER GAB Molly weder Essen noch Wasser. Nach einer Weile prüfte er die Fesseln an ihren Armen und Beinen, dann ließ er weiter seinen Zorn an ihr aus. Sie hatte damit gerechnet, aber das machte es nicht leichter.

Er trat und schlug sie, bis sie den Schmerz nicht mehr wahrnahm. Torres hatte sie auch geschlagen. Sie hatte es damals überstanden, sie würde es auch jetzt überstehen. Sie fragte sich, ob er sie vergewaltigen würde. Dazu würde er zumindest ihre Beinfesseln lösen müssen, was ihr Hoffnung gab. Vielleicht war das die einzige Chance, ihm zu entkommen.

Etwas Warmes lief ihr über das Gesicht und ihr wurde bewusst, dass ihre Nase blutete. Jeder Atemzug tat weh. Sie schloss die Augen und wartete auf den nächsten Schlag, aber Sawyer war zum Feuer gegangen.

Sie lag am Boden, unter ihrem Gesicht bildete sich eine Pfütze aus Blut. Sie sah, wie Sawyer auf und ab lief, seine Gestalt verschwamm vor ihren Augen. Endlich legte er sich auf ein stinkendes, dreckiges Stück Stoff, das wohl früher eine Decke gewesen war. Nach einer Weile fing er an zu schnarchen.

Sie war zu schwach, um sich aufzusetzen, daher blieb sie liegen, wo sie war, und blickte ins Feuer. Das Atmen fiel ihr schwer, doch immerhin half das Feuer gegen die Kälte der Nacht. Als Sawyer immer lauter schnarchte, fragte sich Molly, warum er sich ihr bisher nicht aufgenötigt hatte. Er hatte den ganzen Tag über immer wieder davon gesprochen.

Aber als er vorhin ihre Brüste begrapscht hatte, wirkte er beinahe angewidert. Sie war dankbar, dass er nichts weiter unternommen hatte, dennoch fragte sie sich, wieso das so war.

Dann verstand sie es. Er machte sich nichts aus Frauen. Er wollte Kinder. Voller Ekel erkannte sie, dass Emma wahrscheinlich weder das erste noch das letzte Kind gewesen war, dem er sich aufgedrängt hatte.

Sie starrte weiterhin ins Feuer und überlegte, wie sie sich befreien könnte. In ihrem rechten Stiefel steckte ein Messer, aber mit den engen Fesseln war es ihr unmöglich, danach zu greifen. Sie hatte bei Sawyer kein Messer gesehen. Wenn sie zu ihm hinüberrutschte und ihn absuchte, würde er sicher davon wach werden.

Das Feuer brannte langsam herunter, die Flammen flackerten und lullten sie ein.

Unvermittelt traf sie die Erkenntnis, wie ihr die Flucht gelingen konnte.

Sie würde die Fesseln abbrennen.

Vorsichtig robbte sie hinüber zum Feuer. Der Schmerz in den Rippen war unerträglich, nur mühsam unterdrückte sie einen Aufschrei. Die ganze Zeit behielt sie Sawyer im Auge, falls er aufwachen sollte.

Sie würde zuerst die Fesseln an den Füßen anschmoren müssen, sonst konnte sie unmöglich aufstehen. Sie atmete schwer, ihr Körper zitterte vor Schmerzen und Anstrengung, aber es gelang ihr, sich so auf den Rücken zu drehen, dass sie die Füße übers Feuer halten konnte. Sofort erfüllte der Geruch nach verbranntem Seil, Stoff und Leder die Luft. Sie biss die Zähne zusammen und hoffte, dass Sawyer davon nicht wach wurde.

Die Hitze des Feuers war deutlich zu spüren, aber das Leder ihrer Stiefel schützte ihre Füße ausreichend vor den Flammen. Zweimal verließ sie die Kraft, und ihre Füße sanken zu tief. Der Saum ihrer Hose fing an zu brennen. Rasch rollte sie sich auf die Seite und klopfte die Flammen im Dreck aus. Aber sie war nicht schnell genug, ihre Waden schmerzten.

Eine gefühlte Ewigkeit lang hielt sie die Füße abwechselnd in die Flammen und zog sie wieder heraus, bevor ihre Hose wieder Feuer fangen konnte.

Tränen und Schweiß liefen ihr über das Gesicht. Sie biss sich auf die Lippe, um nicht zu schreien. Endlich lösten sich die Fesseln ein wenig. Molly strampelte und lockerte sie noch mehr, bis ihre Beine frei waren.

Die Erschöpfung und der Schmerz drohten, sie zu übermannen, aber sie wusste, sie durfte jetzt keine Zeit verlieren. Mühsam kämpfte sie sich auf die Beine, die Hände noch auf den Rücken gefesselt, und stolperte hinaus in die Nacht, auf der Suche nach der Höhle.

Kapitel Neunundzwanzig

Matt war sich absolut sicher. Es roch nach Rauch. Und der stammte nicht nur von Feuerholz. Da brannte noch etwas anderes.

Schnell weckte er Nathan und Logan. Mit einem leichten Kopfnicken gab er beiden zu verstehen, dass sie ihm folgen sollten. Rasch rieben sie sich den Schlaf aus den Augen, sammelten lautlos ihre Sachen zusammen, banden die Pferde los und folgten Matt hinaus in die Dunkelheit.

Sie führten die Pferde zu einer großen Pappel und banden sie dort wieder an. Leise nahmen sie Munition aus ihren Satteltaschen und prüften die Trommeln ihrer Revolver. Logan schnallte sich einen zweiten Revolver um, dann griffen alle drei zu ihren Gewehren, die an den Sätteln hingen. Ihre Hüte ließen sie bei den Pferden.

Der Rauchgeruch war nun viel intensiver. Sie teilten sich auf und näherten sich dem Lager aus verschiedenen Richtungen.

Matt hastete durch das Unterholz und wurde erst langsamer, als er den Schein eines Feuers erkennen konnte. Er ging hinter einem Baum in Deckung und kroch auf dem Bauch näher heran, bis er das Lager gut im Blick hatte. Das Feuer brannte noch recht munter, aber es war niemand zu sehen, nur eine alte, zerschlissene Decke.

Matt stand auf, noch immer hinter dem Baum versteckt. Rechts von ihm schlich sich Nathan heran. Er folgte der Sichtlinie des Freundes und entdeckte jenseits des Feuers zwei grasende Pferde. Selbst in der nächtlichen Dunkelheit konnte er sehen, dass eines davon Pecos war.

Wo zur Hölle stecken Sawyer und Molly?

Auf seiner linken Seite gab Logan ihm ein Zeichen. Die Lichtung war menschenleer. Matt verließ seine Deckung und ging zum Feuer hinüber.

Er erstarrte.

Das Blut auf dem Boden war nicht zu übersehen.

Angst um Molly ergriff ihn, aber er drängte sie beiseite und überließ sich stattdessen seinem unbändigen Zorn.

Molly! Verlass mich nicht! Sag mir, wo du bist!

Er bedeutete Nathan und Logan mit der Hand, die Gegend abzusuchen. Sawyer und Molly konnten nicht weit sein.

***

MOLLY RANNTE RICHTUNG Hügel und geriet ins Taumeln, als der Weg vor ihr anstieg. Ein Schluchzer löste sich tief in ihrer Brust. Sie musste leiser sein. Aber Angst und Schmerz erfüllten sie und dröhnten in ihren Ohren, sie war sich nicht sicher, ob die Geräusche, die sie vernahm, echt waren oder nur in ihrer Einbildung existierten. Der Anstieg wurde steiler. Es fiel ihr schwer, mit gefesselten Händen den Hügel hinaufzuklettern. Außerdem weckte das vertraute Terrain viele Erinnerungen.

„Kaktus-Vogel", rief Running Water, „warte auf mich!"

Molly drehte sich um und lächelte, als ihre junge Comanche-Schwester ihr nachlief. Running Water war schnell, daher auch ihr Name.

„Sits On Ground ist uns auf den Fersen", quiekte das junge Mädchen. „Komm, wir verstecken uns."

Molly wartete lachend, bis Running Water sie eingeholt hatte, dann stiegen sie gemeinsam den Hügel hinauf, um nach einem guten Versteck zu suchen. Sie standen praktisch schon in der Höhle, als ihnen bewusst wurde, was es war.

„Hier rein", rief Running Water und lief an Molly vorbei.

Ein plötzlicher Aufschrei des Mädchens alarmierte Molly. Sie rannte ihr nach und blieb abrupt stehen, als sie das Klappern einer Schlange hörte, noch bevor sie das Tier sehen konnte. Als ihre Augen sich an das schwache Licht in der Höhle gewöhnt hatten, entdeckte sie den langen Leib der Klapperschlange nur eine Armlänge von ihnen entfernt, aufgerichtet und bereit zum Angriff.

Molly packte Running Waters Schultern, damit das Mädchen stillhielt. „Rühr dich nicht", flüsterte sie, ihr Herz raste.

Das Mädchen zitterte. Molly wusste, es blieb ihr nicht viel Zeit. Langsam bewegte sie sich mit ihrer kleinen indianischen Schwester rückwärts. „Vorsichtig", murmelte Molly.

Sie hielt den Blick starr auf den großen Kopf der Schlange gerichtet, deren Zunge hin und her schnellte. Sie hatten beinahe den Eingang der Höhle erreicht. Nur noch ein winziges Stück.

Dann sah Molly, dass der Körper der Schlange sich anspannte, und sie wusste, gleich würde sie zuschnappen. Es blieb ihr gerade noch Zeit dafür, sich umzudrehen und Running Water aus der Höhle zu stoßen. Aber sie selbst war nicht mehr schnell genug. Das Tier biss sie in ihre linke Ferse.

Sie und Running Water rannten und rannten, sie blieben erst stehen, als sie das Lager der Kwahadi erreicht hatten. Erst dann wurde ihr bewusst, dass sie jegliches Gefühl im linken Bein verloren hatte. Als ihr klar wurde, was passiert war, fiel sie ohnmächtig zu Boden.

Molly näherte sich dem Höhleneingang und blieb stehen. Schwer atmend dachte sie an die Begegnung mit der Klapperschlange. Sie war nach dem Biss sehr krank geworden und einige der Älteren hatten sogar befürchtet, sie würde ihr Bein verlieren.

Sie schloss die Augen und wappnete sich. Sie konnte nicht in diese Höhle gehen, solange ihre Hände auf den Rücken gefesselt waren. Die verdammte Schlange war vielleicht immer noch da. Sie stellte sie sich noch größer und fieser vor als damals.

Molly versuchte, ihre Arme vor den Körper zu bringen. Mit unterdrückten Schmerzensschreien beugte sie sich nach hinten, um mit den Händen tief genug nach unten zu gelangen, dass sie die Füße durch die Lücke zwischen ihren Armen schieben konnte. Sie hatte das Gefühl, sich die Schultern auszukugeln. Schwer atmend und schwitzend fiel sie nach hinten, aber sie schaffte es schließlich, ihre Beine zwischen ihren Armen hindurchzuziehen. Zitternd tastete sie nach dem Messer in ihrem Stiefel. Zweimal fiel es ihr hin bei dem Versuch, es in beide Hände zu nehmen. Tränen verschleierten ihr den Blick. Endlich gelang es ihr, das Messer zwischen die Stiefel zu klemmen und die Fesseln mit der scharfen Klinge zu bearbeiten.

Als das Seil zerfaserte, riss sie den Rest entzwei.

Sie war frei.

Erleichtert rieb sie sich die Handgelenke, die Arme schmerzten von der Prozedur und ihre Finger waren taub. Die Rippen taten ihr weh und ihr Gesicht brannte. Als sie aufstand, schoss ihr ein stechender Schmerz in die Füße und Waden. Sie nahm das Messer und stolperte zur Höhle.

Unvermittelt wurde sie zu Boden gerissen. Benommen rang sie nach Luft.

„Wohin willst du denn, zum Teufel?", zischte Sawyer.

Er drehte sie auf den Rücken und hockte sich auf sie, was ihr das Atmen noch mehr erschwerte. Der Schmerz war einfach zu viel für sie. Sie schrie sich die ganze Wut und Hilflosigkeit, die sich seit ihrer ersten Begegnung vor zehn Jahren in ihr angestaut hatte, aus dem Leib. Sawyer mochte sie vielleicht töten, aber sie würde sich nicht kampflos ergeben.

Mit der Kraft der Verzweiflung riss Molly ihr Messer hoch und trieb es mit beiden Händen tief in seine Brust.

Schweigen senkte sich über sie. Die Zeit schien langsamer zu vergehen, bis man nur das Pulsieren des Lebens hörte, einen Herzschlag nach dem anderen. In aller Stille fand George Sawyers Leben ein Ende.

Was habe ich getan?

Er kippte vornüber. Molly heulte auf und versuchte hektisch, ihn von sich zu stoßen. Würgend krampfte sich ihr Körper zusammen, aber ihr Magen war leer.

Weinend stemmte sie die Hände gegen seine Schultern und drückte gegen seinen schweren Leib. Es half nichts, ihr fehlte die Kraft, den Toten von sich zu schieben. Sie schloss die Augen. In ihrem Kopf drehte sich alles, zog sie fort von dieser Hölle, entfernte sie vom Ort des Schreckens. Die Stimmen der Vergangenheit begrüßten sie, dankbar ging sie ihnen entgegen.

ALS ER DEN SCHREI HÖRTE, rannte Matt den Hügel hinauf. Er entdeckte Molly am Boden und zerrte sofort Sawyers Leiche von ihr herunter. Nathan und Logan waren direkt hinter ihm. Matt bemerkte kaum, dass die beiden den Toten weiter wegtrugen.

Matts ganzes Leben schrumpfte auf diesen einen Augenblick zusammen. Er wusste, nichts würde jemals wieder wie früher sein, er würde niemals mehr derselbe Mensch sein. Er wagte es kaum, Mollys reglosen Körper zur berühren, denn er würde es nicht ertragen, falls sie tot war. Aber die Ungewissheit war genauso unerträglich.

Er sank neben ihr auf die Knie und strich über ihr Gesicht. Ihre Haut fühlte sich warm an. Gott sei Dank. Er atmete tief durch.

„Molly", flüsterte er, seine Stimme klang rau. „Mach die Augen auf, ich bin bei dir. Du bist nun in Sicherheit."

Keine Antwort. Behutsam legte er eine Hand auf ihren Bauch und spürte ihren flachen Atem. Sie lebte.

Öffne deine Augen.

Das Stakkato von trommelnden Hufen füllte die Stille.

„Ein Reiter", verkündete Nathan. „Ich kümmere mich darum." Er verschwand in der Dunkelheit.

Matt bemerkte es kaum.

Eine vage Bewegung weckte jedoch sofort seine geschulten Kampfreflexe. Er sah Logan an, der sein Gewehr in Anschlag brachte.

„Alles in Ordnung", rief Nathan und tauchte wieder auf. „Es ist Cale."

„Wie hast du uns gefunden?", fragte Logan.

„Lange Geschichte", antwortete Cale. „Was ist passiert?" Er hielt inne, als er Molly erblickte.

„Offenbar hat Sawyer sie übel zugerichtet", erklärte Nathan tonlos. „Wir haben sie eben erst gefunden."

Panik erfasste Matt, denn ihm stand eine trostlose Zukunft bevor, falls er Molly verlor. Er würde das nicht noch einmal durchstehen. In den vergangenen zehn Jahren hatte er so viel Elend und Leid ertragen, und die Zeit in Gefangenschaft hätte ihn beinahe umgebracht. Ganz sicher würde er dieses Mal endgültig den Verstand verlieren, wenn Molly erneut von ihm ging – dieses Mal zweifellos für immer.

Ein Muskel in Cales Wange zuckte. „Sawyer?"

„Tot", erwiderte Logan leise. „Molly hat ihm ein Messer in die Brust gerammt."

Cale fluchte. „Lass mich mal nach ihr sehen, Matt." Er kniete sich neben sie und strich über ihr Gesicht.

„Vorsichtig", mahnte Matt.

„Ich brauche mehr Licht", sagte Cale.

Nathan und Logan gingen weg und kehrten kurz darauf mit eilig angefertigten Fackeln zurück. Im flackernden Schein der Flammen untersuchte Cale Molly.

Matt betrachtete die vielen Schnitte und Wunden in ihrem Gesicht, die geschwollene Unterlippe, den Dreck und das Blut. Cale hob ihr Hemd an und betastete ihren Bauch.

„Er muss sie mehrfach getreten haben", sagte er knapp. Als er ihre Rippen sanft drückte, stöhnte sie auf und regte sich ein wenig.

Hoffnung keimte in Matt auf.

„Einige Rippen sind möglicherweise gebrochen." Cales Blick wanderte zu ihren Füßen. „Hilf mir, ihr die Stiefel auszuziehen."

Matt hob Mollys Beine an, sodass Cale ihr die Stiefel abstreifen konnte. Cale schüttelte den Kopf, als er die geröteten Stellen an den Waden entdeckte. „Das sind Brandwunden. Wir können sie heute Nacht nicht weit bewegen, vielleicht nur den Hügel hinunter. Das muss gereinigt werden."

Die Fackeln beschienen Cales grimmigen Gesichtsausdruck. Ganz ähnlich dem, den er gehabt hatte, als er damals mit der verbrannten Leiche eines Mädchens zurückgekehrt war, das alle für Molly gehalten hatten. Matt weigerte sich hinzunehmen, dass dasselbe Schicksal nun auch das Mädchen treffen könnte, das er damals schon bewundert hatte, die Frau, ohne die er nicht leben konnte.

„Verdammt", presste er mühsam hervor. „Sie muss einfach überleben."

Cale schaute ihn mit versteinerter Miene an, aber er nickte. „Wir Walkers sind zäh."

Matt sah das Verständnis in seinem Blick. Er hatte akzeptiert, dass Molly seine Schwester war. Und Matt wusste mit Gewissheit, dass Cale sie um jeden Preis beschützen würde.

Kapitel Dreißig

Matt half Cale, Molly den Hügel hinunterzutragen, bis in die Nähe der Stelle, wo Sawyer das Feuer gemacht hatte. Mit allen Decken, die sie mitgebracht hatten, errichteten sie ein möglichst bequemes Lager für sie. Nathan und Logan kümmerten sich um Sawyers Leiche. Sie wickelten ihn ein und verschnürten ihn, um ihn bis nach Fort Richardson zu transportieren. Außerdem sorgten sie für Essen und Wasser.

Cale reinigte Mollys Füße, Beine und ihr Gesicht. Dann rieb er die Wunden mit einer Tinktur aus dem verkochten Saft des Purpursonnenhuts ein, um Infektionen vorzubeugen. Er riss die Hemden der Männer in Streifen und wickelte sie um die verbrannten Waden, dann wies er Matt an, ihren Brustkorb stramm zu bandagieren.

Während der Saft des Purpursonnenhuts noch über dem Feuer köchelte, nahm Cale aus seiner Satteltasche einen kleinen Beutel heraus und streute gelbes Pulver über Mollys Körper.

„Ha-dintin", erklärte er. „Für die Apachen ist dieser Blütenstaub heilig."

Er malte damit ein gelbes Kreuz auf Mollys Stirn, die Brust, Arme und Beine. Matt sah zu. Durch Cales Rituale war die

256

Atmosphäre wie aufgeladen, der schmale Grat zwischen Leben und Tod war fast greifbar. Matt hatte dies schon zahllose Male erlebt, aber noch nie auf diese Weise. Es war, als stünden sie alle am Scheideweg zwischen dem Land der Lebenden und dem Reich der Toten und Molly müsste sich nun zwischen beiden entscheiden. Ein Blick auf Nathan und Logan, die mit unbeweglicher Miene das Ritual beobachteten, sagte ihm, dass auch sie sich dem Ehrfurcht gebietenden Augenblick nicht entziehen konnten.

Während die Nacht sich dem Ende zuneigte, hielten sie Wache bei ihr. Cale fachte das Feuer immer wieder neu an. „Schwitzen reinigt den Körper", sagte er.

„Ich hätte dich nie für einen Heiler gehalten, Walker", meinte Nathan leise am Feuer.

Cale lehnte sich an den Baum hinter ihm und rieb sich die Augen. „Eines meiner bestgehüteten Geheimnisse. Es würde meinem Ruf als Kopfgeldjäger vielleicht schaden, wenn sich herumspricht, dass ich ein *di-yin* bin."

Nathan lachte, aber er wirkte müde und mitgenommen. „Ja, das würde es wohl."

„Wie hast du uns gefunden?" Logan streckte sich ein Stück entfernt auf dem Boden aus.

„Nachdem mein Vater wieder bei Bewusstsein war, haben wir uns lange unterhalten." Cale räusperte sich. „Es scheint, dass er und Sawyer sich schon recht lange kannten. Er hat Sawyer Arbeit gegeben, nachdem Robert Hart ihn rausgeschmissen hatte. Offenbar hat Sawyer ihm Geschichten aufgetischt, dass Hart sein Vieh stehlen und das Brandzeichen ändern würde. Es stellte sich aber heraus, dass Sawyer sowohl meinen Vater als auch Mollys Familie bestohlen hat. Und den Ryans hat er sicher auch Rinder geklaut."

„Er hat hinter dem Angriff auf die Harts gesteckt, nicht wahr?", fragte Nathan.

„Das war der Grund für den Streit zwischen ihm und meinem Vater neulich. Pa verstand endlich, dass Sawyer den Überfall

257

angezettelt hatte. Dabei ist meinem Vater offenbar herausgerutscht, dass Molly noch am Leben ist. Das hat Sawyer wohl durchdrehen lassen. Er hat mehrmals auf Pa geschossen und ist dann abgehauen. Sicher dachte er, Pa würde ihn ins Gefängnis bringen. Nachdem ich das gehört hatte, beschloss ich, seiner Spur zu folgen und nicht eher zu ruhen, bis der Mistkerl tot ist. Ich bin zur Ryan-Ranch geritten, um euch um Hilfe zu bitten. Aber Jonathan erzählte mir, dass ihr auf der Suche nach Molly seid." Cale starrte einen Moment lang gedankenverloren ins Feuer. „Ich verstehe bloß nicht, warum er sich Molly geschnappt hat."

„Er hat ihr die Schuld für alles gegeben, schätze ich", sagte Matt leise neben Molly. „Sie hat ihn den Job gekostet."

„Weswegen?"

„Meine Mutter hat erzählt, dass Hart damals Sawyer entlassen hätte, weil er sich Molly aufzwingen wollte."

Cale starrte ihn an. „Aber sie war noch ein Kind."

„Wenn er nicht schon tot wäre, hättest du ihn von mir aus gern erschießen können", sagte Matt kalt. „Aber erst, wenn ich mit ihm fertig gewesen wäre."

Cale legte etwas Feuerholz nach und lehnte sich wieder zurück. „Ich bezweifle, dass noch etwas von ihm übrig geblieben wäre, nachdem du ihn dir vorgenommen hättest."

Matt konnte ihm nicht widersprechen.

IM VERLAUF des Vormittags bekam Molly Fieber und wälzte sich unruhig hin und her. Sie weinte und brabbelte unverständliche Worte. Matt war davon ein wenig ermutigt, immerhin regte sie sich, aber Cales ausdrucksloses Gesicht nahm ihm sogleich wieder die Hoffnung. Cale braute aus der Rinde des Gelbholzbaums einen Sud, den sie ihr gemeinsam einzuflößen versuchten, so gut es ging.

Nathan und Logan erkundeten die Gegend, Matt hingegen wich Molly nicht von der Seite. Cale ermahnte ihn, etwas zu schlafen, aber Matt fand keine Ruhe. Erschöpft legte Cale sich schließlich hin, um zu dösen, aber kurz darauf ließ ihn Mollys Stimme hochschrecken.

„*Pasinugia*", rief sie.

Cale setzte sich auf.

„Sie ist nicht wach", meinte Matt besorgt.

„*Niatz! Uehquétzutzu!*"

„Was sagt sie denn?", fragte Cale.

„Keine Ahnung, aber es klingt wie Comanche. Ich glaube, es hat mit einer Schlange zu tun."

Cale befühlte ihre Stirn. „Ich mache noch mehr Tee, dann sehen wir uns besser ihre Beine noch einmal an. Ich habe Eichelöl, das sollte der trockenen Haut guttun."

Den Rest des Tages über kümmerten sich die beiden Männer um Molly. Nathan und Logan kehrten bei Sonnenuntergang mit zwei Kaninchen und drei Wildtruthühnern zurück. Das Essen half ihnen, ihre Lebensgeister zu wecken.

Auch Matt zwang sich, etwas zu essen, als sie gemeinsam am Feuer saßen, aber jeder Bissen fiel ihm schwer. Nichts schien ihm derzeit von Bedeutung zu sein, solange die Gefahr bestand, Molly zu verlieren.

„Ich habe Hunger." Mollys Stimme erschreckte sie alle.

Sofort war Matt an ihrer Seite.

„Molly." Sein Herz schlug schneller, als sie ihm in die Augen sah.

Sie versuchte zu lächeln, aber der Schmerz ließ sie zusammenzucken. „Ich bin froh, dass du da bist." Ihre Stimme klang heiser.

„Bewege dich nicht", sagte Matt sanft. „Cale meint, du hast dir womöglich mehrere Rippen gebrochen."

„Kann gut sein", flüsterte sie. „Meine Brust schmerzt teuflisch."

„Du hast als Kind schon zu viele Kraftausdrücke benutzt", scherzte Cale neben ihr.

Molly schaute ihn an. „Die habe ich alle von dir und Matt

gelernt." Dann glitt ihr Blick zu Nathan und Logan hinüber, die in der Nähe standen. „Was macht ihr alle denn hier?"

„Wir passen auf dich auf", versicherte Matt. „Cale kümmert sich um deine Verletzungen."

Sie versuchte erneut zu lächeln, es gelang ihr halbwegs. „Danke."

„Matt solltest du danken", erwiderte Cale. „Er ist dir nicht von der Seite gewichen, seit wir dich gefunden haben."

Cale stand auf und gab Nathan und Logan ein Zeichen, ihm zu folgen. Sie verschwanden Richtung Fluss, sodass Matt einen Moment mit der Frau seines Herzens allein sein konnte.

Erleichterung und Dankbarkeit durchfluteten ihn heftiger, als er es in seinen achtundzwanzig Jahren je erlebt hatte. Dass Molly lebte – und ein Funkeln in den blauen Augen hatte, trotz der Schmerzen und der Erschöpfung – erinnerte ihn an ihre Kraft und Entschlossenheit, mit deren Hilfe sie die Strapazen der letzten zehn Jahre überstanden hatte. Er hätte wissen sollen, dass sie dem Tod die Stirn bieten würde. Ihre rechte Wange schillerte in allen Farben, und ihre Unterlippe war noch immer angeschwollen, aber für ihn war sie dennoch wunderschön.

Sie würde überleben. Ein warmer Wind wehte die trüben Gedanken der Nacht fort und Matt genoss das Leben wie niemals zuvor.

Er strich ihr eine Haarsträhne aus dem Gesicht, lächelte und war sich bewusst, dass ihm Tränen in den Augen standen. „Du hast mir einen ziemlichen Schrecken eingejagt", erklärte er.

„Wie hast du mich gefunden?"

„Wir sind deiner Spur von der Ranch aus gefolgt. Wieso bist du fortgegangen?"

Sie befeuchtete ihre ausgetrockneten Lippen und wandte den Blick ab. „Mrs McAllister …"

„Ist es nicht wert, dass wir noch ein einziges Wort über sie verlieren", vollendete er den Satz für sie. „Was auch immer sie gesagt hat, es stimmt nicht. Meine Eltern bestehen darauf, dass du mit mir zurückkommst. Du gehörst doch zu uns."

„Aber ihr verdient nicht, dass man hinter eurem Rücken schlecht über euch redet. Ich will euch das nicht antun."

„Es ist mir vollkommen gleich, was die Leute denken, und meinen Eltern ebenfalls. Vielleicht tröstet es dich, dass mein Vater Elizabeth McAllister in ihren knochigen, garstigen Hintern getreten und sie rausgeworfen hat."

Sie versuchte zu lachen, stöhnte aber nur. Dann fing sie an zu weinen.

Matt nahm ihre Hand und beugte sich zu ihr. „Liebling, dein Zuhause ist nun die Ryan-Ranch. Dein Zuhause ist bei mir."

Ihm flatterten die Nerven. Bis zu diesem Augenblick war ihm nie der Gedanke gekommen, dass Molly vielleicht gar nicht bei ihm bleiben und seine Frau werden wollte. Sie hatte ihn zwar erstaunlich freigiebig in ihr Bett gelassen, aber mehr wollte sie vielleicht gar nicht.

„Matt, hör auf." Sie war so schwach, dass sie kaum ihre Hand auf seine Brust legen konnte. „Bevor du weitersprichst, lass mich dir sagen, dass ich die letzten zehn Jahre nicht ungeschehen machen kann. Ich habe mein halbes Leben bei den Kwahadi verbracht und das wird immer ein Teil von mir sein. Ich schäme mich dafür nicht. Es waren gute Menschen. Aber es würde mich umbringen, wenn dieser Umstand dich und deine Familie in Verruf bringt."

„Nun, dann gibt es ja keinen Grund zur Sorge. Wir haben dir das niemals vorgehalten und werden es auch in Zukunft nicht tun." Er nahm behutsam ihre Hand. „Es war immer mein Wunsch, das Richtige für dich zu tun. Ich bin wahrscheinlich kein Vorzeigegatte, aber seit unserer gemeinsamen Nacht ist mir bewusst, dass ich dich nicht einfach gehen lassen kann. Ich könnte es nicht ertragen, wenn du einen anderen Mann heiratest und mit ihm eine Familie gründest. Ich fürchte, du hast mich am Hals, einen angeschlagenen Ranger ohne eigenes Dach über dem Kopf. Aber wenn du mich lässt, dann werde ich alles dafür tun, dir ein besseres Leben zu bieten, als du es bisher hattest."

Sie schluchzte auf, Matt küsste sie und wischte ihr sanft mit den Daumen die Tränen von den Wangen.

„Ich liebe dich", flüsterte er und rieb seine Nase an ihrer. „Und ich hoffe inständig, dass du ebenso empfindest."

„Natürlich tue ich das", sagte sie unter Tränen und bekam einen Schluckauf.

Zärtlich senkte er die Lippen auf ihre und genoss die schlichte Tatsache, dass sie zusammen waren. Zum ersten Mal empfand er so etwas wie Zufriedenheit, als schließe sich in seinem Herzen die Wunde, die Mollys Verschwinden damals verursacht hatte. Er konnte kaum fassen, dass er sie wiedergefunden hatte. Wie leicht hätte er ahnungslos bleiben können, dass sie noch am Leben war, wie leicht hätte es passieren können, dass sich ihre Wege nicht gekreuzt hätten.

Aber er hatte sie wiedergefunden und er wusste tief in seinem Herzen, dass es ihm bestimmt war, Molly Hart zu lieben. Sie war das fehlende Teil seines Selbst. Er hatte nicht verstanden, dass sie es war, die fehlte, bis sie sein Leben gefüllt, sein Herz berührt und seine Seele geheilt hatte.

„Da es mir an jeglicher Erfahrung damit mangelt, wie man eine Frau um ihre Hand bittet, hoffe ich, du verstehst, dass ich dir gerade einen Antrag gemacht habe."

„Ist schon gut." Sie lächelte, soweit ihre aufgeplatzten Lippen das erlaubten, schniefte und wischte sich die Nase ab. „Ich bin keine aufgetakelte Dame der Gesellschaft. Ich hoffe, du weißt, auf was du dich mit mir einlässt."

„Ich würde es nicht anders haben wollen."

Er legte sich neben sie und umarmte seine Braut.

Kapitel Einunddreißig

Cale, Nathan und Logan kehrten erst nach Sonnenuntergang zurück und brachten ein Kaninchen für Molly mit. Nathan häutete das Tier, nahm es aus und briet es über dem Lagerfeuer für sie. Cale reichte ihr unterdessen einen weiteren Becher von seinem Heiltee.

Nach dem ersten Schluck verzog Molly das Gesicht. „Machst du den immer für deine Freunde? Schmeckt scheußlich."

„Hör auf zu meckern." Cale saß ihr gegenüber am Feuer. „Und den Tee mache ich nur für besondere Freunde und Verwandte."

Molly schaute ihn verblüfft an und er grinste. Tränen stiegen ihr in die Augen, als sie sein Lächeln erwiderte und die Tatsache akzeptierte, dass sie denselben Vater hatten. Es gab so vieles, was sie noch verarbeiten musste, allem voran die Sache mit Sawyer. Sie hatte es bisher vermieden, weiter darüber nachzudenken. Der ständige Schmerz in der Brust und die Brandwunden an den Beinen waren durchaus hilfreich dabei, nicht zu viel nachzudenken.

Sie wischte sich die Tränen vom Gesicht und trank noch einen Schluck von dem Tee. Matt rieb ihr sanft über den Rücken. Das erinnerte sie daran, dass wenigstens etwas Gutes aus all den Ereignissen hervorgegangen war.

Sie und Matt würden ein gemeinsames Leben führen, und das war ein großartiges, beinahe unfassbares Glück, wenn sie bedachte, was passiert war. Er wollte alles mit ihr teilen. Bis zu dem Moment, als er ihr gesagt hatte, dass er sie liebte, war ihr nicht bewusst gewesen, wie sehr sie sich nach einer gemeinsamen Zukunft mit ihm gesehnt hatte und wie heftig sie seine Liebe erwiderte. Sie war so lange allein gewesen. Und nun war sie es nicht mehr. Es würde eine Weile dauern, bis sie sich daran gewöhnt hatte.

„Wie kam es dazu, dass du Zeit mit den Apachen verbracht hast?", fragte sie Cale, unsicher, wie sich ihre Beziehung mit ihrem neuen Bruder gestalten würde, aber irgendwo mussten sie ja anfangen.

„Ich wurde von einem Puma angegriffen." Er zog sich das Hemd von der Schulter und zeigte ihr eine tiefe, breit verästelte Narbe.

„Grundgütiger, Cale." Logans Stimme drückte eine Mischung aus Sorge und Fassungslosigkeit aus. „Du hattest Glück, dass du das überlebt hast."

„Ja." Cale zog sich das Hemd wieder an. „Das meinte der Heiler der Apachen damals auch. Sie haben mich gesund gepflegt und darauf bestanden, dass ich den Pfad eines *di-yin* einschlage. Der Puma hatte mich gezeichnet, sie glaubten, dass er Teil meiner Seele war."

„Dann hat ein Medizinmann dir all das beigebracht?", hakte Molly nach.

Cale nickte. „Und auch eine Medizinfrau."

„Die Frauen der Apachen dürfen heilen?", erkundigte sie sich erstaunt.

„Normalerweise nicht, soweit ich weiß, aber diese Frau hatte einen Blitzschlag überlebt und wurde von ihrem Stamm sehr verehrt. Die Apachen können sehr abergläubisch sein." Er warf noch etwas Holz ins Feuer.

„Die Kwahadi waren abergläubisch, wenn es um Schlangen ging. Ich hätte dir beinahe mal eine unter das Kopfkissen gelegt, als du damals bei uns auf der Ranch gearbeitet hast."

Die vier Männer betrachteten sie schweigend.

„Es war ein ganz harmloses, kleines Tier." Sie starrte ins Feuer. Ihre nächsten Worte überlegte sie sich sehr genau. „Es war derselbe Tag, an dem ich etwas Furchtbares getan habe, nachdem ich George Sawyer im Schlafhaus mit Emma erwischt hatte." Ihre Stimme war nur noch ein Flüstern. Das Bedürfnis, endlich die Wahrheit einzugestehen, war überwältigend.

„Er hat gar nicht dich bedrängt?", fragte Matt.

„Nein. Es war Emma, aber sie war so verängstigt und ich wollte sie beschützen. Und ich wollte dafür sorgen, dass Sawyer bestraft wird, also habe ich meinen Vater angelogen." Sie sah Cale an und schüttelte bedauernd den Kopf. „Ich habe Robert Hart angelogen, ihm erzählt, dass Sawyer mich bedrängt hat, und mir noch ein paar Geschichten ausgedacht, um sicherzustellen, dass Sawyer nicht ungestraft davonkommen würde."

Matt legte ihr seine Hand in den Nacken. „Falls es dich tröstet, Robert hat Sawyer dafür ganz sicher eine anständige Tracht Prügel verabreicht."

„Nein, du verstehst nicht. Sawyer ist zurückgekehrt und hat meine Eltern ermordet, weil ich gelogen habe. Es war meine Schuld. Hätte ich die Angelegenheit anders gehandhabt, wäre nichts von alldem passiert."

„Du warst neun Jahre alt, Molly", beschwichtigte Logan. „Wie hättest du wissen sollen, wohin sich das alles entwickelt?"

„Tu dir das nicht an", meinte Nathan. „Das hilft dir nicht. Sawyer hat die Sache ins Rollen gebracht. Ich bezweifle, dass man ihn hätte aufhalten können."

„Von meinem Vater weiß ich, dass Sawyer in viele üble Machenschaften verstrickt war", fügte Cale hinzu. „Er war ein hinterhältiger Dreckskerl, der seine Finger nicht bei sich behalten konnte. Er war Abschaum, der kleine Mädchen erwachsenen

Frauen vorzog. Du darfst nicht einmal daran denken, dass all das deine Schuld gewesen sein könnte. Alle in deiner Familie haben einen hohen Preis gezahlt, du vielleicht den höchsten. Er hat genau das bekommen, was er verdiente, als du ihn getötet hast."

Der Gedanke bereitete ihr erneut Übelkeit. Sie hatte das Leben eines Mannes beendet. Darüber konnte sie weder Freude noch Stolz empfinden. Es ist notwendig gewesen, sagte sie sich. Aber war das tatsächlich so? Sie wusste es nicht.

„Molly, Sawyer war ohnehin ein toter Mann", stellte Matt fest.

Sie blickte ihn an und erkannte die Entschlossenheit in seinen Augen. Matt hatte die Absicht gehabt, George Sawyer zu töten, um ihn für seine Taten zur Rechenschaft zu ziehen.

„Es war einfach Pech, dass du statt meiner die Angelegenheit erledigen musstest, aber du hast keinen Grund, es zu bereuen. Nach allem, was er dir angetan hat, glaubst du wirklich, er hätte dich am Leben gelassen?"

Molly dachte darüber nach und musste wieder weinen. Sie wusste, dass er recht hatte, sie alle hatten recht. Die Vergangenheit war vorüber, zurück blieben Erinnerungen, Lügen und vor allem Reue. Konnte sie damit leben? Ihr blieb keine andere Wahl, als es zu versuchen.

Als hätte er ihre Gedanken gelesen, sagte Matt: „Wir stellen uns gemeinsam den Dämonen der Vergangenheit. Mit der Zeit wird es leichter werden."

Der Kreis schloss sich endlich.

Vielleicht konnten ihre Mutter, Robert Hart und Adelaide nun endlich in Frieden ruhen. Und vielleicht würde Molly mit der Zeit ebenfalls ihren Frieden finden.

Sie schlief gut in dieser Nacht, traumlos. Matt wich ihr nicht von der Seite. Das Feuer wärmte sie von einer Seite, Matt von der anderen.

Am nächsten Morgen ritten Nathan und Logan mit Sawyers Leiche voraus. Logan wollte nach Hause reiten und seine Eltern informieren, dass sie Molly gefunden hatten. Nathan würde sich auf den Weg nach Fort Richardson machen, den Toten dort abgeben und Bericht erstatten.

Molly konnte nur im Schritt auf Pecos reiten, Matt und Cale hielten sich nahe bei ihr, als der Weg sie durch das einstige Gebiet der Comanche führte. Sie konnte nicht anders, sie musste ständig daran denken, wie es ihr in den letzten zehn Jahren ergangen war.

Die Zeit bei den Kwahadi empfand sie als bittersüß. Gerade, als sie angefangen hatte, eine gewisse Verbundenheit mit ihrer neuen Familie zu verspüren, hatte man sie verkauft. Waren sie wohl noch am Leben? Dachten sie jemals an sie? Sie hoffte, dass ihre Comanche-Familie im Reservat wenigstens ein kleines bisschen Glück finden konnte. Sie wusste, dass es ihnen schwerfallen musste, ständig an ein und demselben Ort leben zu müssen. Würde das für sie auch schwierig werden? Konnte es ihr gelingen, von nun an immer am gleichen Ort mit Matt zu leben?

Sie hatten noch keine Einzelheiten besprochen, wie und wo sie nach der Hochzeit leben würden. Sie blickte nach rechts, sein Gesicht wurde von der Hutkrempe beschattet, Bartstoppeln bedeckten sein Kinn. Und plötzlich erkannte sie, dass es ihr egal war, wo sie leben würden. Sie liebte ihn. Mehr, als sie je für möglich gehalten hätte. Ohne ihn wäre ihr Leben nur ein Dahinvegetieren.

Vorfreude auf die Zukunft erfüllte sie. Ein Gefühl, das sie schon lange nicht mehr empfunden hatte. Reflexartig legte sie sich eine Hand auf den Bauch und musste lächeln. Mit dem Segen des Großen Geistes würden sie und Matt vielleicht sogar eines Tages Kinder haben.

Bei Einbruch der Nacht waren sie noch ungefähr dreißig Meilen vom Land der Ryans entfernt, daher schlugen Matt und Cale erneut ein Lager auf, drängten Molly so lange Essen auf, bis sie der Meinung waren, sie hätte genug, und wiesen sie danach an, sich auszuruhen. Kaum hatte sie sich hingelegt, war sie auch schon eingeschlafen.

ALS MATT das Haus seiner Eltern erreichte, fühlte er sich zutiefst erleichtert. Er hatte sich während des gesamten Rittes große Sorgen um Molly gemacht. Seine Mutter und Rosita eilten ihnen sogleich entgegen.

„Molly, wir bringen dich gleich ins Haus." Susanna streckte ihr die Hand entgegen. „Rosita, hilf mir."

Matt stieg ab, hob Molly vom Pferd, bevor seine Mutter ihm zuvorkommen konnte, und stellte sie behutsam auf dem Boden ab. Molly lächelte ihn an. Die bunt schillernden Blutergüsse auf ihrem Gesicht erinnerten ihn nur allzu deutlich an das, was geschehen war.

„Es geht mir gut, wirklich", behauptete sie, musste sich aber doch auf ihn stützen.

„Versprich mir, wenigstens drei Tage durchzuschlafen."

„Nur wenn Cale mich mit seinem Tee verschont."

„Ich wusste gar nicht, dass er so häuslich ist", meinte Susanna.

„Bin ich auch nicht", bestätigte Cale, der immer noch auf seinem Pferd saß.

„Steig ab, Caleb", verlangte Susanna. „Du machst den Eindruck, als könntest du auch ein wenig Ruhe gebrauchen."

„Vielen Dank für das Angebot, Mrs Ryan, aber ich reite besser nach Hause und sehe nach meinem Vater. Molly, versprich mir, dass du dich ausruhst. Ich komme zur Hochzeit wieder her." Er wendete sein Pferd und ritt davon.

Molly lächelte und Matt überlegte, wie lange er wohl bis zur Hochzeit warten sollte. Molly brauchte auf jeden Fall ein paar Tage, um sich zu erholen. Er fragte sich, wie lange er warten konnte. Er musste so bald wie möglich mit seinem Vater reden.

„Ich sehe später nach dir", versprach er.

Molly nickte.

„Rosita, bitte bring Molly ins Haus", bat Susanna. „In

Matthews Schlafzimmer. Sie kann unmöglich die Treppen bis zu ihrem Zimmer hinaufsteigen."

„Schön, dass du wieder da bist, Señorita", sagte Rosita. „Du siehst gar nicht schlimm aus. Ich kümmere mich gut um dich und ich habe auf dem Herd einen scharfen Eintopf, der bringt dich schnell wieder auf die Beine." Ihre Stimme verlor sich, als die beiden das Haus betraten.

„Ich bin sehr froh, dass ihr sie gefunden habt." Sorge stand in der Miene seiner Mutter. „Geht es ihr wirklich gut?"

„Ich denke schon. Cale hat sich sehr gut um sie gekümmert."

„Logan hat mir alles erzählt. Cale schafft es immer wieder, mich zu überraschen." Sie stemmte die Hände in die Hüften und wurde sehr nachdenklich. „Also, wann soll die Hochzeit stattfinden?"

„In einer Woche", antwortete er, ohne zu zögern. Er wollte sich das von seiner Mutter nicht ausreden lassen.

Sie hob fragend eine Augenbraue und schüttelte den Kopf. „Das ist zu kurzfristig, um alles vorzubereiten. Außerdem braucht Molly mehr Zeit, um sich zu erholen."

Matt wusste im Grunde, dass seine Mutter recht hatte, aber seine sonst übliche Geduld war ihm in diesem Punkt längst abhandengekommen.

„Zwei Wochen."

„Vier."

„Drei. Das ist mein letztes Wort."

Seine Mutter nickte zustimmend. „Also schön, drei. Bis dahin sollte ich alles organisiert haben." Sie lächelte mit Tränen in den Augen und umarmte ihn.

„Wofür war das denn?", fragte er.

„Weil ich deine Mutter bin und stolz auf den Mann, der du geworden bist. Manchmal erinnerst du mich sehr an den Mann, den ich geheiratet habe." Sie ließ ihn los und kehrte ins Haus zurück.

Matt machte sich umgehend auf den Weg zu seinem Vater. Er

fand ihn in der Scheune, wo er Vorräte auf ein Maultier lud, um damit zum Viehtrieb zurückzukehren.

„Soll ich mitkommen?", fragte Matt.

Erschrocken fuhr der alte Mann herum, dann umarmte er Matt. „Logan hat euch angekündigt. Wie geht es Molly?"

„Gut." Matt machte einen Schritt zurück und lächelte. Er schäumte beinahe über vor Glück.

„Vergiss den Viehtrieb, der ist bald erledigt. Bleib hier, ruh dich aus, dann reden wir über Mollys Zukunft."

„Deswegen bin ich hier." Er schob seinen Hut zurecht. „Ich will sie heiraten, Pa. Und ich wüsste gern, ob dein Angebot für ein Stück Land und einen Anteil an dieser Ranch noch gilt."

Sein Vater lachte laut auf. „Und ob das noch gilt." Er klopfte Matt auf den Rücken. „Hätte nie gedacht, diese Worte mal aus deinem Mund zu hören. Wurde aber auch Zeit, mein Junge."

„Ja, Sir. Das stimmt." Und damit war Matts Zukunft mit Molly unter der heißen texanischen Sonne besiegelt.

Kapitel Zweiunddreißig

Drei Wochen später saß Molly auf der Bettkante und fragte sich, was sie mit ihren Haaren anfangen sollte. Sie hatte nie viel Aufhebens darum gemacht und war nun ein wenig überfordert. Da heute ihr Hochzeitstag war, sollte sie sich besser etwas einfallen lassen, und zwar schnell.

Rosita platzte ins Zimmer, mit dem wunderschönen elfenbeinfarbenen Kleid, das Susanna vor zwei Wochen in Dallas gekauft hatte. Molly gefielen die Spitzenschleifen und der sanfte Schnitt des seidigen Stoffes. Sie hatte es in den letzten Tagen einige Male getragen, um es anzupassen.

„Warum sitzt du herum und schaust verloren in die Welt?", fragte Rosita.

„Tja …" Molly kaute auf ihrer Unterlippe. Zum Glück war sie nicht länger angeschwollen. Von ihrer Begegnung mit Sawyer waren nur noch ein schmerzender Brustkorb und ein paar Narben an den Beinen übrig geblieben. Aber davon würde man unter dem schönen Kleid nichts sehen. Matt hatte ihr versichert, dass ihn die Narben nicht stören würden, wenn sie nach der Zeremonie das Kleid ablegte. Der Gedanke ließ sie erröten.

Sie und Matt waren seit ihrem ersten Mal nicht mehr miteinander intim gewesen. Er hatte zu ihrer Enttäuschung darauf bestanden, die Wünsche seiner Eltern zu respektieren. Außerdem betrachtete er es als eine Art Ehrerbietung seiner zukünftigen Frau gegenüber. Das hatte er ihr zumindest eingeredet, wann immer sie sich leidenschaftlich geküsst hatten.

„Hast du Bedenken?", fragte Rosita.

„Nein", erwiderte Molly sofort. „Natürlich nicht. Aber was mache ich mit meinen Haaren?"

„Ah, ich helfe dir." Die ältere Frau eilte zu ihr und summte vor sich hin, dann runzelte sie die Stirn, murmelte etwas auf Spanisch und schüttelte schließlich den Kopf, während sie Mollys Haare in verschiedene Frisuren drehte. „Das ist eine schwierige Entscheidung."

„Was ist schwierig?", wollte Susanna wissen, die soeben ins Zimmer trat.

„Das Haar von Señorita Molly."

„Ich denke, es sähe hübsch aus, wenn du es offen tragen würdest." Susanna strich das Kleid auf dem Bett glatt.

Die beiden Frauen brauchten eine Weile, bis sie Mollys Locken um ihr Gesicht drapiert hatten. Ihr Haar reichte ihr inzwischen bis zu den Schultern.

„Und nun", sagte Susanna und begutachtete ihr Werk, „müssen wir dir endlich das Kleid anziehen."

Sie knöpften und zupften an ihr herum, und bald stand Molly in ihrem Brautkleid vor ihnen. Die Robe mit den halblangen Ärmeln und der eingearbeiteten Spitze im Oberteil schmiegte sich eng um ihre Taille und betonte ihr Dekolleté. Auf einmal hatte Molly die Befürchtung, es sei vielleicht ein wenig zu viel des Guten.

„Sollte ich mich nicht etwas mehr bedecken?" Verlegen strich sie sich über den Ausschnitt.

„Unfug." Susanna betrachtete das Kleid kritisch. „Du bist eine wunderschöne junge Frau und dies ist dein Hochzeitstag. Alle

Augen sind auf dich gerichtet. Es kann nie schaden, einen Mann auf Trab zu halten."

„Wie bitte?"

Susanna hielt lächelnd inne. „Deine eigene Mutter kann leider nicht dabei sein, aber ich bin sicher, sie schaut von irgendwo zu. Und ich bin mir außerdem sicher, dass sie ebenso stolz auf dich und Matthew ist wie ich und sich über euer Glück freut, auf das ihr so lange warten musstet. Wäre Rosemary heute hier, würde sie vor Freude weinen und dich umarmen und an dir herumzupfen, bis du einfach perfekt aussiehst." Sie nahm Mollys Hände in ihre. „Wenn du irgendetwas wissen möchtest oder wenn dich etwas beschäftigt, dann weißt du hoffentlich, dass du damit jederzeit zu mir kommen kannst."

„Danke", flüsterte Molly unter Tränen.

„Sorgst du dich wegen der Hochzeitsnacht?"

Molly bekam einen Hustenanfall und musste lachen. Ein wenig beschämt wischte sie sich die Tränen vom Gesicht.

Susanna schüttelte den Kopf und schürzte die Lippen. „Männer." Sie lächelte. „Die haben einfach keine Geduld. Aber anders wollen wir sie auch gar nicht haben, nicht wahr?"

„Nein, Ma'am."

„Ich habe es Matthew nie erzählt, aber ich war schon vor meiner Hochzeit in freudiger Erwartung mit ihm."

„Wirklich?" Molly sah sie mit großen Augen an.

Susanna nickte, zog ein Taschentuch aus ihrer Schürzentasche und trocknete damit Mollys Tränen. „Heute wird alles rechtens gemacht. Und ich freue mich unendlich, dich ab heute meine Tochter nennen zu dürfen. Oh, beinahe hätte ich etwas vergessen!" Sie griff in die andere Schürzentasche und zog einen Brief heraus. „Der ist für dich von Mary."

Aufgeregt nahm Molly den Brief entgegen. Endlich hatte sie Kontakt zu ihrer Familie.

„Setz dich hin und lies ihn. Rosita und ich kommen gleich wieder."

Die beiden Frauen verließen das Zimmer, und Molly setzte sich auf den Stuhl am Fenster. Sorgsam entfaltete sie das Blatt Papier.

Liebste Molly,
ich konnte es nicht fassen, als Mrs Ryan mir schrieb, dass du noch am Leben bist. Ich kann es immer noch nicht richtig glauben. Es ist ein Wunder. Ich kann es kaum erwarten, dich wiederzusehen! Hast du Emma auch geschrieben? Sie lebt noch immer bei Tante Catherine in San Francisco.

Ich nehme an, du weißt, was mit Mama und Papa passiert ist. Es war für Emma und mich eine sehr schwierige Zeit. Ich kann es nicht in Worte fassen. Aber ich nehme an, für dich war es noch viel schwieriger. Du warst immer die Stärkste von uns. Daher sollte ich eigentlich gar nicht so erstaunt sein, dass du überlebt hast.

Am liebsten würde ich dich sofort besuchen kommen, aber ich bin guter Hoffnung. Das Baby kann jeden Tag kommen. Ich habe vor fünf Jahren Tom Simms geheiratet, einen wunderbaren Mann, und ich bin sehr glücklich. Wir haben bereits zwei Kinder, Robert Thomas ist fünf und Molly Rose ist drei. Meine Tochter ist dir sehr ähnlich und trägt ihren Namen zu Recht. Sie kann kaum still sitzen!
Wir betreiben eine Ranch im Arizona-Territorium, östlich von Tucson, und Tom ist sehr erfolgreich damit. Emma habe ich seit der Geburt von Molly Rose nicht mehr gesehen. Wir sollten uns wirklich bald treffen. All die Jahre, die verloren sind. Tom meint, sobald das Baby da ist, bringt er mich zu dir nach Texas.

Ich möchte dich außerdem um einen Gefallen bitten. Meine liebe Freundin Tess Carlisle ist auf der Suche nach Cale Walker. Erinnerst du dich an Cale? Tess glaubt, er könnte etwas über den Verbleib ihres Vaters wissen. Es ist eine lange Geschichte, aber ich dachte, du könntest die Ryans fragen, ob sie wissen, wo man ihn erreichen kann.

Bitte schreibe mir, sobald es dir möglich ist. Ich freue mich schon so sehr auf unser Wiedersehen.

In Liebe und Zuneigung
Deine Schwester Mary

Molly wischte sich die Tränen weg, die heute gar nicht mehr aufhören wollten zu fließen. Mary war gesund und glücklich. Einen Moment lang wünschte sie sich verzweifelt, ihre Schwester jetzt sofort sehen zu können, um sie in den Arm zu nehmen und die letzten zehn Jahre zu vergessen und sich stattdessen an die schönen Zeiten ihrer gemeinsamen, kurzen Kindheit zu erinnern.

Mary hatte ihre Tochter Molly genannt. Es wärmte ihr das Herz und machte sie sprachlos. Sie hoffte, ihre Namensvetterin bald treffen zu können.

Marys Erwähnung von Cale erinnerte sie daran, dass sie ihrer Schwester vom Betrug der Mutter erzählen musste. Wie würde Mary es aufnehmen, dass Cale Mollys Halbbruder war?

Susanna warf einen Blick ins Zimmer. „Ist es ein schöner Brief?"

Molly nickte und fing schon wieder an zu weinen. „Sie bekommt bald ein Baby, aber danach will sie mich besuchen kommen. Ich habe ein schlechtes Gewissen, weil ich ohne meine beiden Schwestern heirate."

„Möchtest du die Hochzeit lieber verschieben, bis beide herkommen können?"

Molly schüttelte den Kopf. „Wer weiß, wie lange das dauern würde? Bis dahin haben Matt und ich sicher drei eigene Kinder."

„Und ich wäre eine glückliche Großmutter." Susanna betrat das Zimmer. Sie trug inzwischen ein wunderschönes weiß-blaues Kleid. „Alles ist vorbereitet. Bist du so weit?"

„Ja." Molly stand auf und bemühte sich, ihren nervösen Magen zu beruhigen. Sie legte den Brief in Matts Kommode und ging aus dem Zimmer, ihrer Zukunft entgegen.

MOLLY WARTETE AM HAUPTEINGANG DARAUF, von Matts Vater hinausgeführt zu werden. Die Sonne strahlte vom Himmel, und die Zeremonie sollte im Freien stattfinden. Sie zupfte an den Spitzen ihres Kleides herum, um ihre Nerven zu beruhigen, dann hörte sie, wie die Tür aufging, und blickte auf.

Davis Walkers hohe Gestalt füllte den Türrahmen aus. Molly erstarrte.

„Kann ich kurz mit dir reden?", fragte er, die Hand zögernd auf dem Türknauf.

Molly nickte knapp.

Er trat hinkend ein, schloss die Tür und schaute sie an.

„Erholst du dich von der Wunde?", fragte sie, nachdem der erste Schock darüber, ihn hier zu sehen, nachgelassen hatte.

„Ja." Er blickte sie gequält an. „Ich weiß, ich hätte Schlimmeres verdient. Ich wusste nicht, ob du bereit wärst, mich zu treffen, aber ich habe gehofft, dass … nun, ich würde dich gern besser kennenlernen. Ich wäre gern ein Teil deiner Familie, wenn du mich lässt."

Molly hörte die Traurigkeit in seiner Stimme. Dieser Mann war ihr Vater. Für eine Weile hatte er ihrer Mutter etwas bedeutet.

Molly wusste, sie konnte ihm nicht die Tür weisen, aber sie wusste auch nicht, ob sie bereit war, ihn an ihrem Leben teilhaben zu lassen. In ihrem Kopf war er der Feind. Die Abscheu ihm gegenüber war zwar nicht mehr so stark, aber sie konnte ihn nicht einfach mit offenen Armen empfangen und vergessen, was passiert war.

„Ich bin mir nicht sicher. Wir können es versuchen, aber ich will ehrlich mit dir sein. Es wird einige Zeit dauern, bis ich die Vergangenheit hinter mir lassen kann."

Davis nickte. „Das verstehe ich. Ich werde dich nicht unter Druck setzen."

Es überraschte Molly, dass ihm Tränen in den Augen standen.

„Du siehst wunderschön aus. Wie deine Mutter."

„Ich wünschte, sie wäre hier."

„Ich auch."

Kapitel Dreiunddreißig

Die Sonne strahlte vom blauen texanischen Himmel, als Molly und Matt den Bund der Ehe schlossen. Die Zeremonie war schlicht und viel zu schnell vorbei. Molly verbarg ihre zittrigen Hände hinter dem Strauß aus roten und gelben Wildblumen und schaute tief in Matts blaugrüne Augen, als sie sich das Jawort gaben. Er trug einen schwarzen Anzug, ein weißes Hemd und einen schwarzen Binder und sah einfach umwerfend aus.

Logan, der in seinem Anzug beinahe ebenso gut aussah wie sein Bruder, und Rosita waren die Trauzeugen. Die mexikanische Köchin hatte vor Freude gejauchzt, als Molly sie vor ein paar Tagen gefragt hatte.

„*Sí*, ich bezeuge alles", hatte sie geantwortet. „Ich habe so lange darauf gewartet, dass sich die Ryan-Jungs eine gute Frau suchen. Señor Matt bekommt die beste."

Molly hoffte inständig, dass Rosita recht behalten würde. Sie wollte Matt keinesfalls enttäuschen.

Etwa vierzig Gäste nahmen an der Feier teil, Nachbarn und Cowboys, die auf der Ranch arbeiteten. Die meisten kannte Molly nicht, aber sie alle waren neugierig darauf, zu sehen, welche Frau es geschafft hatte, Matthew Ryan einzufangen. Offenbar nannte man sie nicht nur das Mädchen, das von den Toten zurückgekehrt war, sondern auch das Mädchen, das den mächtigen Comanche entronnen war. Aber niemand schien Abneigung und Vorurteile gegen sie zu hegen, wie Mrs McAllister, die bezeichnenderweise nicht anwesend war.

Molly erfuhr, dass sie einen gewissen Ruf besaß, und einige Geschichten aus ihrer Kindheit wurden mit Begeisterung erzählt. Matt besaß ebenfalls einen weitreichenden Ruf, über Texas hinaus, so sagte man ihr zumindest. Er sei ein hartgesottener Scout der Armee, ein geschickter Unterhändler bei Verhandlungen mit den Indianern und ein Texas Ranger, der nie zögerte, sein eigenes Leben für seine Männer und die Bewohner von Texas, die er beschützen sollte, zu riskieren.

Aber Molly wusste, dass ein solches Leben einen hohen Preis hatte. Sie hatte die Verletzungen gesehen, die Cerillo Matts Bein zugefügt hatte. Er hatte ihr erzählt, dass der Mann es ihm mehrmals mit einer Eisenstange gebrochen hatte.

Molly war sich bewusst, dass Matt ihr dabei verschwieg, wie brutal Cerillo wirklich gewesen war und dass er die Gefangenschaft nur knapp überlebt hatte. Sie wusste außerdem, dass er nicht zugeben wollte, wie sehr ihn die Gefangenschaft und die Folter noch immer beeinflussten, aber manche Dinge ließen sich eben nie ganz aus der Erinnerung verbannen.

Nun würden sie neue Erinnerungen schaffen, um die alten zu ersetzen, und Molly hoffte, sie würde Matts Leben mit genug Glück füllen, dass sie ihrer beider Vergangenheit endlich ruhen lassen konnten.

NACH DER ZEREMONIE wollten alle gratulieren. Matt konnte Molly dank seiner Größe immer zwischen all den Gratulanten ausmachen.

Sie hatte sich die Blumen aus dem Haar gezupft und der abendliche Wind wehte ihr die dunklen Strähnen aus dem Gesicht. Sie begrüßte lächelnd jeden, der sie ansprach, und hörte aufmerksam zu.

Ihr Anblick erstaunte ihn immer wieder.

Als Kind war sie gleichermaßen anstrengend und einnehmend gewesen, was bei ihm das Bedürfnis geweckt hatte, sie zu beschützen. Als Frau hatte sie ihn auf so vielfältige Weise bezaubert, dass er sich nicht in der Lage sah, Worte dafür zu finden. Er wusste jedoch mit absoluter Gewissheit, dass er sich sein Leben ohne sie nicht mehr vorstellen konnte.

Es verblüffte ihn stets aufs Neue, dass Molly diesen Überschwang der Gefühle bei ihm auslöste. Dass seine Frau das bei ihm auslöste, verbesserte er sich. Ein noch nicht vertrauter, aber sehr aufregender Gedanke. Er lockerte den Binder.

„Fühlst du dich jetzt schon eingeengt?", fragte Nathan und wedelte mit einer Whiskeyflasche. Er reichte Matt ein volles Glas. Cale und Logan schoben sich durch die Menge der Gäste, ebenfalls mit vollen Gläsern.

Matt lachte über Nathans Frage. „Eines Tages wird es dich auch erwischen. Ich freue mich schon darauf, der Frau zu begegnen, die dich in die Knie zwingt."

„Molly hat dich in die Knie gezwungen? Interessant."

„Wir müssen alle schon recht verzweifelt sein, wenn wir uns so sehr für das Liebesleben meines Bruders interessieren", meinte Logan.

„Allzu viele Gesprächsthemen gibt es hier ja sonst nicht", warf Nathan ein.

„Das war nie anders", mischte sich Cale ein. „Aber wenn ihr als Nächstes über Handarbeiten reden wollt, probe ich den Aufstand. Erzähl mir nicht, deine Frau hat dich schon so weit bearbeitet, dass du nichts mehr trinkst."

Matt grinste seinen frischgebackenen Schwager an. Die vier

Männer prosteten einander zu und tranken ihre Gläser leer. Nathan füllte nach.

„Auf ein langes Leben an Mollys Seite", sagte Cale. „Sie ist eine Frau fürs Leben, und falls du je anderer Ansicht sein solltest, lass mich dir versichern, dass du mir Rede und Antwort stehen wirst."

Matt nahm die Drohung hin, wie sie gemeint war, als gut gelaunten Scherz.

„Auf ein ruhiges Leben als Rancher", schloss sich Nathan an.

Sie leerten erneut die Gläser.

„Auf dich und Molly. Möge eine ganze Schar Kinder dafür sorgen, dass es alles andere als ruhig wird", witzelte Logan.

„Du kommst auch noch dran", erwiderte Matt.

„Mag sein, aber du bist zuerst dran. Ich wusste schon, dass du zu tief drinsteckst, als du noch versucht hast, ihr einen Ehemann zu suchen."

Sie lachten und tranken, doch für Matt war nach dem einen Glas Schluss. Er wollte in seiner Hochzeitsnacht einen klaren Kopf behalten. Molly kam zu ihm und lächelte ihn mit leuchtenden Augen an. Er legte ihr seinen Arm um die Taille.

Er genoss den Anblick ihrer vollen Brüste, die sich unter der Spitzenborte ihres Kleides abzeichneten. Sie war verführerisch, ohne dass es ihr bewusst war. Auf einmal hatte er es ziemlich eilig, mit ihr allein zu sein. Dass die Männer um sie herum ebenfalls ihr tiefes Dekolleté bewundern konnten, bereitete ihm zunehmend Unbehagen.

„Frierst du nicht? Ich gebe dir mein Jackett."

„Nein, es geht schon." Molly wirkte verwundert über das Angebot.

Nathan lachte und Logan fluchte leise.

„Sie hat dich geheiratet", erinnerte er Matt. „Reicht das nicht?"

Matt schaute ihn finster an. „Ja, aber die Möglichkeiten sind hier in der Gegend eben begrenzt. Sucht euch eine eigene Frau."

„Cale", sagte Molly, „ich möchte gern mit dir reden, bevor du aufbrichst. Ich habe einen Brief von meiner Schwester Mary bekommen. Sie schrieb, dass eine gewisse Tess Carlisle nach dir sucht. Mary bat darum, dass du Kontakt mit ihr aufnimmst."

„Carlisle …", murmelte Cale.

„Kennst du sie?", fragte Nathan.

„Nein. Aber der Name sagt mir etwas. Hat Mary erwähnt, warum sie Kontakt zu mir will?"

„Sie ist auf der Suche nach ihrem Vater und glaubt offenbar, du könntest ihr helfen."

„Meine Güte, sie muss Hanks Tochter sein."

„Hank Carlisle?", meinte Nathan nachdenklich. „Der Name kommt mir auch bekannt vor."

„J. Howard Carlisle."

„Der berüchtigte Kopfgeldjäger?"

„Ja. Ich war vor einigen Jahren mit ihm unterwegs, aber ich habe schon lange nichts mehr von ihm gehört. Ich bezweifle, dass ich ihr dabei helfen kann, ihn aufzuspüren."

„Mary wohnt in der Nähe von Tucson, falls du der Frau doch noch helfen möchtest", sagte Molly.

„Ich werde darüber nachdenken. Ich schulde Hank einiges. Und seine Tochter kann nicht viel älter sein als du."

„Was heißt das?"

„Eine junge Frau auf der Suche nach einem Kopfgeldjäger, das kann ziemlich gefährlich werden."

„Du kennst die Frau doch gar nicht", stellte Molly fest. „Vielleicht ist sie zäher, als du denkst."

„Stimmt. Wenn ich Glück habe, ist sie wie du. Andererseits wäre das vielleicht doch kein Glück."

Molly lachte. „Ich hoffe, sie ist ein Stachel in deinem Fleisch."

„Da spricht eine echte Walker." Cale grinste, als er Matts finstere Miene sah, und legte einen Arm um seine Halbschwester. „Komm." Er zog sie aus Matts besitzergreifenden Armen. „Es wird Zeit, dass TJ und Joey auch erfahren, dass sie eine Schwester haben."

MOLLY LEHNTE sich an den Zaun des Paddocks und beobachtete Winter beim Herumtollen. In der Dämmerung stachen zwei Dinge besonders hervor: das helle Fell des Pferdes und ihr Brautkleid. Sie wäre am liebsten auf den Zaun gestiegen, um besser sehen zu können, aber sie wollte das Kleid nicht ruinieren.

„Sie gehört dir", sagte Nathan.

„Du machst Scherze." Molly starrte ihn ungläubig an. Warum sollte er sich von so einem prachtvollen Tier trennen?

„Ja, das ist ein Scherz." Matt stand neben ihr, einen Arm lässig auf den Zaun gelegt.

Nathan lachte. „Kein Grund zur Aufregung. Ich habe in den letzten Wochen mit ihr gearbeitet. Molly dürfte keine Probleme mit ihr haben."

„Ich hatte auch vorher keine Probleme mit ihr", murmelte Molly.

„Das habe ich gehört." Matts Atem strich heiß über ihren Nacken, als er sich über sie beugte. Sie erschauerte angesichts seiner Nähe. Von drinnen hörte man noch den Lärm und das Geplauder der Gäste, aber bald würden sie gehen, und dann endlich begann ihre und Matts Hochzeitsnacht. Ihr Magen flatterte vor Aufregung.

Logan und Susanna kamen aus dem Haus zu ihnen herüber. „Da seid ihr ja." Susannas Ton erregte sofort Mollys Aufmerksamkeit.

„Stimmt etwas nicht?"

„Wir haben gerade erfahren, dass Lester Williams in Fort Sumner ist. Er ist sehr krank."

„Wie ernst ist es?", fragte Matt.

„Es scheint sehr ernst zu sein", antwortete Logan. „Ich werde mich bei Tagesanbruch auf den Weg machen."

„Soll ich mitkommen?"

„Nein, Cale wird mich begleiten."

„Was ist mit Claire?", erkundigte sich Molly. „Ist sie auch krank?"

„Wir wissen es nicht genau", erwiderte Susanna. „Sie wird in dem Telegramm nicht erwähnt."

„Ich werde versuchen, sie zu finden", versicherte Logan.

Molly nickte. Sie machte sich Sorgen um ihre Freundin.

„Da ist noch etwas", sagte Susanna zögernd.

Molly wartete. Vielleicht war es zu viel verlangt, dass ihre Hochzeit ohne Zwischenfall vonstattenging.

„Ich habe diesen Brief gefunden." Susanna zeigte das Blatt Papier, das sie in der Hand hielt. „Er war unter einigen Unterlagen in Jonathans Arbeitszimmer begraben. Er ist von deiner Tante Catherine und ist vor zwei Wochen abgeschickt worden. Er war an mich adressiert, aber ich denke, er ist eher für dich gedacht."

„Schlechte Neuigkeiten?", fragte Molly.

„Ja und nein. Deine Tante freut sich natürlich, dass du am Leben bist, und hofft, dich bald sehen zu können. Aber offenbar ist Emma weggelaufen, bevor mein Brief dort eingetroffen ist."

„Sie ist weggelaufen?"

„Offenbar hatte sie ohnehin die Absicht, nach Texas zu kommen, auch ohne zu wissen, dass du noch lebst. Sie hat deiner Tante eine Nachricht hinterlassen. Allerdings hat sie wohl einen seltsamen Abstecher eingeplant. Sie wollte einen großen Canyon im Arizona-Territorium besichtigen. Was deiner Tante Sorge bereitet, ist der Umstand, dass Emma betonte, niemand dürfe wissen, wohin sie reist. Und tatsächlich sind offenbar ein paar Männer aufgetaucht und haben nach Emma gefragt, ein paar Tage, nachdem sie weg war. Catherine hat ihnen nichts erzählt, aber sie befürchtet, dass Emma in Gefahr schwebt. Sie weiß nicht, was sie nun tun soll."

„Wir sollten uns auf die Suche nach Emma machen", sagte Molly. „Weiß einer von euch, wo dieser Canyon ist?"

„Ich weiß es", meinte Nathan. „Man nennt ihn den Grand Canyon. Ich war bereits dort, wenn auch nicht unten in der

Schlucht. Dieser Canyon ist unfassbar groß und tief." Er wirkte ein wenig erstaunt. „Tatsächlich ist er ziemlich atemberaubend. Vielleicht wollte sie ihn sich nur mal anschauen. Ich könnte versuchen, sie auf meinem Weg nach Kalifornien aufzuspüren."

„Bist du sicher?"

„Betrachte es als Hochzeitsgeschenk."

„Du wolltest mir doch eben schon Winter schenken. Das ist zu großzügig. Ich kann mich auch selber auf die Suche nach ihr machen."

„Nein", widersprachen Matt und Nathan gleichzeitig. Allerdings klang Matt deutlich energischer als Nathan.

„Lass es uns wissen, falls du Hilfe benötigst", sagte Matt.

Nathan nickte.

Molly stemmte die Hände in die Hüften, sah aber ein, dass es wohl die beste Lösung war. Dennoch machte sie sich Sorgen. „Und wenn du Hilfe brauchst", sagte sie mit einem Seitenblick auf Matt, „dann kommen wir beide."

„Hast du zufällig ein Bild von Emma?", fragte Nathan an Susanna gewandt.

„Kann sein. Lass uns nachschauen."

Sie gingen an den feiernden Gästen auf der Veranda vorbei ins Haus und betraten Jonathans Arbeitszimmer.

Susanna nahm eine Schachtel aus dem Regal und suchte zwischen all den Briefen, bis sie eine Fotografie einer jungen Frau gefunden hatte.

„Catherine hat mir das Bild vor ein paar Jahren geschickt. Ich glaube, Emma war damals sechzehn."

Nathan nahm das Foto entgegen. Molly warf über seine Schulter hinweg einen Blick darauf. Sie hatte ihre Schwester immerhin seit zehn Jahren nicht mehr gesehen. Das Mädchen auf dem Foto lächelte nicht, aber sie hatte ein Funkeln in den Augen, das selbst auf dem Bild erkennbar war. Dunkles, lockiges Haar umrahmte ihr Gesicht. Sie schaute direkt in die Kamera, voller

Offenheit und Zuversicht, was so gar nicht zu dem Schicksal passen wollte, das sie erlitten hatte.

„Sie sieht noch immer so aus wie als Kind", stellte Molly fest. „So hübsch."

Nathan betrachtete das Foto ein wenig länger. „Ja, sehr hübsch."

Bevor Molly fragen konnte, ob etwas nicht stimmte, steckte er das Bild in die Innentasche seines Jacketts.

„Ich werde mich dir und Cale morgen früh anschließen", wandte er sich an Logan. Der nickte.

„Danke", sagte Molly. „Das bedeutet mir sehr viel."

„Achte du gut auf Matt. Ich bin froh, dass ich jetzt nicht mehr ständig auf ihn aufpassen muss."

„Mache ich. Und auf Winter passe ich auch auf, bis du wieder da bist. Dann bekommst du sie zurück." Als er widersprechen wollte, schüttelte sie den Kopf.

„Du kannst auch sofort nachgeben", meinte Matt zu Nathan und legte ihm eine Hand auf die Schulter. „Und du kannst Emma berichten, dass Molly bereit war, sie für ein Pferd einzutauschen."

„Ich weiß nicht", entgegnete Nathan nachdenklich. „Winter ist ein verflixt schönes Tier."

Molly blickte abwechselnd in Matts unbewegliche Miene und Nathans ernstes Gesicht. Dann erst wurde ihr bewusst, dass die beiden sie auf den Arm nahmen.

„Nun, du hast schon recht", stimmte sie zu. „Winter ist ein schönes Pferd. Vielleicht sollte ich sie dir nur wieder zurückgeben, wenn du meine beiden Schwestern zu mir bringst."

„Ich bin für einen Waffenstillstand." Nathan hob geschlagen die Hände. „Ich kann nicht meine ganze Zeit damit zubringen, Frauen auf Abwegen wieder einzusammeln."

„Das klingt besser, als Gesetzlose zu jagen", meinte Logan. „Es stirbt sich dabei nicht so schnell."

Susanna verzog das Gesicht. „Genug, das reicht jetzt. Ihr Jungs bereitet mir noch schlaflose Nächte." Sie nahm Logans Hand.

„Versprich mir, vorsichtig zu sein. Bring Lester nach Hause und vergewissere dich, dass es Claire gut geht." Dann wandte sie sich an Nathan. „Mit etwas Glück findest du Emma vielleicht schnell. Achte auf deine Worte, wenn du ihr von Molly erzählst."

„Ja, Ma'am. Vielleicht sollte ich ihr dann besser nichts sagen?"

„Doch, sag es ihr." Molly blickte ihm fest in die braunen Augen. Auch wenn er auf den ersten Blick grimmig und verschlossen wirkte, verbarg sich unter der harten Schale ein Mann wie Matt, aufrichtig, verlässlich und umsichtig. Dazu war er zäh und mutig, Charakterzüge, die dieses raue Land in den Menschen, die es bewohnten, hervorbrachte. Sie hoffte, die Liebe würde auch ihn eines Tages finden. „Und sag ihr auch, dass ich sie vermisst habe."

Nathan nickte. „Mache ich."

„Wir sollten wohl zu unseren Gästen zurückkehren", mahnte Susanna. „Der Hochzeitstag ist schließlich noch nicht vorbei."

Molly hoffte jedoch, dass sie und Matt die Feier bald verlassen konnten.

Kapitel Vierunddreißig

Es war schon dunkel, als Matt, mit Molly in seinen Armen, sein Elternhaus verließ, der erste Schritt in ihre gemeinsame Zukunft.

„Sieh dir nur all die Sterne an." Sie legte den Kopf in den Nacken. „Wohin reiten wir?"

„Das ist eine Überraschung." Er zog eine Spur Küsse über ihren Hals. Sie roch nach süßen Wildblumen, Wüstenwind und endlosen Möglichkeiten.

Nach einem kurzen Ritt erreichten sie das verlassene Gebäude, in dem seine Familie vor langer Zeit gelebt hatte. Er hatte Molly hierher gebracht, nachdem sie erfahren hatte, dass Davis Walker ihr Vater war. Hier hatte er eingesehen, dass er auf verlorenem Posten kämpfte. Er wollte Molly, er brauchte sie und er war ein Narr gewesen, dagegen anzukämpfen.

Sie stiegen ab. „Warte hier." Er ging hinein, um eine Lampe anzuzünden, dann kam er wieder heraus, um seine Gattin hineinzuführen. Vor dem Eingang nahm er sie auf die Arme und trug sie über die Schwelle in ihr neues Heim.

„Hast du dich hierher die ganze Zeit verdrückt?", fragte sie, als er sie herunterließ.

Er nickte und betrachtete die Früchte seiner Arbeit. Er hatte neue Fenster eingesetzt und Vorhänge aufgehängt. Ein großes Bett war aus Dallas geliefert worden. Darauf lag eine Decke, die seine Mutter ihnen zur Hochzeit geschenkt hatte. Er hatte den Ofen gereinigt, Tisch und Stühle ins Zimmer gestellt, ebenso wie Regale und einen Schrank, gefüllt mit Lebensmitteln, Geschirr und Zubehör.

„Es ist eng, aber es gehört uns allein. Und ich verspreche dir, schon bald ein großes Haus für dich zu bauen. Schließlich brauchen wir Platz, wenn die Kinder kommen."

Molly sah ihn an. „Ich liebe es. Das ist mehr, als ich je zu hoffen gewagt hatte. Danke."

Er lächelte sie an und wusste, was für ein Glückspilz er war. Molly trug noch immer ihr Hochzeitskleid. Dunkle Locken kringelten sich in ihrem Nacken und ihre Rundungen waren mehr als verlockend. Sie wirkte weiblich und verletzlich. Sie hatte immer einen Platz in seinem Herzen gehabt, von Anfang an. Seine Zukunft stand ihm nun klar vor Augen, sein Ziel war vorgezeichnet. So wie der Felsenzaunkönig einen Weg zu seinem Nest auslegte, so deutlich lag sein Weg nun vor ihm. Und diesen Weg ging er gemeinsam mit Molly.

GERÜHRT VON DER MÜHE, die Matt sich für sie gemacht hatte, konnte Molly noch nicht richtig fassen, dass sie nun ein echtes Zuhause hatte.

„Ich habe etwas für dich." Er griff in seine Tasche und zog vorsichtig ein Stück Stoff heraus, das er auseinanderfaltete.

Erstaunt betrachtete sie den Inhalt. „Du hast sie aufgehoben?"

Er reichte ihr die Kette mit dem goldenen Kreuz und dazu ein zerknittertes gelbes Band, das sie in der Nacht ihres Verschwindens getragen hatte.

„Seit dem Tag, als ich dich verlor, habe ich beides immer bei mir gehabt. Aber nun brauche ich das nicht mehr, denn ich habe ja jetzt dich."

Dann griff er in seine Hosentasche und holte noch etwas heraus, um es ihr zu geben: den silbernen Stern mit den Worten TEXAS RANGERS. „Den kannst du auch haben, ich brauche ihn nicht mehr."

Sie fing an zu weinen, aber er küsste ihre Tränen fort. Die Last der Vergangenheit fiel von ihnen ab. Mit jedem Kleidungsstück, das sie auszogen, befreiten sie sich davon. Sie kamen zusammen, hitzig wie die texanische Sonne, und liebten einander voller Zärtlichkeit, voller Verlangen und voller Leidenschaft.

Als die Dunkelheit sie umfing, fand Molly endlich Frieden in seinen Armen. Das Schweigen war nicht länger ihr Feind, und ihre beschwerliche Reise war nun beendet. Sie war verloren gewesen, doch Matt hatte sie gefunden.

Im Morgengrauen ließ Molly ihren schlafenden Gatten in ihrem neuen Bett zurück. Sie beugte sich über ihn, seine Blöße wurde kaum von der dünnen Decke verhüllt. Sie hatten nicht viel geschlafen, sondern den unendlichen Hunger nacheinander gestillt, bis die Müdigkeit sie schließlich übermannt hatte.

Sie bemerkte, dass ihre Sachen hierher gebracht worden waren. Matts Umsicht rührte ihr Herz. Schnell schlüpfte sie in ihr Unterkleid und ihre Stiefel.

Dann fiel ihr Blick auf die rostige Kiste, in der ihre Sachen für den Notfall lagen. Sie öffnete die Schachtel und nahm die alte, ausgeleierte Zwille aus Kindertagen heraus. Dann nahm sie das goldene Kreuz, das gelbe Band und den Rangerstern vom Tisch und ging damit nach draußen, wo das dunstige Blau des Himmels den neuen Tag ankündigte.

Sie knüpfte das Band an die Zwille und steckte sie in die Rinde einer Pappel, die neben dem Haus stand. Dann hängte sie die Kette darüber, mit dem baumelnden Kreuz daran. Schließlich befestigte sie auch den silbernen Stern an der Zwille. Im Licht der Sonne glänzte der Stern und Molly blinzelte geblendet.

Sie erinnerte sich daran, wie sie als Kind gewesen war: wild und voller Energie, dem Land auf eine Weise verbunden, die sie selbst nicht hatte erfassen können. Sie stellte sich vor, wie Molly Hart auf ewig über die Prärien rennen, über Bäche springen, Schlangen fangen und Steine für die Zwille sammeln würde.

Langsam drehte sie sich um und ging dem neuen Tag entgegen, einer neuen Zukunft als Molly Ryan.

Matt erschien hinter ihr, ohne Hemd und noch sehr verschlafen, ungezähmt und verwegen. Seine raue Kraft entstammte ebenfalls diesem Land. Er legte seine Arme um sie. Von nun an würden sie den Stürmen des Lebens gemeinsam trotzen.

Gemeinsam begrüßten sie die Morgensonne.

Epilog

24. Dezember 1877

Matt nahm beide Geschenke in eine Hand, um mit der anderen die Tür zum Schlafzimmer zu öffnen, das er mit Molly teilte. Er hatte sie zu seinen Eltern mitgenommen, damit sie bei ihrer eigenen Familie und seiner Mutter sein konnte. Ihr wachsender Bauch bereitete ihm einige Sorge. Zwar freute er sich unbändig auf das bald kommende Kind, aber er benahm sich auch wie eine Glucke. Seine Zeit als Texas Ranger kam ihm im Vergleich zu dem, was ihm bevorstand, geradezu eintönig vor.

Molly saß auf dem Bett, gegen einen Stapel Kissen gelehnt. Auf ihrem runden Bauch balancierte sie einen Teller und schaufelte ein großes Stück Kuchen in sich hinein.

„Ist das Rositas Karamellkuchen?", fragte er. „Ich dachte, der wäre schon alle." Die Köchin der Ryans hatte ihren köstlichen Kuchen anlässlich der Familienfeier gebacken. Zwar hatte sie dafür ein Rezept seiner Mutter verwendet, aber Matt war sich sicher, dass Rosita ein wenig mit Chili nachgewürzt hatte.

Molly nickte, konnte aber mit vollem Mund nicht antworten. Ihr kastanienbraunes Haar war inzwischen etwas länger und löste sich aus dem Knoten. Sie trug das grüne Kleid, das seine Mutter ihr vor einigen Tagen geschenkt hatte.

Er trat ans Bett, setzte sich neben sie und wollte sich ein Stück von dem Kuchen nehmen. Molly zog ihm den Teller weg.

Er lachte. „Bekomme ich nichts ab?"

Sie blickte ihn finster an. „Das ist das letzte Stück. Und ich esse schließlich für zwei."

Matt wusste es besser, als zwischen seine Frau und ihr Essen zu geraten. Er war erleichtert, dass sie nun wieder mit gesundem Appetit aß, nachdem sie so lange unter morgendlicher Übelkeit gelitten hatte. Schmunzelnd dachte er, dass sie manchmal so unersättlich war wie eine Schar Ferkel.

„Ich möchte dir das hier geben." Er legte die beiden Schachteln neben sie auf das Bett.

Sie strahlte und aß schnell den restlichen Kuchen auf, dann stellte sie den Teller beiseite. Sie öffnete das erste Geschenk und wurde ganz still.

„Wo hast du das her?", flüsterte sie.

Das Porträt zeigte Molly mit ihrer Mutter, ihrem Vater und ihren Schwestern Emma und Mary. Es musste wohl im Jahr 1866 angefertigt worden sein, als Molly acht Jahre alt gewesen war. Alle blickten mit versteinerten Mienen nach vorn, nur die kleine Molly hatte ein schelmisches Grinsen auf ihrem engelsgleichen Gesicht. Matt musste immer lächeln, wenn er das Bild ansah. Das war die Molly, an die er sich erinnerte: wild, stur und neugierig. Sie hatte sich in sein Herz geschlichen, war ein Teil von ihm, die Seele, die ihm Leben einhauchte.

Er dankte seinem Schicksal jeden Tag aufs Neue, dass sie Teil seines Lebens war.

„Meine Mutter hatte es", erklärte er. „Nachdem deine Eltern ermordet worden und deine Schwestern zu deiner Tante gezogen waren, hat sie das Haus der Harts durchsucht und viele Erinnerungsstücke mitgenommen. Ich habe aus Dallas einen neuen Rahmen kommen lassen, ich dachte, du möchtest es bestimmt haben."

Molly stiegen Tränen in die Augen. Matt wischte ihr ein paar Krümel von der Wange. Sie küsste ihn. Ihre Lippen schmeckten nach Rositas Kuchen, süß und pikant.

„Wir können es auf den Kamin im Wohnzimmer stellen, wenn das Haus auf der Rocking Wren Ranch fertig ist", sagte sie. Das war der Name der Ranch, die er für sie baute. Gedankenverloren betrachtete sie ihr Geschenk. „Ich kann es kaum erwarten, es Mary und Emma morgen zu zeigen."

Matt wusste, dass dies ein besonderes Weihnachtsfest für Molly war. Sie hatte seit ihrer Kindheit kein Weihnachten mehr gefeiert. Und nun konnte sie es sogar mit ihren Schwestern verbringen. Emma war vor einigen Wochen zurückgekehrt und hatte kurz darauf Nathan Blackmore geheiratet. Mary war vor einem Monat mit ihrem Mann und den drei Kindern aus Arizona gekommen, mit Cale Walker, Mollys neuem Halbbruder, und dessen Frau Tess. Matts Eltern hatten ein volles Haus, denn auch sein Bruder Logan war nach Hause gekommen, mit seiner Frau Claire und ihrem kleinen Bruder Jimmy.

Er reichte Molly das zweite Geschenk. Sie packte es schnell aus und öffnete die Schachtel. Wieder erstarrte sie. Aber dann fing sie an zu strahlen und nahm ihre neue Zwille in die Hand. Fragend blickte sie ihn an. „Darf ich sie im Haus benutzen?"

„Nein."

Sie zog an der Gummischlinge. „Ich könnte sie Zaunkönig Nummer zwei nennen." Sie musterte ihn mit einem Funkeln in den Augen und lächelte. „Das sind sehr rührende Geschenke, Matt." Sie nahm seine Hand und legte sie sich auf den Bauch. Er spürte, wie das Baby sich bewegte, und staunte, wie viel Glück er doch hatte, seit er vor vielen Monaten der Frau begegnet war, die er für tot gehalten hatte.

„Ich habe auch ein Geschenk für dich", sagte sie. „Aber ich weiß, woran du denkst. Und das muss ein wenig warten, bis ich den Kuchen verdaut habe." Sie schaute ihn verführerisch an, wurde aber gleichzeitig rot. Er konnte ihr nicht widerstehen und küsste sie auf den Hals.

Sie schob ihn von sich weg und sah ihn gespielt tadelnd an. „Ich dachte an etwas anderes." Sie legte seine Hand erneut auf ihren Bauch. „Emma hat mir gesagt, es wird ein Junge."

Mollys kleine Schwester hatte offenbar einen sechsten Sinn für so etwas. Matt hielt eigentlich nicht viel von solchem Geschwätz, aber seit Nathan ihm von seinem wilden Abenteuer mit Emma im Grand Canyon erzählt hatte, war Matt durchaus bereit, Emmas Fähigkeiten zu vertrauen.

Ein Sohn.

Er neigte den Kopf und küsste den Jungen durch den Stoff von Mollys Kleid.

Matt hatte alles, was er wollte.

„Wenn Rosita morgen wieder Kuchen backt, dann schnappe ich ihn mir nur für dich."

„Versprochen?"

Er setzte sich auf und nahm sie in die Arme. „Versprochen."

Ich freue mich sehr, dass Sie sich für dieses Buch entschieden haben. Und ich hoffe aufrichtig, dass Ihnen die Geschichte gefallen hat. Über eine Rezension würde ich mich sehr freuen, denn das ist eine große Hilfe für Autor*innen und andere Leser*innen.

Herzlichen Dank. ~ Kristy

Bei der Anmeldung für Kristys Newsletter erhalten Sie die kostenlose Novelle „Das Lied des Zaunkönigs" sowie die Kurzgeschichte „Ein glänzender Penny" - kmccaffrey.com/GermanNewsletterSignUp

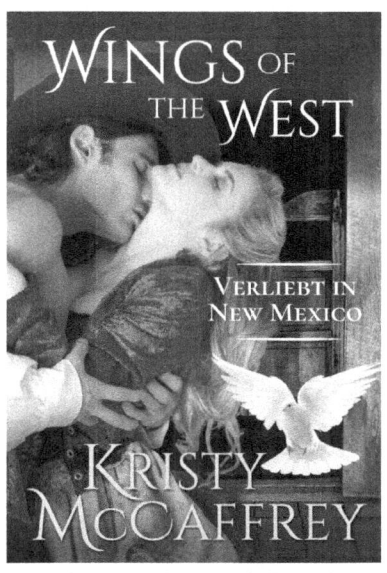

Verliebt in New Mexico
Wings of the West: Buch 2

Die Enttäuschung trifft Ex-Deputy Logan Ryan schwer, als er Claire Waters inmitten einer quirligenStadt am Santa Fe Trail wiedersieht. Die Frau, an die er sich erinnert, ist verschwunden und an ihre Stelle ist eine betörende Bardame getreten, die ihn in die größten Schwierigkeiten bringen kann. Als Claire in ein Netz aus Intrigen gerät, gesponnen von gefährlichen Männern, versucht Logan sie zu beschützen. Doch er erkennt nicht, dass seine eigene Vergangenheit die größte Bedrohung für sie darstellt.

Claire hat ein Leben in Schande geführt und ist entsetzt, als sie, gekleidet wie eine Dirne, Logan im White Dove Saloon begegnet. Sie lässt zu, dass er das Schlimmste von ihr denkt. Da ihre Mutter, die Besitzerin des Saloons, verschwunden ist, bleibt ihr jedoch nichts anderes übrig, als sein Hilfsangebot anzunehmen.

297

Verzweifelt bemüht, ihr Leben in Ordnung zu bringen, begibt sie sich mit ihm auf die Reise. Dabei stellt sie fest, dass die Versuchung, Logan ihr Herz zu öffnen, sie in größere Gefahr bringen kann, als sie für möglich gehalten hat.

„… eine wundervolle Beschreibung des Sangre-de-Cristo-Gebirges, von Las Vegas im späten 19. Jahrhundert und der Ranch der Ryans. Die Rezensentin fühlte sich beim Lesen in diese Zeit und an die beschriebenen Orte versetzt." ~ Love Romances

„Ms McCaffrey schreibt aus dem Herzen … definitiv eine Leseempfehlung." ~ The Romance Studio

„Wenn Sie Liebesromane, die im Wilden Westen spielen, mögen, dann sollten Sie dieses Buch lesen." ~ Romance Junkies

kmccaffrey.com/verliebt-in-new-mexico-the-dove-german-edition/

Verliebt am Grand Canyon
Wings of the West: Buch 3

Am Grand Canyon stellt sich Emma Hart einer ungewissen Zukunft – und der Begegnung mit Texas Ranger Nathan Blackmore.

Im Jahr 1877 reist Emma Hart zu dem erst kürzlich entdeckten rauen, zerklüfteten Grand Canyon. Geplagt von Visionen sucht sie dort nach Antworten zu der Tragödie in ihrer Vergangenheit, dem Verrat in der Gegenwart und nach einer Zukunft, die so fern und unerreichbar scheint und trotzdem ihr Herz zum Klingen bringt. Mit übersinnlichen Fähigkeiten begabt und begleitet von ihrem Krafttier, einem Spatz, will Emma die Traditionen der Hopi erkunden und muss sich dabei dem buchstäblich jahrhundertealten Bösen stellen.

299

Texas Ranger Nathan Blackmore folgt Emmas Spuren bis zum Colorado River und ist fassungslos, als er sieht, dass sie den Fluss mit einem Kanu erkunden will. Für ihn ist klar, dass sie diese Reise auf keinen Fall allein antreten wird. Doch während der Fahrt auf dem Fluss zu einem Ort, an dem die Zeit stillzustehen scheint und selbst der kleinste Stein große Kreise zieht, muss er eine Entscheidung treffen. Entweder er akzeptiert das Unbekannte, die Welt jenseits der unseren, und stellt sich den Dämonen seiner Vergangenheit, oder er wird die Frau, die er inzwischen mehr liebt als sein Leben, für immer verlieren.

Ein (über)sinnlicher historischer Western-Liebesroman vor der atemberaubenden Kulisse des Grand Canyon.

„Die Leser werden die Geschichte lieben …“ ~ RT BookReviews

„McCaffreys Geschichten sind historisch akkurat … ein phänomenaler Lesegenuss, ich lege das Buch allen ans Herz, die historische Liebesromane mit dem gewissen Extra mögen.“ ~ Jonel Boyko, Reviewer

„Die Legenden der Hopi und Havasupai haben in McCaffrey eine neue Stimme gefunden. Ihr mitreißender Stil machte die mystische Reise ihrer Protagonistin in ein anderes Reich glaubhaft. Ich konnte das Buch nicht mehr aus der Hand legen und habe es an einem Abend gelesen.“ ~ City Sun Times

kmccaffrey.com/verliebt-am-grand-canyon-the-sparrow-german-edition/

Schon als Kind hat Kristy McCaffrey sich häufig Geschichten ausgedacht. Bald wurde offensichtlich, dass sie eine Neigung zum Schreiben verspürte. Sie ist mit Science-Fiction, Fantasy und den Legenden um König Artus aufgewachsen und übertrug diese Vorliebe für Mythen schon bald auf das Schreiben eigener Westernromane. Nach einer Ingenieurausbildung entschied sie sich dafür, Hausfrau und Mutter zu werden und nebenbei Romane zu schreiben. Sie und ihr Ehemann leben in Arizona, wo ihre vier Kinder nach und nach flügge werden. Kristy ist fest davon überzeugt, dass man dem Leben mit Neugier, Mitgefühl und Dankbarkeit begegnen sollte, möglichst mit einem Hund an der Seite. Sie schläft gerne lange aus, mag mexikanisches Essen und Yoga im Pyjama.

Wenn Sie regelmäßig über Neuerscheinungen informiert werden wollen, können Sie Kristys englischsprachigen Newsletter (kmccaffrey.com/subscribe) abonnieren oder besuchen Sie ihre englische Webseite (kmccaffrey.com) oder ihren Blog, um mehr über ihre Arbeit zu erfahren. Sie finden sie außerdem auf Facebook (facebook.com/AuthorKristyMcCaffrey), Instagram (instagram.com/kristymccaffreybooks) und TikTok (tiktok.com/@kristymccaffrey).

MELDEN Sie sich für Buchneuigkeiten zu Kristys deutschem Newsletter an: kmccaffrey.com/GermanNewsletterSignUp